物語をつくる 神話解剖図鑑

物語の「型」がマルわかり

著／平藤喜久子
Kikuko Hirafuji

X-Knowledge

はじめに

「一撃必殺の槍」、「呪いの宝」、「真実を語る剣」。世界の神話・伝説には、いったいどんなものなのだろうと思うような不思議なアイテムが盛りだくさんだ。それらのアイテムは、「兄弟争い」や「難題婚」といったモチーフ（要素）や「はじまり」などの神話のテーマ（主題）と結びつき、掛け合わせられて物語を盛り上げていく。

本書は、世界の神話・伝説を「テーマ」「モチーフ」「アイテム」という3つの切り口から解剖している。例えばアーサー王伝説であれば、「仲間との冒険」、「楽園」というモチーフ、エクスカリバー（剣）や聖杯、盾などのアイテムに解剖される。こうすることでアーサー王伝説全体の流れはつかみにくくなるかもしれないが、同じ「仲間との冒険」モチーフをもつ『西遊記』やギリシャ神話のアルゴナウタイなどと比較が可能となり、それぞれの特徴が浮かび上がってくる。ガラハッドの白い盾も、ゼウス・アテナのアイギスなどと並べられることで、盾（アイテム）が物語の中で何を象徴するのかを考えることができる。

解剖の方法は、前著の『世界の神様解剖図鑑』のときと同じように「神話学」という学問を背景とする。複数の神話の比較対照から人間や文化について考える学問だ。

神話学の観点からの解剖は、時に強引に、時に慎重に見えるかもしれないが、思いがけない発見もあるだろう。その発見からモチーフとアイテムを新たに掛け合わせ、新たな物語をつくる読み手も登場するかもしれない。本書の狙いの一つはそこにもある。

わたしは神話や伝説は、流動的なものだと考えている。神や英雄の活躍を通して語られる魅力的な物語は、新たに解釈されることで、新しい物語を生んでいく。創造的な存在だ。本書の存在が、読み手の内なる創造力を刺激し、何か新たな作品が生み出されたら、これに勝る喜びはないと思っている。

目次

2章 神話のモチーフ

3章　神話のアイテム

ブックデザイン　米倉英弘（米倉デザイン室）
イラスト　荒巻まりの
組版　ユーホーワークス
印刷　シナノ書籍印刷

巻頭特集

創作の源流となる「神話・伝説」

「神話」と「伝説」の違い

「○○さんの伝説」などという言い方が可能なように、伝説は身近な人の話にも使うが、神話となるとそうはいかない。普通の人間の話には使わない。しかしギルガメシュ王など超人間的な英雄の場合、神話と伝説、どちらも使えるようだ。

	神話	伝説
主人公	神 英雄（デミ・ゴッド／半神とも）	人間
物語の歴史性	問わない	歴史的事実を前提
物語の虚実性	事実かどうか問わない 真実	事実を前提
主人公・物語の聖性	神聖	神聖または世俗

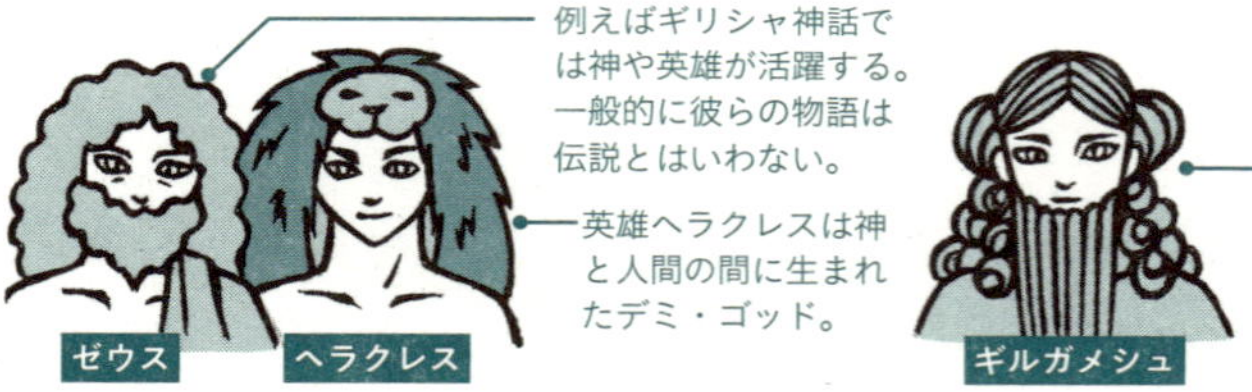

例えばギリシャ神話では神や英雄が活躍する。一般的に彼らの物語は伝説とはいわない。
英雄ヘラクレスは神と人間の間に生まれたデミ・ゴッド。
ギルガメシュは実在したとされるウルクの王。その伝説を語るのが『ギルガメシュ叙事詩』。
ゼウス
ヘラクレス
ギルガメシュ

今より3万年前から2万年前にかけ、ヨーロッパに芸術の起源とも呼ばれる「作品」が生まれはじめた。貴重なマンモスの牙でつくられたライオンの頭をもつ男性像、通称ライオンマン。石灰岩で彫られた豊満な女性像、通称ヴィレンドルフのヴィーナス。フランス・ラスコーの洞窟には、奥深くにアニメーションのような表現が見られる絵画が描かれた。これらは文字のない時代の人々の宗教観や神観念、神話を知る手がかりとなる。つまり芸術のはじまりには、神、神話がかかわっているということだ。

文字化された物語として現存最古のものは『ギルガメシュ叙事詩』だ。英雄ギルガメシュを主人公に神々と人の物語が語られる。ギルガメシュは実在の人物なので神話というより伝説といえる。古代ギリシャ最古の文学はホメロスの『イリアス』と『オデュッセイア』。いずれもギリシャ神話に基づくトロイア戦争の物語である。

こうして見てみると、芸術や文学は神話・伝説とのかかわりの中に誕生したといえる。ギリシャ悲劇※1はいうまでもなく、ボッティチェッリの

※1：紀元前6～前5世紀ごろから盛んになった。ソフォクレスの『オイディプス王』など。ギリシャ神話を題材にとるものが多い。
※2：『オルフェオ』はギリシャ神話の半神オルフェウスの冥界下り、『ユリシーズ』はホメロスの叙事詩『オデュッセイア』に着想を得た。「ユリシーズ」はギリシャ神話の英雄オデュッセウスの英語名。

「インド神話」が日本の「歌舞伎」に？

しばしば上演される歌舞伎の有名な演目「鳴神《なるかみ》」は、竜神を封じた鳴神上人《しょうにん》を雲《くも》の絶間姫《たえまひめ》が誘惑し、破戒させて封印を解く話。歌舞伎らしい華やかさと荒々しさが楽しい作品だが、意外にもルーツはインド神話にある。

ルーツは『マハーバーラタ』※4など

インド

苦行中の聖仙が天女を見て精液を漏らし、その精液が落ちた水を飲んだ雌鹿から生まれた。

鹿角仙人

主人公リシャシュリンガ（鹿角［ろっかく］仙人）は、鹿の角をもち、非常に強い霊力を備える。この力は女性の誘惑によってのみ減少するという。リシャシュリンガの霊力に悩まされた雷神が干ばつを引き起こしたため、国王は女性を使ってその力を減じ、雷神に雨を降らせることに成功した。

神話から仏典・物語へ

この説話はインドで仏典『大智度論』に取り入れられ、中国語訳される。後に日本にも伝来。平安期以降、説話集や軍記物語など※5に取り入れられる。

『今昔物語集』や能では…

日本

主人公の名を一角仙人に改変。竜封じの理由・方法や美女の数などは出典により多少異なる。

一角仙人

鹿から生まれたという天竺の一角仙人が主人公。あることから仙人が竜王を封じたため、干ばつが発生。国王は美女を使って仙人を誘惑し、彼の心が迷った結果、大雨が降ったとする。

歌舞伎「鳴神」では…

日本

主人公が変わり、角も消失。クライマックスは、謀られたと知った上人が怒髪天をつく場面だ。

鳴神上人

主人公が「強い法力をもつ鳴神上人」となり、鹿のくだりもない。朝廷に不満をもつ上人が竜神を法力で封じたために干ばつとなり、人々を悩ませることから物語がはじまる。

『ヴィーナスの誕生』のようなルネッサンス期絵画、最古のオペラの一つ『オルフェオ』やジェイムズ・ジョイスの小説『ユリシーズ』※2、映画「スター・ウォーズ」やRPG「ファイナル・ファンタジー」シリーズなど※3、神話・伝説やそのモチーフは時代ごとのメディアを通して使われてきた。芸術の歴史は神話の再話の歴史でもあった。

神話・伝説というと古いものというイメージがあるが、実際には新しい物語、作品を生み出し続けている。なぜ神話・伝説にそのような力があるのだろうか。その答えを出すのは難しいが、優れた神の姿を伝える神話や英雄の事跡を描いた伝説は、語り継ぐべき物語であったろう。文字のない時代にそんな物語を口頭で伝えるとしたら、印象に残りやすく、覚えやすい形に工夫したのではないだろうか。思わず伝えたくなる話、例えば怪物退治や特別なアイテムの使用など、あまり複雑ではなく面白いものが求められただろう。それは当然新たな創作を生み出すことにもなる。神話の「生み出す力」は、神話自身の生存戦略の一環だったのかもしれない。

※3：「スター・ウォーズ」シリーズでは英雄の貴種流離といった神話的モチーフが、「ファイナル・ファンタジー」シリーズでは北欧神話などからインスパイアされた素材が活用されている。　※4：古代インドの叙事詩。　※5：『今昔物語集』、『宝物集』、『太平記』など。

1章 神話のテーマ

人はどのようにしてこの世に登場したのか、人はなぜ死ぬのか、なぜ太陽と月は一緒に天に昇らないのか。神話は、人間が抱く生への根源的な疑問や身の回りに起こる出来事の理由を説明する役割を果たしてきた。人々が抱いてきたさまざまな問いが神話のテーマになっているのだ。

神話はここからはじまる

宇《う》宙《ちゅう》・世《せ》界《かい》の創《そう》造《ぞう》

神話の役割の一つは世界のさまざまな「はじまり」を語ること。そうしたはじまりの神話のことを「創造神話」とか「創世《そうせい》神話」と呼ぶ。ほとんどの神話が、天体や大地など人の生きる空間といった、いわば宇宙の創造を語るが、それらはいくつかのパターンに分類することができるようだ。その中には、生き物が卵から生まれたり、男女の交わりによって生まれたり、身近に観察される命の誕生に基づくものと思われる神話もある※1。

何もないところからはじまる場合、そこに創造主《そうぞうしゅ》がいたとするか、しないかという違いは大きい。科学的な知によって宇宙や地球の歴史も解明されつつある現代でも、かつて神と呼んでいたような知的存在があるからこそ、宇宙の誕生や生物の進化があり得たのだとする考え方があり、ＩＤ理論（インテリジェント・デザイン）と呼ばれる。これも、現代の創造神話だといえるだろう。

卵生《らんせい》型・世界両親《せかいりょうしん》型——自然の摂理にならった創世神話

初めに卵があり、そこから神が生まれたり、世界が出来上がったりする創造神話を卵生《らんせい》型という。日本神話の創造神イザナキとイザナミのように男女の間に世界が生まれていくタイプは世界両親型という。

世界両親は、ギリシャ神話のウラノスとガイア、エジプト神話のゲブとヌト、ポリネシアのランギとパパのように「天の神と地の神」の組み合わせも多い。

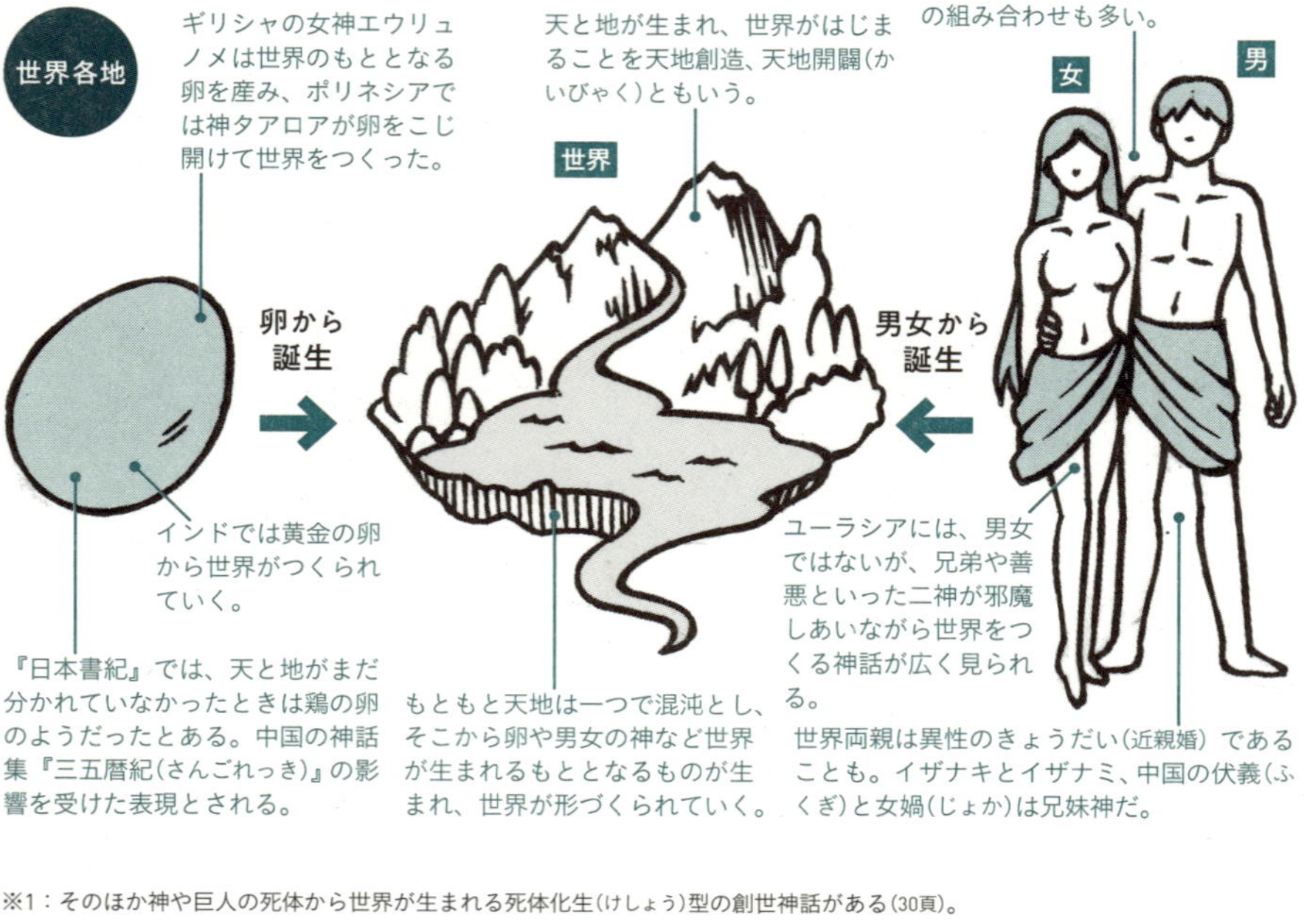
世界各地
ギリシャの女神エウリュノメは世界のもととなる卵を産み、ポリネシアでは神タアロアが卵をこじ開けて世界をつくった。
天と地が生まれ、世界がはじまることを天地創造、天地開闢（かいびゃく）ともいう。
世界
女
男
卵から誕生
男女から誕生
インドでは黄金の卵から世界がつくられていく。
ユーラシアには、男女ではないが、兄弟や善悪といった二神が邪魔しあいながら世界をつくる神話が広く見られる。
『日本書紀』では、天と地がまだ分かれていなかったときは鶏の卵のようだったとある。中国の神話集『三五暦紀（さんごれっき）』の影響を受けた表現とされる。
もともと天地は一つで混沌とし、そこから卵や男女の神など世界が生まれるもととなるものが生まれ、世界が形づくられていく。
世界両親は異性のきょうだい（近親婚）であることも。イザナキとイザナミ、中国の伏羲（ふくぎ）と女媧（じょか）は兄妹神だ。

※1：そのほか神や巨人の死体から世界が生まれる死体化生（けしょう）型の創世神話がある（30頁）。

一神教《いっしんきょう》型──神が無から世界をつくる

ユダヤ教やその影響を受けて成立したキリスト教、イスラームなどの一神教では、神が創造主として何もないところから世界をつくり出していく。

ヘブライ語聖書など

創造主はすべてのものに先立ち、最初から既に存在する。

ヘブライ語聖書（旧約聖書）の「創世記」によると、神はまず「光あれ」といい、光と闇を分けた。

一神教以外にも1人の神が創造をはじめたという神話はある。北アメリカのズーニ族に伝わるアウォナウィロナは両性具有で、世界を1人でつくった。

ヘブライ語聖書の神は自分の姿に似せてアダム（最初の人間）をつくったとされる。つまり、神は男性ということになる。

多《た》神教《しんきょう》型──世界は混沌から生まれる

ギリシャ神話のように、多くの神々が登場する多神教の神話では、世界のはじまり方も多様だ。しかし混沌とした状況から次第に秩序が生まれ、形が明確になっていく流れをもつことが多い。

ギリシャなど

ギリシャ神話ではカオス（混沌）が最初に存在し、その後、大地の神ガイアなどが発生する。

多神教型の神話である日本神話も、天と地が分かれていない状態から次第に分化し、世界が出来上がっていく※2。

宇宙卵《うちゅうらん》

西洋では、原初の混沌の状態を宇宙卵（Cosmic egg）ともいう。卵生型の創造神話である。

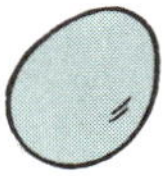

大海攪拌《たいかいかくはん》型──海から天地が生まれる

ヒンドゥー教の神話では、神々は不老不死の薬「アムリタ」（125頁）をつくるため、乳海（大海）にさまざまな種を入れて攪拌した。攪拌で多くの生物が失われるが、太陽や月をはじめ、多くの神々がそこから誕生した。

インドなど

神々は海をかき回すために、天空にそびえるマンダラ山を軸棒にし、ヴァースキ※3という蛇を巻きつけ、両側から引っ張った。

海や水から世界が生まれる話は世界的に多い。水の底から大地をもってくる潜水型（アースダイバー型）もある。

※2：『古事記』では混沌の中から神が現れては消え、次第に男女ペアの神々が生まれていく。世界をつくるイザナキとイザナミもそうして生まれた。｜※3：ナーガ（蛇族）の王（竜王）の一人。

世代交代を示す 世界《せかい》の終《お》わり

「はじまり」を語る神話もあれば、「終わり」を語る神話もある。この世の終わり、世も末といった言い方があるが、一般的には世界の終わりについての考え方を「終末論《しゅうまつろん》」という。

終末論をもつ代表的な宗教としては、ユダヤ教・キリスト教・イスラームが挙げられる。これらの宗教の根底にあるヘブライ語聖書（旧約聖書）では、人間が神の教えに背き、そのために神の裁きを受けることになるという記事や、終末に人々を救うメシア（救い主）が現れることなどが記される。神話では、北欧神話が終わりを描くことで知られる。その話は、神々の終わり、没落の意味で「ラグナロク」と呼ばれている。神々と巨人族とが戦い、すべてが炎に包まれ、海に没し、そこから新しい世界が生まれる。終わりから世界がはじまる。はじまりの神話の形の一つであるということができるだろう。こうした物語にはいくつか共通する流れがある。順に見てみよう。

合図《あいず》がある ― STEP 1

終末の予兆は、ラグナロクでは厳しい冬の到来として示される。フィムブルヴェトと呼ばれる厳しい冬が続けざまに3度やってくる。

動物たちは異変にいち早く気づき、異常行動をとる。ラグナロクでは３羽の鳥がそのはじまりを告げ、冥府の番犬ガルムが大声で吠えた。

新約聖書の「ヨハネの黙示録」では、7人の天使がラッパを吹く場面がある。ラッパの音は、終末の合図だろう。

角笛《つのぶえ》で警告

未来が分かる神ヘイムダルは、ラグナロクの到来に気づき、角笛ギャラルホルンを吹いて合図した。動物の角を使った角笛は古くより使われ、各地の神話や伝説にたびたび登場する。イスラームの聖典「クルアーン」でも、最後の審判（神による裁き）の前には角笛が吹かれる。

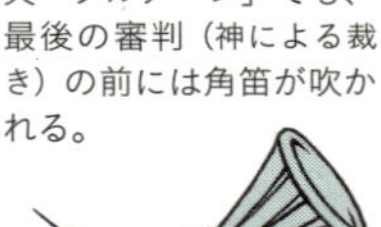

ヘイムダル

世《よ》が乱《みだ》れ、争《あらそ》う—STEP 2

ラグナロクでは、オオカミが太陽を飲み込み、神々を巻き込む争いが起こる。新約聖書の「ヨハネの黙示録」では、子羊が７つの封印を解くたびに、戦争が訪れたり、天災が起こったりする。

星が落ちてくる、季節の運行が乱れる、太陽と月が一緒に昇るなどは、神話における「世の乱れ」の表現の一つ。

ラグナロクの合図の後は、嘘や破約が横行し、社会が乱れる。その後、人間社会は崩壊し、神々と巨人たちは殺し合い、大地は炎で焼き尽くされ海中に沈んだ。

最後《さいご》の裁《さば》き—STEP3

「ヨハネの黙示録」では、サタンは1千年封印され、その間イエスが支配する「千年王国」が続く。そしてその後復活したサタンとの最終戦争があり、最後の審判が下される。

「ヨハネの黙示録」によると、最後の審判の際には「命の書」に基づいて死者は裁かれる。「クルアーン」では、よい行いをした者は、楽園に行くことができる。

「最後の審判」はキリスト教美術の中で繰り返し描かれてきた（52頁）。

新世界《しんせかい》の出現《しゅつげん》—STEP4

北欧神話では、大地が新たに海から浮かび上がる。そして新しい太陽とラグナロクを生き延びた神や人間たちの世界がはじまる。「ヨハネの黙示録」では、最後の審判の後、新しい天と地が現れる。

ラグナロクの後は、常緑の大地が浮かび上がったとされる。

アニメ映画『もののけ姫』では、森が消滅した後に新たな木の芽生えと「コダマ（木の精）」の登場が描かれ、物語は幕を閉じる。

みな自然から生まれた
人類《じんるい》の起源《きげん》

『われわれはどこから来たのか われわれは何者か われわれはどこへ行くのか』とは、ポール・ゴーギャンの代表作のタイトルだが、まさに神話の主要なテーマを表しているといえる。人間はどうやってこの世にあることになったのか。そして生を終えたら、どこへ行くのか。人間にとっての根源的な問いの一つであるが、各地の神話がそれぞれの世界観のもとに豊かに語っている。

「人は土から生まれ、土に還《かえ》る」という言い方があるように、土や粘土から人が生み出される話は多い。植物に実がなるように人間が生まれる場合もあるが、これもまた土に育まれている。大地は作物を生み出してくれる。また、人は亡くなった後、ほとんどの場合土中に埋葬されていた。こうした自然の観察、体験が、土から人間が生み出される、あるいは大地に根を張る植物から人間が生まれるという神話をつくり出したのかもしれない。

土生《どしょう》型—穴から出てくる

朝鮮など

大地にあいた穴や洞窟から人間が現れ出るタイプの神話。韓国の済《さい》州島《しゅうとう》には「三姓穴《さんせいけつ》」という3つの穴があり、3人の神人《しんじん》が現れ出た穴と伝わる。この3人が高《こう》氏、梁《やん》氏、夫《ぶ》氏の祖となったという。

三姓穴から出てきた3人は、五穀の種や家畜とともに島に流れ着いた3人の女性とそれぞれ結婚したという。

インドのルシャイ族に伝わる神話では、世界が暗闇に包まれる災害の後、大地の穴から男女が出てきたとされる。

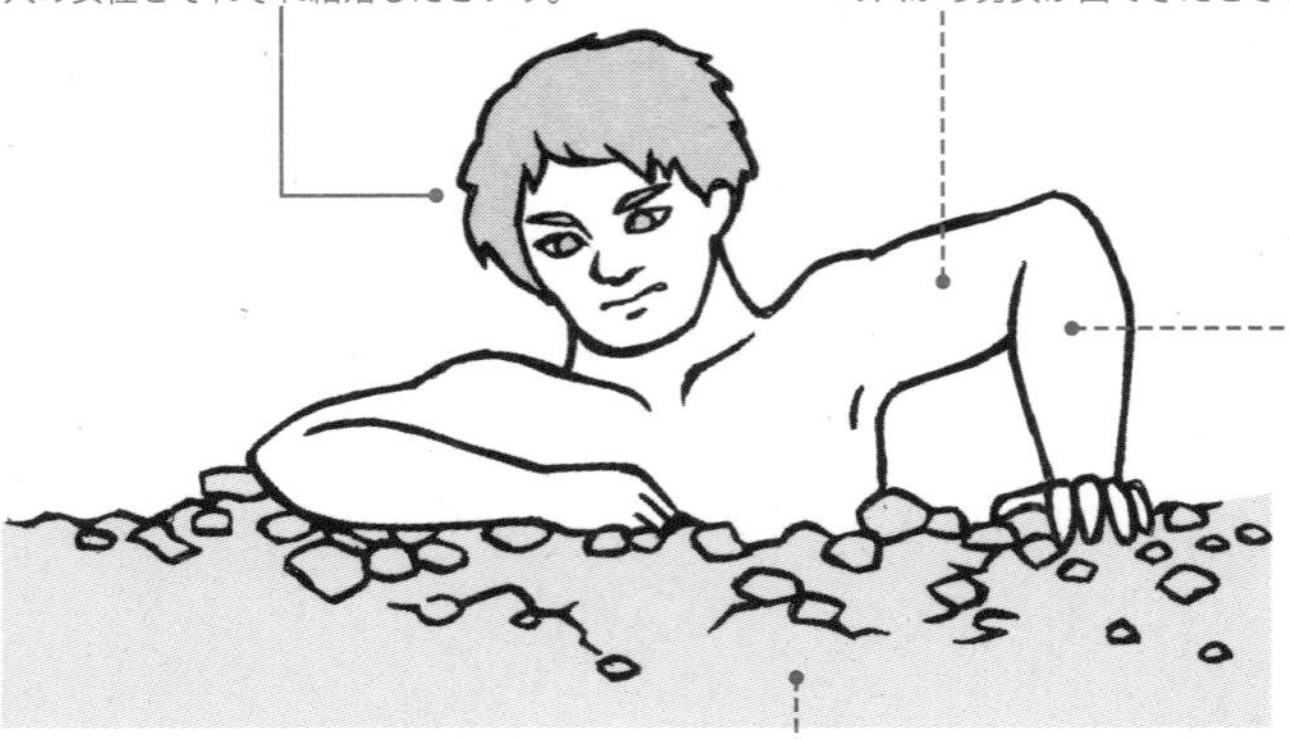

アフリカ南部のサン人は、人間かつては地下に住んでいたと伝える。地下は明るく暖かかったが、創造神が地上に新しい世界をつくると、人間も地下から出てきて暮らすようになる。夜の暗さや寒さをしのぐため、人間は神に禁じられていた火を使ったという。

地中の人間も

ブラジルのムンドゥルク族の神話によれば、アルマジロが地中に入ったときに、中に人がいることを知り、神に報告した。神は綱を登らせて外に出したが、半数の人間が地中にとどまったという。

アルマジロ

※1：北欧神話では、世界はユグドラシルに支えられた3つの層からなるとされる。
※2：神がトウモロコシから人間の男女をつくった神話はアメリカ・ナハバ族にも残る。

植物生《しょくぶつしょう》型——植物から生まれる

世界各地

木に実がなるように、人類が樹木などから誕生する、木を使用して人類をつくるなど、植物から人類が誕生するタイプの神話がある。

パプアニューギニアでは、ヤシの木から最初の人間が誕生した。死体化生（けしょう）神話（30頁）のハイヌウェレ型の主人公であるインドネシアのハイヌウェレもヤシの花から生まれた。

植物由来の人類起源神話は世界各地に残る。

マヤの神話では、創造神ツァコルが自分の話し相手になるような存在をつくろうと試行錯誤をし、トウモロコシを使ったところうまくいった。「植物生型」の人類起源神話だが、神がつくるという意味では、「制作型」ともいえる※2。

日本神話は人類の起源を語らないが、最古の物語『竹取物語』や昔話「桃太郎」「瓜子姫」などに植物生型が見られる。

聖樹崇拝

北欧神話では、主神オーディンらが2本の流木を使って最初の人間となる男女アスクとエムブラをつくった。木は世界樹ユグドラシル※1と同様、トネリコだったとされる。

トネリコの流木

制作《せいさく》型——土からつくる

メソポタミア※3など

神が土から人間を制作するタイプの人類起源神話。シュメールの神エンキは、人間の型をつくり、土と水を混ぜたものを入れて人間を生み出した。

エンキは水と知恵との神。土と水を混ぜ、神の代わりに働く存在として人間をつくった。酒に酔った妻の女神ニンマハに挑発され、さまざまな人をつくった。

中国の神話では、女神の女媧（じょか）が黄土をこねて人をつくったとされる。

ギリシャ神話によると、ティタン神族（巨神族）のプロメテウスは、粘土から最初の人間の男女をつくった。SF映画『プロメテウス』では、宇宙探査船「プロメテウス号」が人類の起源を探る旅に出る。

命を吹き込む

ヘブライ語聖書の神は、自身の姿に似せて人間をつくった。「土の塵」から形づくり、鼻に自身の息を吹き込み、命を与えた。これが最初の人間アダムである。ちなみに彼の妻エヴァは、アダムを眠らせている間にその肋骨からつくられた。

※3：チグリス川、ユーフラテス川の流域。現在のイラン南西部、イラク、シリア東部を指す。この地域に、シュメールやアッカド、アッシリア、バビロニアなどの文明が起こり、神話を伝えた。

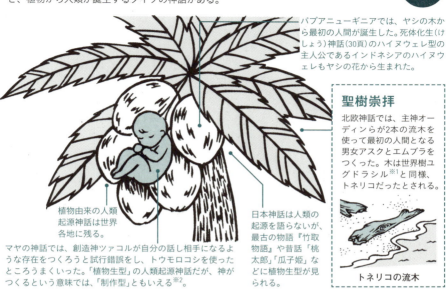

はじめは不死だった

死《し》の起《き》源《げん》

いつまでも健康で生きていたいというのは、誰もが願うことだ。その背景には、死後にどうなるのかが分からないという不安があるだろう。人が生を終えた後、いったいどこへ行くのか。人類の起源とともに重要な問いである。

人は誰しも死ぬが、それを「誰かに決められた」と考えるか、「誰かが不死となるチャンスを棒に振ってしまった」と考えるか。前者の場合は、なぜか死を定めるのは女性、つまり女神であったと伝えられることが多いようだ。後者の場合、チャンスを棒に振るのは、男性とされていることが多いような印象である。後者には「バナナ型の死の起源神話」も含まれる。インドネシアの神話で、太古の人間が石を拒否してバナナを受け取ったために、バナナのような短い命になったという神話である。石のような不死の命を得られるチャンスを棒に振ってしまった神話といえよう。

女《め》神《がみ》決定《けってい》型——不死は女神の仕業

ポリネシアなど

ポリネシアでは英雄マウイが人間を不死にするために奔走する神話が各地に残る。その一つ、ニュージーランドの神話では、死の女神ヒネを倒そうとするも、叶わなかった。死は女神の管轄なのだ。

マウイは、死の女神ヒネの体内に下半身から入り、口から出てくることで、死をなくすことができると考えた。寝ているヒネを起こさないよう、周りの鳥たちに笑わないよう命じるが、お尻を丸出しにして体内に入ろうとする姿があまりに滑稽で、鳥たちは笑ってしまう。ヒネは目覚め、マウイは殺された。

ヒネは父であるタネとの近親婚を恥じ、自殺をし、死の女神となった。

ニュージーランドのマオリ族の神話では、月の女神ヒナにマウイが人を不死にするよう頼むが聞き入れられなかったとも伝えられる。月は多くの民族の神話の中で死と結びついている。

マウイは神の性格を有する英雄で、マウイが活躍する神話はポリネシアの各地に残る（74頁）。

怒りの中で死を定める

日本の神話では、イザナミが最初の死者として黄泉（よみ）の国の女神となる。迎えに来た夫イザナキが彼女の姿を見て逃げ帰り、入り口が岩で塞がれたとき（135頁）、人間に死を定めた。

※1：山の神オオヤマツミ。
※2：筑紫の日向国の可愛之山稜（えのみささぎ）。
※3：夫の羿（げい）が西王母からもらった薬を独り占めしようとした。

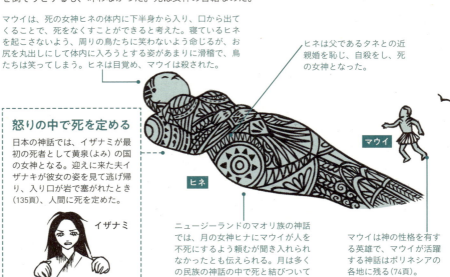

選択失敗《せんたくしっぱい》型——あと一歩で不死だったのに

メソポタミアなど

メソポタミアには人間が「若返りの草」を蛇に食べられてしまう神話や、不死になれる「命のパンと水」をもらい損ねる神話がある。

ギルガメシュ

ギルガメシュは水浴びをしている間に「若返りの草」を蛇に食べられてしまい、不死になり損ねた。

ギルガメシュはメソポタミア神話の英雄。一方「命のパンと水」を神からもらい損ねたアダパは賢人。並外れた才能をもつ男性が選択に失敗している。

蛇

ギルガメシュは、大洪水を生き延び「神」のように不死になった人間ウトナピシュティムに会いに行き、もう人が不死になることはないと告げられる。その代わりに若返りの草をもらった。

敵はいつも蛇

聖書では、アダムとエヴァが蛇にそそのかされて「善悪を知る木の実」を食べ、永遠の命が得られる「命の木」(133頁) から遠ざけられた。

バナナ型——知らずに死を選ぶ

インドネシア・日本など

バナナ型の死の起源神話は環太平洋地域に顕著に見られる。日本神話の天孫ホノニニギは岩のような女神を拒否し花のような女神と結ばれたため、はかない命となった。

石

バナナ

バナナ型神話の多くは、移ろいゆくもの（食べ物や美女など）を「死」に結びつけ、固く強いもの（石など）を不死に結びつけている。

長命

短命

イワナガヒメ

イワナガヒメは醜いが、妻とすれば永遠の命が得られたという。『古事記』では、2人の女神の父※1が死を定めたとする。一方『日本書紀』は、イワナガヒメが天孫（ホノニニギ）と人間の死を定めたと伝える。

コノハナノサクヤヒメ

美しいコノハナノサクヤヒメを選び妻としたホノニニギはアマテラスの孫(天孫) で、天皇家につながる神。複数の子を得、死後は「筑紫日向可愛之山陵」※2に葬られたという。

TOPICS 不死を得られる場所

『万葉集』では、月の神ツクヨミが若返りの水をもつと伝える。『竹取物語』のかぐや姫は、月に帰るときに不死の薬を天皇に献上する。中国の嫦娥《じょうが》は、不死の薬を盗んで月に行った※3。満ちては欠け、欠けては満ちる月に不死やよみがえりのイメージが重ね合わされたのだろう。また、海の向こうの常世《とこよ》の国や蓬莱《ほうらい》※4も、不死の手がかりがあると考えられた。日本のタジマモリや秦の徐福《じょふく》※5は、不老不死を得るためにこれらの島に向かったという。

※4：仙人が住む、東の海にある神山。
※5：2人とも天皇や皇帝の配下で、命を受けて不老不死の薬を探した。

正当性を証明する
王家《おうけ》の起源《きげん》

国を治める王家。「なぜその一族が治めることになったのか」を伝える王家の起源神話がある。王は人間である場合が多いが、やはり絶大な権力をもつとされるからには、その理由が必要なのだろう。それは神との連続性や、普通の人間とは違う姿・出自・経歴として語られる。

日本であれば、天皇家の起源は『古事記』や『日本書紀』が伝えたかった主題の一つである。最高神で太陽神である女神アマテラスは、弟スサノオとの誓約《うけい》（占い）で5人の男児をもうける。処女のまま不思議な方法で子を得たことになる※1。5人のうち長子であるアメノオシホミミの子のホノニニギが地上に降り、天皇家の祖先となった※2。アマテラスの孫が降るため、「天孫降臨《てんそんこうりん》神話」と呼ばれる。このときアマテラスは、天の神々とともに、鏡と剣と勾《まが》玉《たま》を一緒に下した。現在も皇室に伝わる「三種の神《じん》器《ぎ》」（113頁）の由来を語る話でもある。

降臨《こうりん》型 — 皇祖は天から降ってくる

日本など

天の神の子や孫が地上に降って王家の祖先になるという降臨型の王家の起源神話には、日本の天孫降臨のほかにも、古朝鮮の最初の王檀君《だんくん》の神話も挙げられる。

ホノニニギは日本神話の最高神アマテラスの孫に当たる。

降臨型は新羅や琉球の神話にも見られる。

ホノニニギ
ホノニニギが降った場所は、宮崎県の高千穂町とする説と、鹿児島県と宮崎県の県境の高千穂峰であるとする説がある。

檀君の父・桓雄（かん ゆう）は天の神の子で地上に降り、檀君をもうけた。その後檀君は朝鮮民族の祖となった。

山上降臨神話
ホノニニギは高千穂峰（標高1,574m）に降り立ち、檀君の父は太伯山頂の神檀樹（しんだんじゅ）の下に降臨した。山上降臨神話は、北方系の建国神話に広く見られる。

高千穂峰

※1：特別な神や英雄などが異常な生まれ方（異常出生、44頁）をするのは神話によく見られるモチーフの一つ。
※2：ホノニニギのひ孫が初代神武天皇になった。

異形《いぎょう》型——王は見た目で凌駕する

アテナイの王となるエリクトニオスは、女神アテナの子で、下半身が蛇であった。その姿を見た女性は狂って自殺をしたと伝えられる。

ギリシャなど

女神アテナに欲情した鍛冶神ヘパイストスの精子を大地が受け止めて生まれた子。異常出生をモチーフとした代表的な神話でもある。

異形の王は、敵として現れることも。日本に伝わる両面宿儺（すくな）※3はその典型。

オセアニアには、王を「よそ者」などと呼び、土地の者とは違うと認識する地域がある。異形の王と同じ発想だろう。

放浪《ほうろう》型——試練を乗り越え王になる

王や指導者が、神に与えられた土地や治めるべき場所へと苦難の旅をするという放浪型。エジプトから古代イスラエルの民を率いたモーセの神話などが該当する。

ヘブライ語聖書など

放浪型の神話は、主人公の生まれが貴い場合、貴種流離譚（62頁）ともいう。

モーセは幼少期に箱に入れられ、川に流されている。ギリシャ神話では、ティリンス王となった英雄ペルセウスが同様の苦労をしている。

ローマの建国の祖アイネイアスや日本のカムヤマトイワレビコ（神武天皇）も放浪型建国神話の主人公※4。

獣祖《じゅうそ》型——誕生からして摩訶不思議

日本など

王が普通の人間とは違う出自であることを、人間以外の動物の子という形で語るタイプの神話。檀君の母は熊女であったし、天皇家につながるウガヤフキアエズの母は本来の姿がワニと伝えられる。

ウガヤフキアエズの父は山幸彦（ホオリ）、母（トヨタマビメ）の姿はワニと伝わるが、サメあるいは想像上の動物としてのワニを指すと考えられる。

ホノニニギを祖父にもつウガヤフキアエズは、長子が初代神武天皇となった。

神や人間が動物（異類）と交わる話は異類婚姻譚（46頁）といい、生まれた子が民族の祖となることも多い。

モンゴルの建国者チンギス・ハーンもオオカミの子孫とされる。

※3：頭が2つ、手足が4本ずつある怪人。『日本書紀』によれば、略奪行為をしていたので、討たれたという。
※4：アイネイアスはトルコからローマまで流浪し、神武天皇は日向（宮崎県）から大和（奈良県）まで東征した。

試練を乗り越え、王になる

王《おう》の資《し》格《かく》

王になる資格をどのように説明するか。神話学者のJ・G・フレイザーは『金枝篇《きんしへん》』※1の中で、古代イタリアに次のような風習があったことを紹介している。

ローマ時代、ネミ湖のほとりにあった女神ディアナの森に、「森の王」と呼ばれる祭司がいた。この森の王になるには、先代を殺す必要があった。そしてその挑戦者となり得るのは、逃亡した奴隷であり、森の聖樹ヤドリギの枝（金枝）を折り取ってもってきた者だけであった。

フレイザーはこの風習（儀礼）の背景に、冬に死に、春に大地からよみがえる植物神の神話の存在を想定し、殺される王は、殺されることで新たな王として生まれ変わるとする。森の王の風習は、王になるためにはなんらかの「神聖な保証」を必要とすることを示しているのだろう。神話でも王になる者は占いや神託《しんたく》などでその資格を保証されるようだ。

占《うらな》い型——占いで王を決める

ローマ
など

「ローマ」の由来ともなった初代の王ロムルスは、レムスと双子の兄弟だった。彼らはどちらが王になるかを鳥占いで決めている。

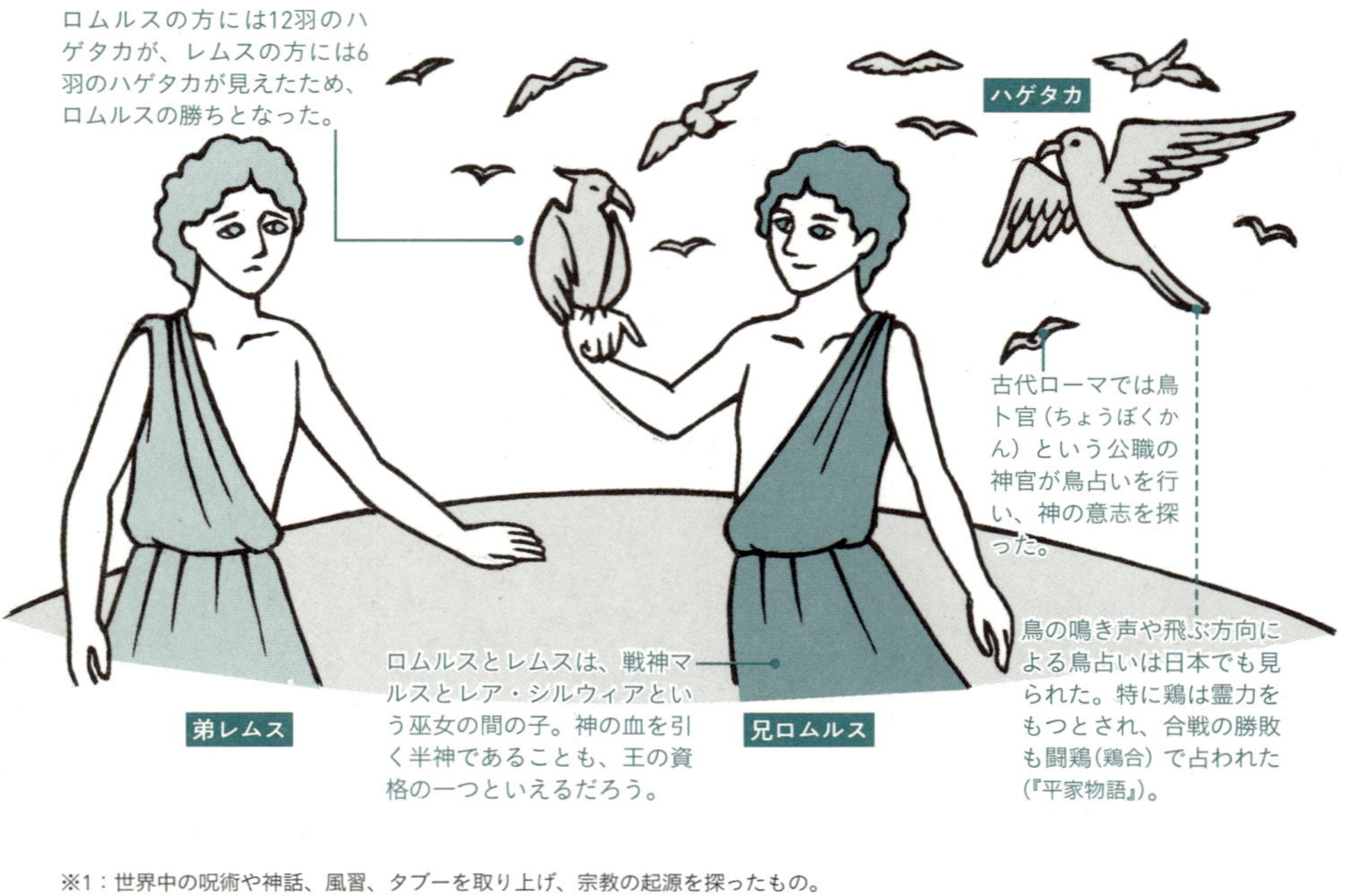

ロムルスの方には12羽のハゲタカが、レムスの方には6羽のハゲタカが見えたため、ロムルスの勝ちとなった。
ハゲタカ
古代ローマでは鳥卜官（ちょうぼくかん）という公職の神官が鳥占いを行い、神の意志を探った。
鳥の鳴き声や飛ぶ方向による鳥占いは日本でも見られた。特に鶏は霊力をもつとされ、合戦の勝敗も闘鶏（鶏合）で占われた（『平家物語』）。
ロムルスとレムスは、戦神マルスとレア・シルウィアという巫女の間の子。神の血を引く半神であることも、王の資格の一つといえるだろう。
弟レムス
兄ロムルス

※1：世界中の呪術や神話、風習、タブーを取り上げ、宗教の起源を探ったもの。
※2：14代天皇。父はヤマトタケル。

神託型《しんたく》—神のお告げで王が決まる

日本など

占い型も神の意志だが、神託を出して王が定まる場合もある。応神《おうじん》天皇（15代天皇）は母のおなかの中にいたときに神託を得ており、兄たちの反乱を鎮圧して即位した。

夫の仲哀天皇※2は神託を信じなかったために、神に「国を治める資格がない」と告げられ、亡くなった。

ギリシャ神話によれば、ゴルディアスも神託でフリュギア王になった。

神託とは神のお告げ。神功（じんぐう）皇后は神がかりして神のお告げを伝える巫女の役割を担った。

ギリシャの神託

ギリシャの神々も神託を下した。アポロンの神託を巫女が伝えるデルフォイの神託、ゼウスの神託を風に揺れる木の葉の音が伝えるドドナの神託が重んじられた。

アポロン

婚姻型《こんいん》—神の娘と結婚して王に

ギリシャなど

ギリシャ神話の英雄カドモスは、竜退治をしたために神の怒りに触れる。その罪を償った後、神の娘ハルモニアを与えられ、王家の祖となりテバイ（都市国家）を創建した。神の娘をめとることが王の資格ともいえる。

カドモスは、神ゼウスにさらわれた姉妹のエウロペを探す途中、デルフォイで神託を得て、テバイを創建することになった。つまり「神託型」の王でもある。

日本では、スセリビメ（神［スサノオ］の娘）と結婚し、地上の国の王となったオオクニヌシがいる。

カドモスの妻ハルモニアは、軍神アレスと美の女神アフロディテの娘。後に王家を守るため夫と2人でテバイを去り、巨大な蛇へと姿を変えた。

英雄譚のモチーフ

カドモスは竜を倒し、仲間も得る※3。この神話には、怪物退治（64頁）や仲間（66頁）といった英雄譚につきもののモチーフがつまっている。妻と蛇に変身した後は、英雄が眠る島エリュシオン（53頁）へ送られたという。

エリュシオン

※3：女神アテナにいわれた通り、倒した竜の牙を大地にまくと、そこから戦士たちが現れた。彼らはテバイ貴族の祖、スパルトイとなった。

火を利用するのは人間だけ

火《ひ》の起《き》源《げん》

人類にとって火の恩恵は計り知れない。火を使って煮たり焼いたりすることで食べられるようになったものは数知れずあり、また暖をとることで健康の維持にも貢献した。

人類の祖先が火を使用しはじめたのは100～200万年近く前までさかのぼる。そのころは、火山の噴火や乾燥による自然発火、落雷など偶然に得られた火を使っていたのだろうと考えられる。次第に人は自分たちの力で火をおこすようになった。そしてその火を活用し、道具を生み出し、文化が生まれた。農業、鉱工業は火の存在なくしては生まれ得ないものだ。しかし、もちろん火は使い方によっては危険なものでもある。

火の起源について語る神話の中でも、世界中に広く見ることができるのが「火を盗む」タイプ。これは、人類にとって火が危険を冒して得るものであった記憶とかかわるのではないだろうか。

火《ひ》盗《ぬす》み型①——神から火を盗む

ギリシャなど

ギリシャ神話の神プロメテウスは、人間たちがゼウスによって火を隠されて困っていたため、オオウイキョウの茎に隠して火を盗み出し、与えた※1。その結果、人間は災いも与えられることにもなる。

プロメテウス

プロメテウスが盗み出した火は、神の使う永遠不滅の火ではなく、風や水で消えてしまうはかない火であった。

ゼウスが人間から火を取り上げたのは、人間と神とで牛を分けるときに、人間がプロメテウスの悪だくみに乗って、神をだましたからであった。

インド神話にも火盗み型がある。聖仙ブリグは、大水に潜んでいた火を盗み、人間に火をもたらした。火を使って神の祭祀を行ったからか、神から災いがもたらされることはなかった。

怒ったゼウスは粘土で人間の女性パンドラをつくらせ、あらゆる災いを人間界にもたらし（パンドラの壺、134頁）、プロメテウスにも罰を与えた※2。

火をもつ動物

ブラジルには少年がジャガーから火を盗む話がある。火を盗まれたジャガーは、その後生肉しか食べなくなったという。ジャガーは中南米で古くから力の象徴として神聖視されていた動物。

ジャガー

※1：プロメテウスはゼウスらに倒されたティタン神族の一員で、ゼウスに反抗的な一面もあった。
※2：山頂に縛り付けられ、毎日、大ワシ（ワシはゼウスの使い）に肝臓をついばまれる。

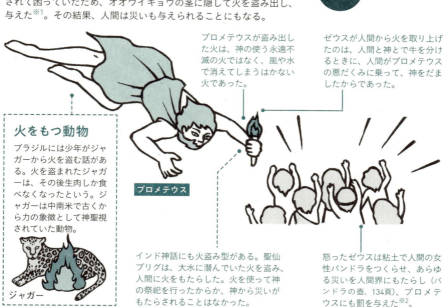

火《ひ》盗《ぬす》み型②──動物が火を盗む

動物たちが火を盗む神話も多い。北米のハイダ族ではワタリガラスが、シベリアのブリヤート族ではツバメが、アンダマン諸島ではカワセミが、タイでは虫のアブが火を盗み人間に与えている。

世界各地

火を盗む話は世界中に伝わる。
カワセミ
ワタリガラス
ツバメ
フランスのノルマンディー地方には、盗むのではなく神から火をもらってくる小さな鳥の話が伝わる。

火と鳥

火を盗む話には鳥がよく登場する。山火事のときなど、羽根に火がついてしまった鳥も多かったに違いない。炎に飛び込むフェニックス（144頁）のイメージにもつながる。

フェニックス

火《ひ》生《う》み型──女が火を生む

火が女性から生み出されるタイプは、環太平洋地域に特徴的に見られるようだ。日本の女神イザナミは、さまざまな自然の神々を産み出したその最後に火の神カグツチを産み、最初の死者となる。

日本など

火をもたらしたイザナミが大やけどを負って死んだように、火は災いのもととなる。プロメテウスの火盗み神話同様、火生み神話においても災いとともに語られるのは興味深い。
イザナミ
カグツチ
女性の体内に火があったという神話の中でも、南米ガイアナのワラウ族では口から、パプアニューギニアでは足の間から火を出して調理に使っている。

発火法の起源譚

パプアニューギニアのマリンド・アニム族の神話では、原初の男女が性交した際に体が離れなくなり、2人を揺すったりしているときに摩擦から火が出たという。性と火がかかわるという点では火生み型に入る。

男
女

作物《さくもつ》の起源《きげん》

誰が作物を与えてくれた？

「母なる大地」という表現がある。さまざまな作物の実りをもたらすため、大地は子を産む母と重ね合わされたのだろう。神話でも大地の神は女神であることが多く※1、作物を女神が与えてくれるとする神話も少なくない。

しかし、実りは自然にもたらされるばかりではない。人の手が加わった農業によって作物を得ることも多い。農業を行う際、人は大地に鋤《すき》や鍬《くわ》などの刃物を入れて耕すことからはじめる。大地を女神と思うなら、農業とは女神を傷つける行為だという連想が働いても不思議ではない。女神の死体が作物に変化したりする神話（死体化生《けしょう》、30頁）は、こうした大地・人・実りのかかわりで生まれたのかもしれない。

そして、貴重な作物は「盗む」ことでもたらされるという神話もある。人が生きていくために必要な作物。起源神話は、その地域の主要な作物をどう得ていたかとかかわるのだろう。

授与《じゅよ》型①—女神から与えられる

ギリシャなど

女神が最初の作物を与えたとする神話がある。ギリシャではデメテルがトリプトレモスに麦を、高句麗《こうくり》では柳花《りゅうか》が息子の朱蒙《しゅもう》に五穀の種を、そして日本ではアマテラスが孫のホノニニギに稲穂を与えている。

デメテルは豊穣を司る女神。
トリプトレモスはエレウシス王の子ども。翼のある蛇の引く車で世界中を回り、人々に穀物栽培を伝えたとされる。
デメテル
トリプトレモス
女神が作物を与える相手は少年、幼子（86頁）であることが多い。
朱蒙は、母のもとを五穀の種とともに旅立ち、高句麗を建国する。稲穂を授けられたホノニニギは、地上に降り、天孫として葦原中国（あしはらのなかつくに）※2を治めることとなった。

文化英雄

神話の中で、人類に有益な文化をもたらした人物を文化英雄という。穀物栽培を伝えたトリプトレモス、火を与えたプロメテウスなどがそうだ。

プロメテウス

※1：大地の女神を地母神（ちぼしん）ともいう。｜※2：天の高天原（たかあまはら）に対し、地上の世界をいう。
※3：女神ペルセポネは冥界の王ハデスの妻。アドニスは人間の父母をもつが冥界で育ち、その後も一年の3分の1を冥界で暮らした。

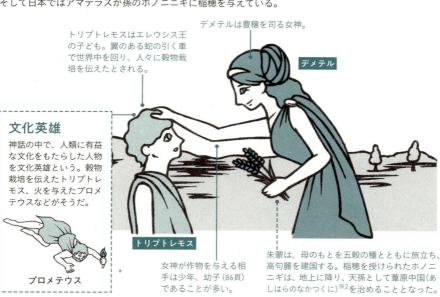

授与型《じゅよ》②──鳥が種をもたらす

日本など

鳥が稲などの穀物をもたらすという話型。日本では「穂落神《ほおとしがみ》」という。遠い地からやってきて、時に糞として穀物を排泄することから、そのような伝承が生まれたのだろう。

穀霊《こくれい》（コーン・スピリット）

穀物に宿る存在（穀霊、穀物神）を信仰するのは自然崇拝の一種。冥界と地上を行き来するギリシャ神話のペルセポネやアドニス※3も穀霊と考えられる。

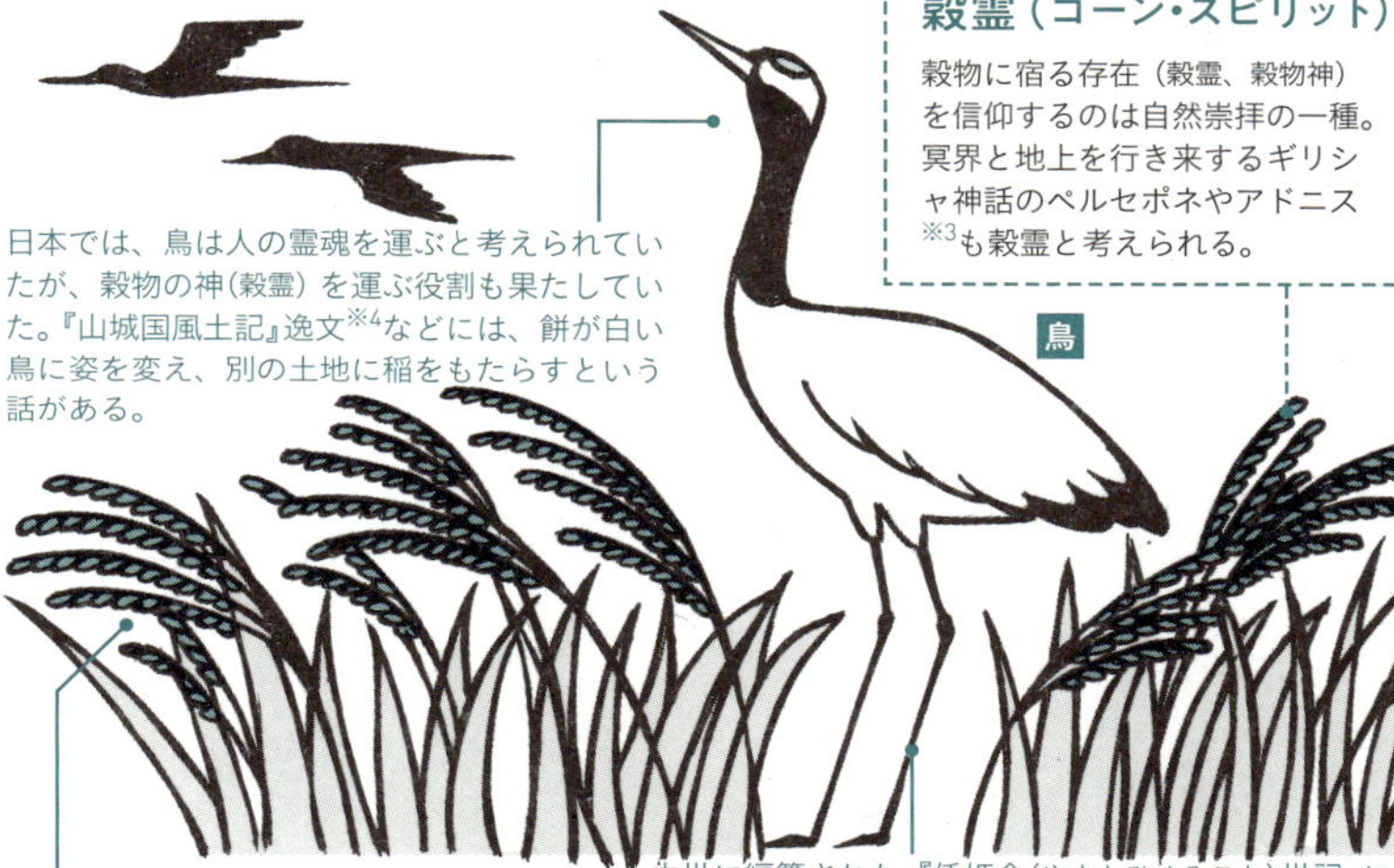

日本では、鳥は人の霊魂を運ぶと考えられていたが、穀物の神（穀霊）を運ぶ役割も果たしていた。『山城国風土記』逸文※4などには、餅が白い鳥に姿を変え、別の土地に稲をもたらすという話がある。

稲の霊は稲魂（いなだま）という。雷で稲の霊がはらむと考えられたため、稲妻（稲光）という言葉がある。

中世に編纂された『倭姫命（やまとひめみこと）世記』によると、真鶴（まなづる）が皇大（こうたい）神宮※5に向かって飛び、しきりに鳴くのでヤマトヒメが使いをやって見に行かせると、稲が生えていた。根元は1つであるが、穂は800ほどあり、鶴は穂を口にくわえて鳴いていた。

プロメテウス型──神から作物を盗む

アフリカなど

人間や動物が作物（穀類が多い）を盗む神話は、火を盗む神の名にちなんで「プロメテウス型」という（26頁）。アフリカのドゴン族の神話が有名だ。

弘法大師も

中国に留学していた空海は、日本にも麦を広めようと種を盗み、自分の足に傷をつけて隠した。犬が吠え立てるも、飼い主は空海の盗みには気づかず、犬を殺してしまう。空海は麦を持ち帰るが、殺された犬を哀れに思い、戌の日にまかないことにしたと伝わる。

ドゴン族の神話によると、最初の人間から生まれた子たちは、天に暮らし神によって八種の穀物を与えられていたが、その穀物を持ち去り地上に降ってきたという。

ドゴン族の神話は1930〜40年代、フランスの民族学者マルセル・グリオールの調査によって知られることになる。

南米では、狐が天で神々の宴会の場から食べ物を飲み込んで盗むが、墜落してしまった。その腹から飛び出た穀物の種が人間の食べるものになったと伝わる。

※4：現存する『風土記』は出雲国など5つ。その他の国は、一部がほかの本に引用されて残っているものもある（逸文という）。
※5：伊勢の神宮（三重県）のこと。

すべては死体から生まれた

死《し》体《たい》化《け》生《しょう》

雲の形が人の顔のように見えたりすることがある。雲以外にも、岩や木の切り株、さまざまなものに人や動物などの生き物の姿を見いだす。人間が自然界の中で生きていくには、危機を素早く察知することが必要だ。枝のざわめく音が聞こえたら、風だとやり過ごすより、何か怖い動物かもしれないと身構えた方が生き残る確率は高いだろう。そうして人間は自分の周囲にさまざまな生き物を見つけ、恐れるという能力を磨き、現在に至る。

例えば作物が人の体の一部に見えるということもあっただろう。また大きな山が、人の頭部に似ているように見えることも。それらを死体が変化（化生《けしょう》）したものだ、と解釈したのではないだろうか。何者かの死体が世界のもととなるという、一見残酷に見える神話がどのようにして生まれたのかを知ることは難しいが、人間が自然界で生きていくための能力とのかかわりで考えてみてもいいだろう。

ハイヌウェレ型 — 女性の死体が栽培植物に

インドネシアなど

女性が殺され、その死体からその地域における主食となるような作物がもたらされる。代表的な話であるインドネシアの神話の主人公の名から「ハイヌウェレ型神話」と呼ぶ。

ハイヌウェレは貴重なもの※1を排泄するという不思議な少女だったが、その力を妬んだ人々に生き埋めにされて亡くなった。

日本では、『古事記』のオオゲツヒメ、『日本書紀』のウケモチ。体から食べ物を出す場面をほかの神に見られ、嫌悪感を抱かれて殺され、その死体から作物を発生させる女神である。

育ての父アメタがハイヌウェレの死体を掘り出した。アメタはかつてココヤシの花を切ろうとした際に、指を傷つけてしまう。その血と花の液が混じりあったところから生まれてきたのがハイヌウェレである（19頁）。

アメタがハイヌウェレの死体を切り刻み、再び埋めると、死体の各所がさまざまなイモに変化した。例えば肺は紫のイモになり、乳房は乳房に似た形のイモになった。これらのイモは人々の主食になった。

死体から主食

ハイヌウェレ型の神話は環太平洋に広く分布し、北米のナチェズ族の神話などにも見られる。果樹、イモ類を栽培する初期の農耕民に特徴的な食物起源神話とされる。

※1：皿などの陶磁器、銅製の箱など神話が採取されていたころの貴重品。

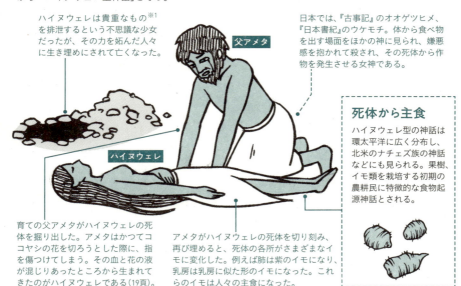

巨人解体《きょじんかいたい》型—万物は巨人のバラバラ死体から

北欧・インド・中国など

北欧神話ではユミル、インド神話ではプルシャ、中国の神話では盤古《ばんこ》という巨人の死体が世界のさまざまなものに変化している。インドと中国では、いずれも目が太陽になっている点は興味深い※2。

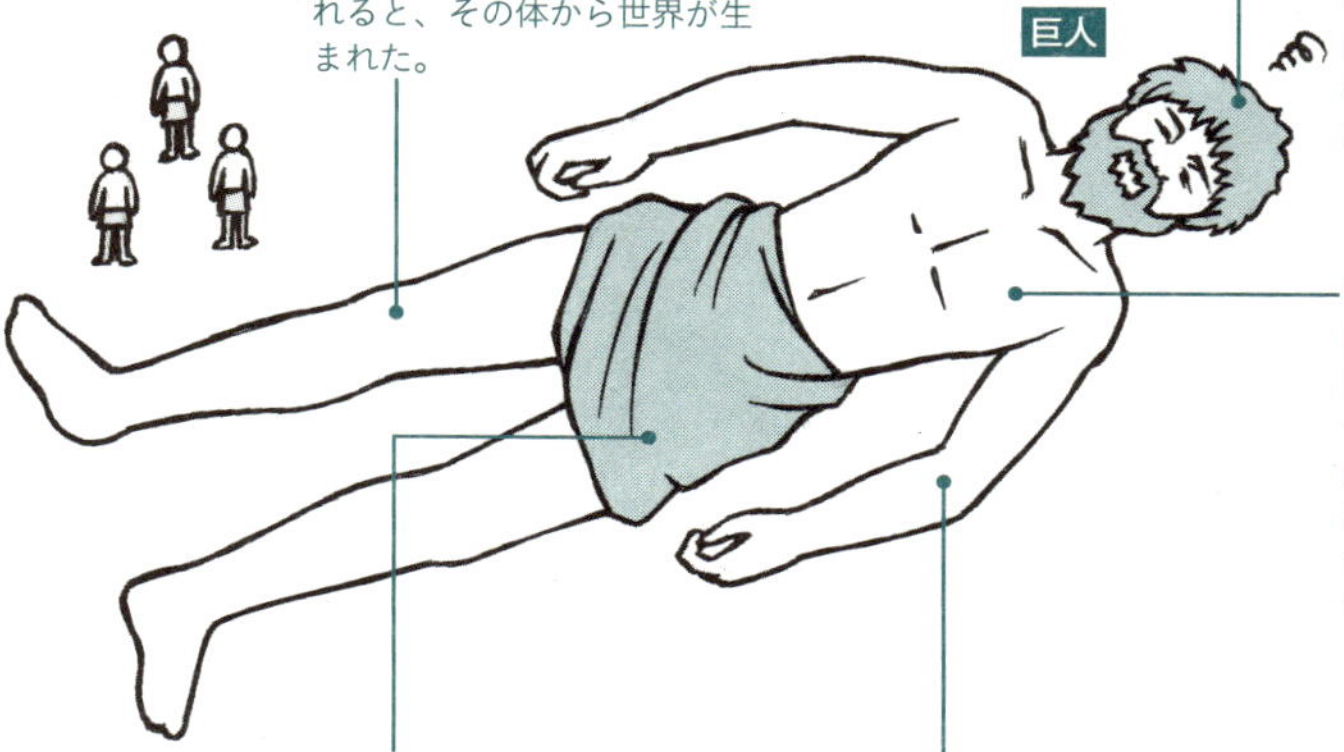

巨人解体神話はバビロニアにも見られる。巨大な原初の海の女神ティアマトが神に殺されると、その体から世界が生まれた。

北欧のユミルは、巨人族の祖先。霜が熱風に当たって溶け、しずくが人の形となって誕生した。最初に生まれた巨大な牛アウドフムラの乳を飲んで育ち、巨人になった。主神オーディンらに殺された。

中国の盤古は、天と地の間に1万8千年眠っていた。目が覚めると、一日9回ずつ変身をしながらどんどん成長したため、天と地も離れていったという。死ぬときに体から万物がつくられていった。

北欧神話における霜の巨人族やギリシャ神話のティタン神族（巨神族）など、神話における「巨人」は神々と敵対する存在や旧勢力であることが多い。なおユミルは巨体だが、巨人族のみなが大きい体をもつわけではない。

インドのプルシャは、千の頭、千の目、千の足をもつ巨人。祭儀の供物として殺された後、その死体からはさまざまな階級の人間も生まれた。ヴァルナと呼ばれる階級制度の起源にもなった。

生成物 生成者	天（天空）	太陽	月	地（大地）	川・海	風・雲	金属・岩石	方位
ユミル（北欧）	頭蓋骨	ー	ー	肉	血（→海）	脳（→雲）	骨（→岩） 歯・顎（→石）	ー
プルシャ（インド）	頭（→天） へそ（→空）	目	思考器官	足	ー	息	ー	耳
盤古（中国）	ー	左目	右目	ー	血（→川）	息	歯・骨	四肢 （→東西南北）

TOPICS 昔話に隠れた死体化生

昔話は、誰かの創作ではなく、いつのころからか伝わってきた話という点では神話と似ている。神話と同じように、比較研究の対象にすることもできるし、中には神話とよく似た話もある。
例えば「花咲か爺《じじい》」は、「動物報恩譚」つまり動物の恩返しの話として知られているが、死体化生型の話でもある。よいじいさんの飼い犬は、「ここ掘れワンワン」といって財宝をもたらすが、悪いじいさんに殺されてしまう。その死体を埋めたところに植えた木が臼となり、さらに燃えて灰となってもさまざまな形でよいじいさんに恵みをもたらした。よいものをもたらす存在が殺され、死後も恵みをもたらす点は、ハイヌウェレ型神話にも通じる話なのだ。

※2：神などの「目」から太陽と月が生じるという神話は「日月眼生(じつげつがんせい)」ともいい、世界各地に見られる。『古事記』でも、イザナキが禊ぎで目を洗った際に太陽神アマテラスと月の神ツクヨミが生まれたとする。

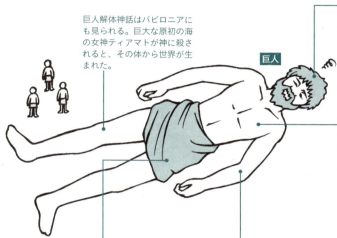

天体現象を解き明かす

太陽《たいよう》と月《つき》の関係《かんけい》

空に輝く太陽、そして太陽が沈むと夜空に浮かぶ月。この2つの天体の関係はきょうだいであると説明されることが多い。ギリシャ神話では太陽神ヘリオスと月の女神セレネは兄妹と伝わる。後にヘリオスと同一視されていくアポロン（太陽の神、光の神）もセレネと同一視されるアルテミス（森の女神）と兄妹だ。

日本の『古事記』では、イザナキの禊《みそ》ぎの際に、左目を洗うと太陽神アマテラスが生まれ、右目を洗うと月の神ツクヨミが生まれたとする。『日本書紀』では、イザナキとイザナミが天下を治めるべき子としてアマテラスを、次にツクヨミを生み出す。

太陽と月をめぐっては、日食や月食という現象にかかわる神話も伝えられる。その仕組みは現代では解明されているが、古代においては天体が突然欠けていく様子は、神秘的でもあり、恐ろしくもあったのだろう。

きょうだい型①――太陽と月は一緒に昇らない

日本など

『日本書紀』では、太陽と月、つまりアマテラスとツクヨミが離ればなれになった理由は、体から食べ物を出してもてなすウケモチという女神をツクヨミが殺してしまったためであると伝える※1。

ツクヨミがアマテラスの怒りを買うまでは、2人はともに天を治めていた。

『日本書紀』では、ツクヨミの輝きはアマテラスに次ぐものであったと表現される。しかし、『古事記』も含め、ツクヨミの存在感は薄く、記述も少ない。性別も不明。

欠けては満ちる月。各地の神話で、月の神は豊穣神、死と再生を司る神とされる。ポリネシアの月の女神ヒナは豊穣神、死の世界に住む。

『古事記』では、アマテラス、ツクヨミと生まれた後、イザナキが鼻を洗うとスサノオが生まれた。この3柱はとりわけ貴い「三貴子（さんきし）」と呼ばれ、それぞれ高天原、夜、海原を治めるとされた。

太陽神は最高神とされ、王や正義とかかわることが多い。

アフリカの両性具有の至高神マウは半身が女性で月、もう一つの半身が男性で太陽、太陽と月は双子といわれる。きょうだい以外でも、太陽と月はマヤ神話で夫（イツァムナー）と妻（イシュチェル）、メソポタミア神話では息子（ウトゥ）と母（ナンナ）など、家族であることが多い。

※1：『古事記』でも同様の食物神殺しの神話があるが、殺すのはスサノオ、殺されるのはオオゲツヒメ。
※2：アマテラスが身を隠したため世界が暗闇になり、災いが起こった。｜※3：神と対立する存在。

きょうだい型②──日食・月食も兄弟ゲンカ

ミャンマーなど

ミャンマーなどの神話では、太陽と月には乱暴者の弟がおり、彼が原因でケンカが起こるという。また彼が太陽や月を飲み込んでしまうために、日食や月食が起こるという。

タイ神話では、太陽と月にラフ（ラーフ）という兄弟がおり、ラフが死後怪物となって太陽と月を飲み込もうとして日食、月食が起こるとされる。

日食や月食の原因が、太陽もしくは月になく、その兄弟（または第三者）にあるという神話は東南〜南アジアに多い。アマテラスがもう一人の弟スサノオに怒って、身を隠したという天岩屋戸神話※2も、日食を描いているとも。

インド神話では、ラーフというアスラ※3がアムリタ（125頁）を盗み飲むところを太陽と月に見とがめられ、首を切られたことを恨みに思い、日食と月食を引き起こすとされる。

恐ろしい日食

日食は神の不調や不吉な兆しとされ、恐れられた。アステカでは、日食時に女神イツパパロトルが人間を食べると考えられた。

複数《ふくすう》型──太陽は複数あった

中国

中国の『山海経』※4によると、羲和《ぎわ》という女性は、10個の太陽を産んだという。羲和は、その10個の太陽を毎日水浴びさせ、１つずつ空に上らせた。

『山海経』では、太陽は巨大な扶桑（ふそう）の木※6から昇る。その木のあるところで太陽は水浴びをする。

太陽と月の関係は

太陽の母・羲和は、天帝※5帝夋（ていしゅん）の妻であったと伝えられる。帝夋のもう一人の妻は、月の女神常羲（じょうぎ）である。

太陽の母＝天帝＝月の女神

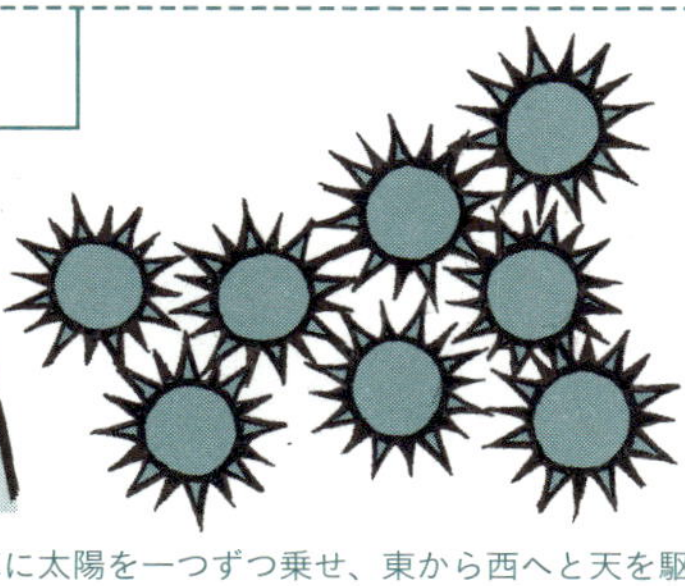

この神話は10日を1つの単位とする「旬（じゅん）」の由来を示す。

羲和は、6頭の竜が引く車に太陽を一つずつ乗せ、東から西へと天を駆けた。太陽が馬車などで移動する神話（太陽の馬車神話）はギリシャやインドにも残り（116頁）、エジプト神話では太陽神ラーが船を使っている（114頁）。

※4：『山海経』は、古代中国の地理書。現実の地理というわけではなく、伝説的な記述が多く含まれ、神話も伝えている。
※5：天を支配する神。｜※6：扶桑の木は、東方の海の太陽が出るところにあるという神木。

古代の人を魅了した星々

天《あま》の川《がわ》の起《き》源《げん》

都会では、光害のためにほとんど目にすることのない天の川。銀河ともいう。地球を含む太陽系をはじめとして、われわれの目に入るほとんどの星は、銀河系に含まれている。その銀河系の主要部が川のように映るとき、天の川と呼ぶ。日本では、七夕の織姫《おりひめ》（織女《しょくじょ》、こと座のベガ）と彦星《ひこぼし》（牽牛《けんぎゅう》、わし座のアルタイル）の間を阻むようにして流れる川として知られている。

「天の川」や「銀河」というように、日本では「川」のイメージでとらえられるが、他の地域では、川以外にもさまざまなものに例えられ、神話と結びついている。例えば、ギリシャ神話では、女神ヘラのお乳が飛び散ったものが天の川であるとする。マヤなど中南米では、蛇だとされる。ほかにも、神が通った足跡であるとか、天の狩人のスキーの跡であるとする地域もある。天を見上げた人々のイメージの豊かさが感じられる。

川《かわ》型—川に見立てた天の川

中国など

中国では、川の東に天帝の娘の織女が住み、西に牽牛が住むとする。2人は夫婦となるが、別れなければならなくなる。しかし、年に一度7月7日だけ天の川を渡って会うことができると伝えられる。

結婚後、機織りの仕事をさぼるようになり、怒った父が2人の仲を引き裂いた。
2人が天の川を渡るときには、カササギが翼を並べ、橋をつくるという※1。
牽牛
織女
日本には奈良時代には七夕の神話は伝わっていた。旧暦では、7月7日は秋なので七夕は秋の季語である。
『万葉集』には100首以上の七夕にまつわる歌がある。歌の中には、牽牛が船に乗って天の川を渡る様を描くものもある。一方漢詩の中では、織女が車を仕立ててやってくるという。
インカでは、天の川を川に見立て、暗い部分を川の水を飲みに来た動物の影と考えた。

※1：日本にも伝わり、小倉百人一首にも「カササギの橋」が出てくる（かささぎの渡せる橋に置く霜の　白きを見れば夜ぞふけにける／大伴家持）。

道《みち》型──道に見立てたミルキーウェイ

ギリシャ

英語ではミルキー・ウェイ、つまり乳の道という。乳はヘラの神話に由来するが、もともと天の川を道とイメージしていたこととかかわってこのような言い方になったのだろう。

ヘラの神話によると、最高神ゼウスは人間の女性に産ませた子、ヘラクレスを不死身にするため、妻ヘラの乳を吸わせようとしたが失敗。飛び散った乳が夜空に乳白色に淡く光る天の川になった。

ギリシャには天の川の起源神話がもう一つ伝わる。太陽神ヘリオスの息子パエトンは、父の代わりに空駆ける馬車を運行するが、暴走させ、天を焼く。そのときついた焦げ跡が天の川であるという。

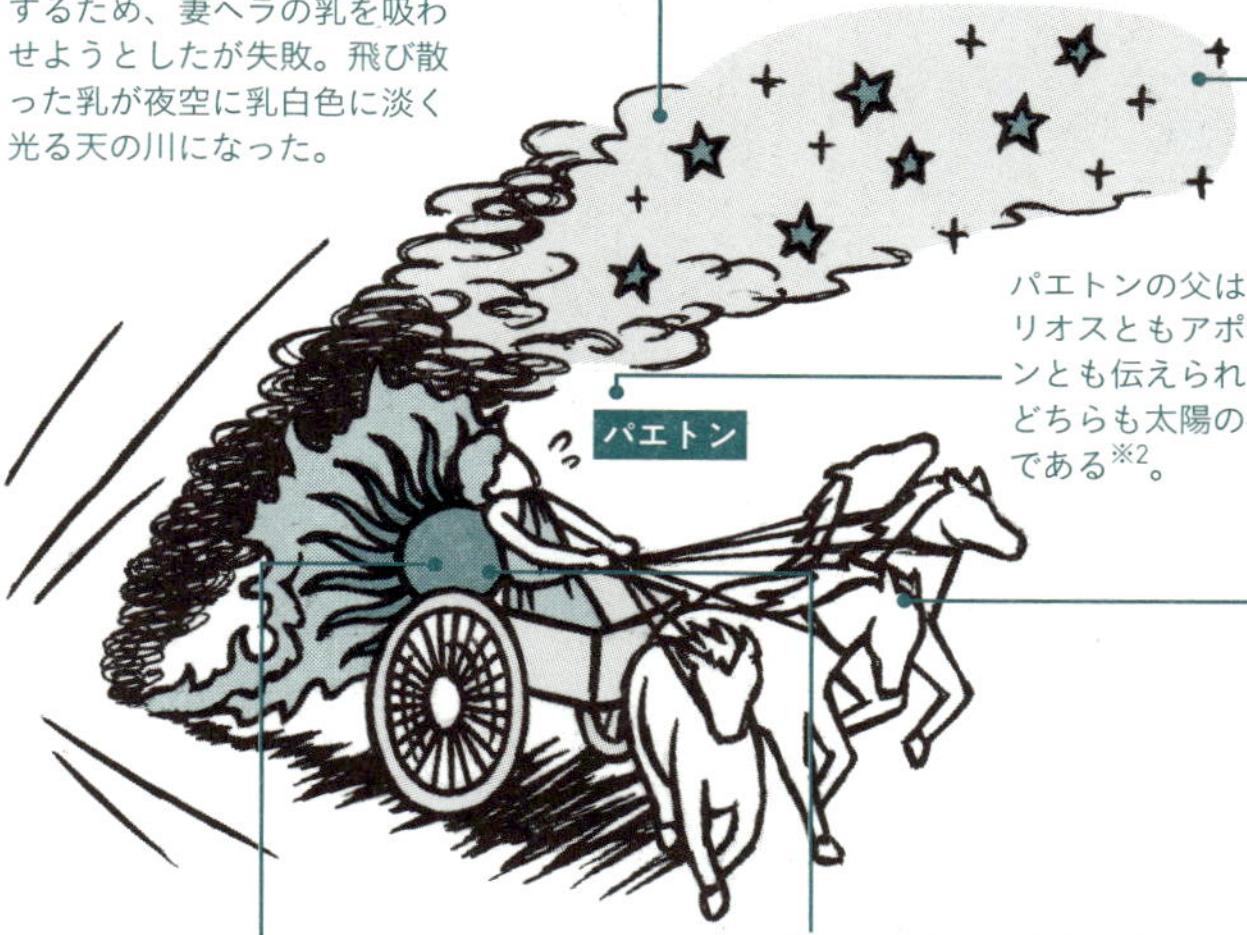

パエトンの父はヘリオスともアポロンとも伝えられる。どちらも太陽の神である※2。

騒ぎの最中、パエトンはゼウスの雷に打たれ亡くなってしまった。このとき地上では川が干上がり、砂漠ができたりしたとも伝えられる。

父の馬車で高く飛び、ゼウスに殺されたパエトン。似たようなギリシャ神話にイカロスの物語がある。職人の父が発明した翼を使って空高く飛んだイカロスは、最後には墜落死した。

太陽神の馬車

太陽神ヘリオスは、毎朝4頭の駿馬の引く馬車で東から西へと天空を移動する。帰りは馬車ごと黄金の盃に乗って大洋を渡って戻るという。

ヘリオス

跡《あと》型──何かの跡に見立てる

北東アジアのヤクート族の神話では、神が世界をつくったときに、天上を歩き回った足跡、あるいは天空の猟師が乗る橇《そり》の跡が天の川だという。

北東アジア

ロシアでは、天空に輝く星々と月を見て、草原で暮らす家畜たち（星々）と牧者（月）の関係になぞらえた。天空の牧者は月の神ヴォーロスといい、家畜の神、農耕の神でもある。

ロシアでは、狩人のスキーの跡、あるいは熊のスキーの跡という神話も伝わる。

※2：ヘリオスは太陽そのものの神。光の神アポロンと同一視されるようになった。

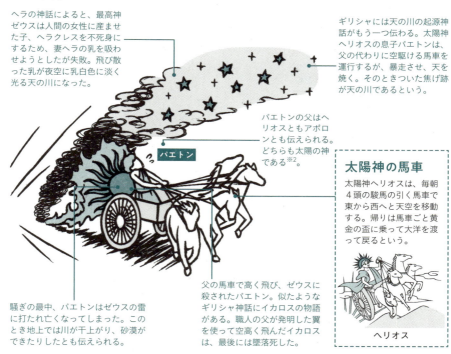

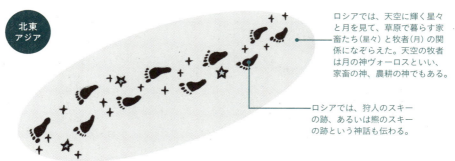

2章 神話のモチーフ

「争い」、「仲間」、「嫉妬」、「親友」、物語を展開させるために古今東西問わず使われるモチーフがある。神話ならではといえば「怪物退治」、「異形」、「異常出生」などがあるだろう。人々を引きつけるモチーフは、地域を越え、時代を超えて繰り返し物語に登場する。

和解に至るストーリー

神々《かみがみ》の争《あらそ》い

神話の中で、世界は次第に出来上がる。神々の間の関係もまた、神話の中で変化し、徐々に出来上がっていく。そこに欠かせないのが「争い」である。

ギリシャ神話の最高神といえば、ゼウス。日本神話であればアマテラス。北欧神話ならオーディン。当たり前のことのように思われるだろうが、決して神話の初めからそうであったわけではない。親の世代を倒して王になる者もいれば、別の支配領域をもつ他の神々のグループ（神族）と争い、統合していく者もいる。しかも、争いでは圧倒的な強さを示して勝つわけではない。交渉にかなりの時間がかかったり、寝返りに頭を悩まされたりする。ゼウスはキュクロプスに武器をつくってもらい、アマテラスはオモイカネの知恵を借りることで、優位に立ち、その地位を揺らぎないものとした。神々の争いは、それぞれの得意分野が示されていく過程でもあるのだ。

世代交代《せだいこうたい》型——大戦争で権力奪取

ギリシャ など

ゼウスらオリンポスの神々は、親世代のティタン神族と争い、勝つことで神々の中心の座を得た。この戦いをティタノマキアという。

ティタン神族を倒し、世界の支配者となったオリンポスの神々。中心はゼウスと兄や姉たち※1で、オリンポス山に住む。

クロノスは父ウラノスから支配権を奪うが、その子ゼウスも父クロノスを倒して支配者となった。ギリシャ神話では、世代間の争いを経ることで、物語が、出来事が、前に進む。

ティタン神族は、大地の女神ガイアが天空の神ウラノスと交わってもうけた12の神々。クロノスやレイアなど男も女もいる。

父親を倒す神話は、心理学のエディプスコンプレックス※2とのかかわりも想定される。

エジプト神話は世代を超えた戦いを語る。セトと甥ホルスは他の神々を巻き込み、エジプトの支配権をめぐって争う。発端はセトがホルスの父オシリスを殺したこと。最終的にセトが追放された。

一つ目の巨人キュクロプスはガイアとウラノスの子だが、オリンポスの神々を助けるため、ゼウスに雷霆(らいてい)※3、ポセイドンに矛、ハデスには隠れ帽(105頁)をつくってやった。

クロノスは、レイアとの間の子を次々と飲み込んでいく。そのうちの一人、ゼウスをかくまったガイアは、クロノスを倒す手助けをする。

ガイアは息子クロノスに鎌を与え、暴君となったウラノスの性器を切り落とさせた。それをきっかけに支配権はクロノスに移る。

※1：ウラノスの男根が海に投げ込まれた際、湧き出た泡から生まれたアフロディテも含まれる。
※2：同性の親を敵とし、異性の親との近親相姦を望む傾向。

譲《じょう》位《い》統合《とうごう》型——交渉の上、「国譲り」

日本

天上の高天原《たかまのはら》を治めていたアマテラスは、オオクニヌシの治める地上の世界、葦原中国《あしはらのなかつくに》も自分の子らが治めるべきと考え、交渉。国を譲らせることに成功した。

国譲りは、天の神々（天［あま］つ神）と国の神々（国つ神）の協働関係の成立を描いている。

天の神の派遣

ホノニニギ

アマテラスは何度も使者を送り※4、国譲りを実現させた。その後、孫のホノニニギを地上に降臨させ（天孫降臨）、統治させた。

国譲り

天の神

アマテラスは、国譲りの交渉に当たっては、タカミムスヒやオモイカネといった神々と相談をしている。

国の神

オオクニヌシは、まず自分の子のコトシロヌシの意見を聞き、次にタケミナカタの意見を聞いて、国譲りを決めた。

他族《た》《ぞく》融合《ゆうごう》型——人質交換で、和解・共存

北欧など

オーディンを中心とするアース神族とヴァン神族の間に争いが起こり、アース神族が勝利。その際、ヴァン神族のニョルズとその子らがアース神族の仲間入りをした。

アース神族による領土の侵略などから、2つの神族は敵対していた。この神話は、古くからスカンジナビアに住み、農耕や漁業をしていた部族が、新たにやってきた部族と争い、吸収されていったことに基づくとも。

ヴァン神族は、ニョルズと息子のフレイ、娘のフレイヤが人質となった。アース神族からは、ヘーニルとミーミルが人質として差し出された。ヘーニルは、見た目は立派な神で、ヴァン神族の長となるが、優柔不断で何かとミーミルに助言を求めた。

アース神族

アース神族はオーディンと息子トールを中心とする神々。

人質の交換

ヴァン神族

ヴァン神族は豊穣の神。性におおらかで、ニョルズは妹との間にフレイとフレイヤをもうけた。フレイとフレイヤも近親婚の間柄。

争うも共存する関係といえば、インドの神々（テーヴァ）とアスラ（悪神）。一方が壊滅すると、一方が増えすぎるので、均衡を保っている。

※3：雷霆とは雷。雷の落ちた所は聖所となった。
※4：アメノホヒ、アメワカヒコ、タケミカヅチとアメノトリフネ。

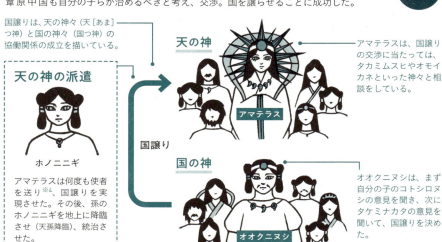

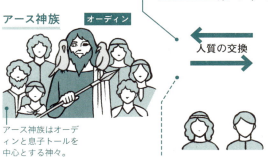

世界をリセットする 大《だい》洪《こう》水《ずい》

メソポタミアの『ギルガメシュ叙事詩』は、世界最古の物語として知られる。この物語の発見は、事件であったといっていいだろう。

19世紀半ば、イラク北部にある古代アッシリア・ニネヴェの遺跡で「アッシュルバニパル王の図書館」（紀元前7世紀ごろ）が見つかった。発掘された大量の粘土板は、大英博物館に運ばれる。解読作業に当たっていたジョージ・スミスは、1つの粘土板に注目。なんとそこにはヘブライ語聖書（旧約聖書）の「ノアの箱舟」の話に極めてよく似た洪水神話が記されていた。1872年のことである。後に『ギルガメシュ叙事詩』の第11の書板であることが判明するが、この発見は、ユダヤ・キリスト教の成立史研究に衝撃を与えただけでなく、世界に広く見られる洪水神話の系統やタイプを考える研究の出発点となった。洪水神話には、洪水が神罰によるとするものや、人類の始祖を生んだものがある。

神罰型《しんばつ》——神の視点で語る大洪水

ヘブライ語聖書など

『ギルガメシュ叙事詩』やその系統につながる「ノアの箱舟」の物語では、洪水の原因は神の怒りであると語られる。神罰型の洪水譚だ。この大洪水を事前に知らされた者が船に乗って助かる。

ヘブライ語聖書では、大洪水を生き残ったノアの3人の息子たち、セム、ハム、ヤペテとその妻たちが現在の人類の祖となったと伝える。人類の起源神話でもある。

ノアの箱舟には、ノア一家のほかに神の命によりあらゆる動物が一つがいずつ乗る。『ギルガメシュ叙事詩』でも生き物すべての種が舟に乗せられている。

大洪水を起こした雨は、40日40夜続き、ノアの箱舟はアララト山にたどり着いた。トルコにあるアララト山は、後世ヨーロッパの人々が聖書のアララト山であるとしてその名をつけたものだ。

神罰型の洪水神話はギリシャにも。大洪水を起こすのはゼウスで、箱舟で助かったデウカリオンとピュラ夫妻が人類の祖になった※。

このタイプの物語では、神はなんらかの理由で人類を滅ぼそうと洪水を起こすが、敬虔な人物などを選び生き延びさせている。

※：デウカリオンはティタン神族プロメテウスの子。洪水後、石を投げると、そこから人間が生まれた。

人類始祖型《じんるいしそ》―大洪水から人類誕生

中国・インドなど

洪水の原因よりも、生き残った者たちから、いかに人類が誕生したかという点が注目される神話もある。近親婚がルーツになることも多い。

生き残った兄妹が人類の祖に

インドから中国南部、台湾にかけ、洪水を生き残った兄妹から人類がはじまる「兄妹始祖型洪水神話」が見られる。

中国西南部には、洪水後、兄妹が近親婚を行った際に、肉の塊が生まれ、それを切ったところそれぞれが人間となったという神話も伝わる。

国生み神話

日本神話では大洪水は起こらないが、兄妹と解釈されるイザナキとイザナミが海にただ一つ浮かぶオノコロ島に降り立ち、結ばれ、世界をつくる（国生み）。洪水の後に兄妹の近親婚によって世界がはじまる神話と共通しているといえる。

マヌと大洪水の物語

インドの洪水神話の主人公はマヌ。「私を育てたら助けてやる」という魚マツヤに従ったマヌは、大きくなったマツヤから大洪水を予言され、大きな船をつくる。洪水が起こるとマツヤがその船を運び、マヌは生き延びることができた。

アヴァターラ

魚のマツヤはヴィシュヌ神の化身。インド神話では、神が人間を救うために変身した姿をアヴァターラ（化身）という。

生き延びたマヌは、儀礼を行って女性を生み出し、子孫を得ることができた。人類の祖となる存在は、神へのお礼や敬虔さが欠かせないようだ。

神も情にとらわれる 嫉《しっ》妬《と》心《しん》

神というと、人間にない能力をもつ存在として、性格や振る舞いの点でも人間より優れると思われがち。しかし、神話を知ると意外にも神々は「人間くさい」と感じられる。ケンカをしたり、浮気をしたり。嫉妬という感情を語る嫉妬譚《しっとたん》も見られる。

ヘブライ語聖書で語られる最初の殺人は、神ではないが、アダムとエヴァの子カインによる弟アベルの殺害であった※1。殺害の原因は、兄弟間の嫉妬であると解釈される。嫉妬は、人間にとって逃れがたい負の感情なのだろう。人間社会の鏡ともいえる神々の世界でも、さまざまな嫉妬がある。男女関係における焼きもち。誰からも愛されている者への羨《せん》望《ぼう》。前妻の子に対する継子《ままこ》いじめの話も、根底にあるのは嫉妬ではないだろうか。こうして並べてみると、嫉妬の感情という点では、人間と神の間に違いはないようにも思われるが、やはり神話はスケールが違う。嫉妬の果てに何が起こったかが注目される。

焼《や》きもち型—恋人を奪われ、復讐する

ギリシャなど

アフロディテとペルセポネ、美しい2人の女神に愛されたアドニスは、アフロディテの恋人アレス神の嫉妬を受け、彼の放った猪《いのしし》で殺されてしまった。

美男と猪

日本神話の神オオクニヌシもとても美男子。ヤガミヒメが一目で結婚を決めたため、兄たちが嫉妬し、猪に似た岩で焼き殺された。東西の美男子がいずれも猪にかかわって殺されるが、類似に意味があるかは不明だ。

オオクニヌシ

アドニスの母スミュルナは、自分の美しさが女神アフロディテを凌ぐと自慢したため、罰として父に恋することに。父娘の近親婚で生まれたのがアドニスである。近親相姦（インセスト）は古代ギリシャでもタブーであった。

冥界に暮らすペルセポネは、アフロディテに頼まれアドニスを養育するが、あまりの美しさから返すことを拒み、女神たちはいさかいとなった。

血からはアネモネの花が咲いたという。アネモネの花言葉は「はかない恋」。

アドニスはキプロス王の子。戦争を司る神アレスの嫉妬を買ってしまった。

※1：「兄弟殺し」は神話や伝説のモチーフの一つ「兄弟争い」(72頁)の発展形ということもできるだろう。
※2：父はテバイ王カドモス。

羨望型《せんぼう》—愛されない者の恨みが爆発

北欧神話の主神オーディンと妻フリッグの愛息バルドルは、自分が死ぬ夢を見る。フリッグは、あらゆるものに息子を傷つけないよう誓わせるが、それが気に入らない神ロキはバルドルが死ぬ計略を立てた。

北欧など

神々はバルドルが傷つかないことを祝い、彼に武器などを投げつけて遊んでいた。ロキが、盲目の神ヘズをたぶらかし「ヤドリギ」を射させると、バルドルは死ぬ。ヤドリギは殺傷能力がないとして、「誓い」を要求されていなかったのだ。

ロキは、アース神族の一員だが元は巨人族。バルドルの死によってはじまるラグナロク（16頁）では、神々から離反して戦う。

ヘズはバルドルの兄弟。この話は「兄弟殺し」の話でもある。

継子型《まま こ》—後妻が継子をいじめる

ギリシャなど

前妻への嫉妬心が継子に向くことも多い。ギリシャ神話によれば、オルコメノス王アタマスには先妻との間に息子と娘がいた。後妻のイノ※2はその兄妹が気に入らず、嘘の託宣《たくせん》で殺そうとする。

先妻ネペレ（雲のニンフ）は子どもたちを金毛の羊に乗せて逃がした。この羊がおひつじ座の由来である。

妹のヘレは、海の上で金の羊から落ちてしまう。その辺りは、黒海とマルマラ海を結ぶダーダネルス海峡というが、かつてはヘレスポントス（ヘレの海の意）とも呼ばれた。助かった兄のプリクソスは逃げた先のコルキス※3で金の羊をいけにえにして儀礼を行った。

うわなり妬《ねた》み

日本ではかつて、正妻による前妻や別の妻に対する嫉妬を「うわなり妬み」といった。神話では、正妻の力や夫の度量を示すエピソードとして語られるようだ。

この金の羊の毛皮を得るため、後に英雄たちによるアルゴー号の冒険（67頁）が行われる。

TOPICS 昔話の継子いじめ譚

継子型の嫉妬は、継子いじめ譚ともいう。ギリシャ神話の女神ヘラは、夫ゼウスと浮気相手（人間）との間に生まれた英雄ヘラクレスをとことんいじめたことで知られる。このタイプは神話だけでなく昔話、童話にも多く見られ、「シンデレラ」が最も有名だ。日本の古典文学でいえば、平安時代の『落窪《おちくぼ》物語』は、継母にいじめられ、みじめな暮らしをしていた姫君が貴公子に見初められ、継母に復讐も遂げ、幸せになった話を語る。

※3：現ジョージア西部。

生誕時から特別な存在
異常出生《いじょうしゅっしょう》

神や英雄は普通の人間とは異なった力をもっている。その力とは、後から得られるものではなく、生まれながらにしてもつものなのだろう。生まれたときからわれわれ人間とは違う。ということは、生まれ方も異なっていると考えるのが自然だ。

例えば豊臣秀吉は、母が「日輪《にちりん》が胎内に入る夢」を見て身ごもったと伝えられる。そのため、幼名を日吉丸《ひよしまる》、あるいは日吉といったそうだ。もちろん、後につくられた伝説だろう。低い身分から想像もつかないような大出世をして、天下人となった秀吉。出自はほとんど不明だが、こんな「あり得ない」ことをする人物はきっと「あり得ない」ような生まれ方をしたと思われたのだ。こうした後世の伝説も神話の型が使われている。秀吉の出生伝説の場合は「日光感精《かんせい》型」だ。母が日の光を浴びて妊娠をするというもので、高句麗《こうくり》の始祖朱蒙《しゅもう》やギリシャの英雄ペルセウスなどと同じタイプである。

自然由来型《しぜんゆらい》――自然物から子が誕生

ギリシャなど

自然界にあるものが誕生にかかわる。アテナイの王となったエリクトニオスは、女神アテナを見て欲情した鍛冶神ヘパイストスの精液が大地に落ち、その大地が身ごもって生まれた。

エリクトニオスは蛇の下半身をもつ。異常出生には「生まれた子が奇形や異類」というタイプも含まれる。46頁の異類婚による出産も異常出生を伴うことが多い。

自然物から子が生まれるという点では、日本の桃太郎や瓜子姫、かぐや姫なども同じ。いずれも普通の人間とは異なった資質や優れた容姿をもつとされる。自然物の姿で生まれてくる場合もあり、田螺(たにし)の姿をした田螺長者の話などもある。

エリクトニオスは、ヘパイストス※1の能力を受け継いでいたのか、移動のために戦車を発明した。そのため天に上げられ「ぎょしゃ座」となった。

ギリシャ神話の美少年アドニスも自然由来型の異常出生だった。母スミュルナが彼を妊娠した後、ミルラの木に変身させられたため、木から生まれた。

アテナイの王となったエリクトニオスは、パンアテナイア祭というアテナイで最大の祭りをはじめるなど、アテナ崇拝を行った。

異常成長

日本では、異常出生した子に「短期間で成長する」というエピソードがつきものだ。竹から生まれたかぐや姫は3カ月で成人したという。

※1：鍛冶神として武具をはじめさまざまなものをつくった。
※2：奇瑞とはめでたい印。出産ではないが、日本では白いキジが現れ、元号を白雉(はくち)と変えた例がある。

複合型《ふくごう》—日光感精・卵生《らんせい》型神話

朝鮮など

日の光を浴びて妊娠をする話は「日光感精型」というが、朱蒙の誕生譚の場合、日の光を浴びた母柳花《りゅうか》が卵で産んだという「卵生型」（14頁）でもある。いわば懐妊異常の複合型といえるだろう。

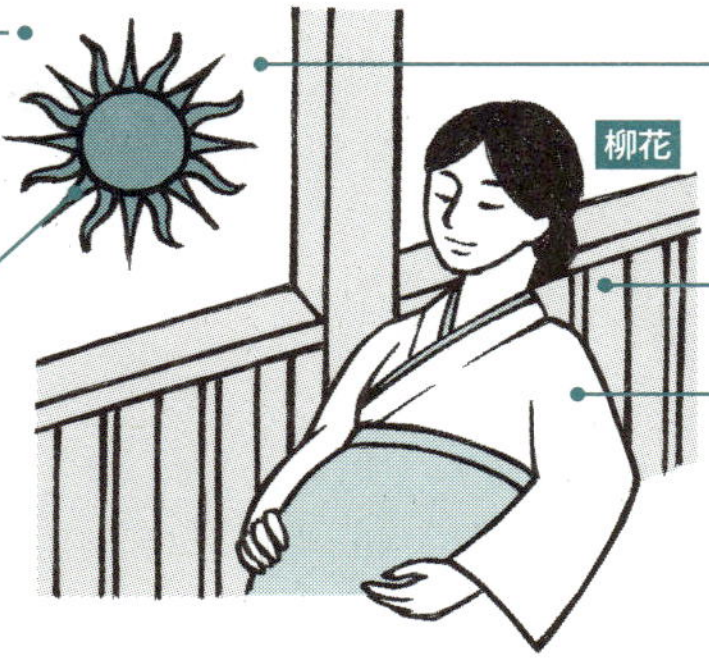

日本神話のアメノヒボコは新羅から渡来した神。故郷では日光感精卵生型で生まれたアカルヒメを妻にしていたという。

日光感精型は、日の光を浴びる、または日光が腹部に差し込むような経験をする。対馬（長崎県）には、娘が日輪の光を感じ、天道法師という優れた法力をもつようになる子を授かった伝説が残る。

女性が自然物に触れることで妊娠する神話は「感精神話」という。

韓国のドラマ『朱蒙（チュモン）』では、日光感精や卵生型の神話的な起源はなく、朱蒙の父母は人間として描かれた。

柳花は河の神の娘。天帝の子解慕漱（かいぼそう）と結ばれるが、解慕漱が天に帰り、ひとり残される。その後、窓から差し込んだ日光で懐妊。日光は、解慕漱を示すのだろう。

話型	過程		
	①自然物に触れる	②妊娠する	③子が生まれる
感精型	 日光感精なら日の光を浴びる。感精のきっかけはいろいろ	 日の光に触れて懐妊したら、太陽の子を身ごもったと考えることも	 出産時に奇瑞（きずい）※2などが見られることもある
感精卵生型			 母が産んだ卵から、子どもが生まれる

母胎由来型《ぼたいゆらい》—母体の一部から生まれる

インドなど

母親から生まれてくるといっても、釈迦《しゃか》は右の脇から生まれたという。日本神話では、病となったイザナミが吐しゃ物や排泄物から神を生じさせる※3。母親の体に由来する不思議な誕生譚だ。

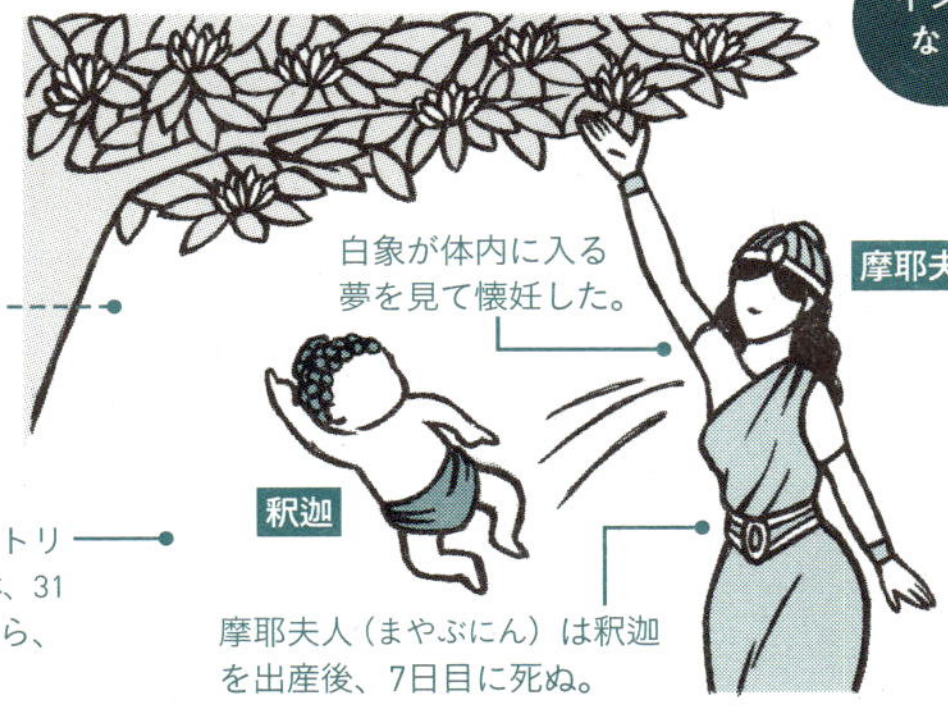

江戸時代の『閑度雑談』によると、越前国で馬夫の妻の脇に瘡ができ、医者が切除しようとしたところ患部から死んだ赤子が出てきたという。

白象が体内に入る夢を見て懐妊した。

インド神話では、巨人プルシャの腕からクシャトリヤ（王族）という階級の人々が発生した（巨人解体、31頁）。釈迦もクシャトリヤの階級であることから、プルシャの神話との関連もあるかもしれない。

摩耶夫人（まやぶにん）は釈迦を出産後、7日目に死ぬ。

※3：吐しゃ物からは金や鉱山を司る神が、糞からは土の神が、尿からは水の神、植物の神が生まれた。

人間以外との結婚の果てに

異類婚《いるいこん》

生まれながらにして普通の人間とは異なった力をもつ神や英雄の誕生譚には、生まれ方が異なる（異常出生《しゅっしょう》、44頁）と語るのではなく、親が異類婚であったと語るものもある。神と人間、神と動物、人間と動物というように同類同士ではない婚姻を異類婚というが、こうした結婚によって生まれた子は、同類の組み合わせでは得られないような力をもつ。

日本の神話では、女神アマテラスの子孫に当たる山幸彦《やまさちひこ》（ホオリ）は、海の神の娘トヨタマビメと結ばれる。彼女は出産の際に、元の姿に戻った。その姿とはワニ（サメのことか、23頁）。彼女はワニとなった姿を夫に見られたことを知って、わが子を置いて海へと去っていくが、その子どもは、トヨタマビメの妹と結ばれ、初代天皇となるカムヤマトイワレビコ（神武天皇）を得た。ワニの妹であれば、当然ワニであろう。つまり、天皇家もまた異類婚によって起源が語られているのである。

種族誕生型《しゅぞくたんじょうがた》——祖先伝説につながる

日本など

王が「敵を倒した者に娘を与える」と宣言したところ、犬が成し遂げる。犬と娘の間に生まれた子は、特定の集団の祖先となった。中国のヤオ族やミャオ族などに伝わる。犬祖《けんそ》神話は日本の『南総里見八犬伝』※1にも引用された。

家の滅亡に瀕していた下総国結城城の里見義実は、敵将を討てば娘の伏姫（ふせひめ）をやると犬の八房（やつふさ）にいい、八房は実行する。伏姫は八房と城を出て、洞窟で暮らした。

伏姫は八房の気を受け懐妊。身の潔白を証明するために割腹すると、腹から気が立ち上り、つけていた数珠が八方に飛び散った。後に8つの大玉をもつ若者たち（八犬士）が集まり、敵と戦い、里見家は再興を遂げる。

伏姫の数珠は、役行者（えんのぎょうじゃ）※2がお守りとして授けたもので、8つの大玉には、仁・義・礼・智・忠・信・孝・悌※3と記されていた。

初代神武天皇の妻はオオモノヌシの娘。オオモノヌシは蛇体の神だ。

中国のヤオ族らの犬祖神話に登場する犬は槃瓠（ばんこ）という。軍功を挙げ、王女をめとるが、妻とともに追放される。後に生まれた子は、父の槃瓠を殺し、母と結婚。その子孫が民族をなす。

八犬士は後に里見家の8人の姫たちと結婚する。映画『里見八犬伝』（1983年）では、落城から逃れた里見の姫（ひとり娘）と八犬士との恋が描かれ、ヒットした。

獣祖《じゅうそ》神話

始祖伝承を語る異類婚は、「王家の起源」の獣祖型（23頁）でも触れた。日本や中国、モンゴル、朝鮮など、東アジアに見られる。

ワニ（サメ）

※1：江戸時代に曲亭馬琴が28年もの歳月をかけて書いた長大な伝奇小説。｜※2：修験道、山岳信仰の開祖。
※3：儒教における8種類の徳。

英雄《えいゆう》誕生《たんじょう》型──英雄は異類婚で生まれた

ケルトなど

アイルランドの英雄オシーンは、ケルト神話※4のフィアナ騎士団の首領フィン・マク・クイルと雌鹿になっていた妖精サドヴとの間に生まれた子だ。名前の意味は子鹿である。

オシーンは常若の国（132頁）に行って帰ってきたりする異能の持ち主でもある。異界訪問は英雄譚の一つのモチーフでもある。

父の本名「ダウネ」もダマジカ※5を意味する。

オシーンの父フィン・マク・クイルが率いるフィアナ騎士団は、森で狩猟を行ったり、鹿のように駆ける訓練をしたり、鹿とのかかわりが深い。

ケルトの森の神は鹿の角をもつケルヌンノス。オシーンやフィンはそのイメージを受け継いでいるのかもしれない。

ギリシャ神話の英雄といえば、ヘラクレスやペルセウス。どちらもゼウスが姿を変えて人間の女性と交わって生まれた半神である。

異能者《いのうしゃ》誕生《たんじょう》型──異能のルーツを求めて

日本

平安期の陰陽師・安倍晴明《あべのせいめい》は、母が狐であったという伝説をもつ。歌舞伎や浄瑠璃では『信太妻《しのだづま》』と呼ばれる話である。晴明の不思議な能力の由来を母が異類であることに求めたのだろう。

歌舞伎の『蘆屋道満大内鑑（あしやどうまんおおうちかがみ）』の4段目「葛（くず）の葉」は、幼子の晴明と信太（しのだ、大阪）の森に住む白狐、葛の葉との別れを描く。

動物との異類婚では、動物は人間に姿を変えていることが多い。

歌舞伎や浄瑠璃では、去って行く葛の葉が、障子に「恋しくば尋ね来て見よ和泉なる 信太の森のうらみ葛の葉」と記すが、筆を左手にもち鏡文字で書いたり、口でくわえて書いたりして、異能の狐であることを示す。

TOPICS 異類婚に見えるズーファイル

日本の昔話には、「鶴女房」や「ハマグリ女房」など、多くの異類婚姻譚が見られる。たいてい妻が異類で、夫は妻の正体を知らずにいることが多いが、「見るなの禁」（58頁）を破るなどして、本来の姿を知ると、妻は去っていってしまう。

一方で、『遠野物語』などに描かれる「おしらさま」は、夫の方が異類（馬）の異類婚姻譚。この話の面白いところは、妻は「夫が異類である」と知っていて、あるがままの姿を愛している点だ。ズーファイル（動物性愛）を描いているといえる。

※4：ケルト神話は、主にアイルランドやウェールズに伝えられ、中世以降に文字化された。トゥアタ・デー・ダナンの神話や、フィン・マク・クイルらの戦いを語る「フィン物語群」、クー・フリンの活躍を伝える「アルスター物語群」が中心となる。
※5：南ヨーロッパ、小アジアに生息する鹿。

常人にはない能力、どう使う

変身《へんしん》

幼いころ見たアニメに、少女が魔法を使って変身したり、誰かを変身させたりするものがあった。『魔法使いサリー』や『ひみつのアッコちゃん』、『魔法のプリンセス ミンキーモモ』などである。少し後には『美少女戦士セーラームーン』もあった。「一日でいいから〇〇になってみたい」、「あんな人、〇〇になってしまえばいいのに」、「もう少し〇〇だったら」――こんな願望は、誰しも一度は抱いたことがあるだろう。変身願望ともいう人間に普遍的な欲望だ。もちろん神話でも多くの変身譚が語られている。

神話の中の変身もさまざまな形があるが、大きく分ければ何かの目的のために神が変身をするものと他者を変身させるものがある。前者を「目的達成型」の変身と呼んでみよう。後者にはいくつかのパターンがあると思われるが、恐ろしいのが「神罰型」である。望まない変身である。

目的達成《もくてきたっせい》型――自身の姿を変えて、欲求を満たす

ギリシャなど

ギリシャ神話の最高神ゼウスは女性と結ばれるために、動物や黄金の雨にも姿を変えた[※1]。結婚のための変身だ。その結婚から逃れることを目的に変身した女神もいる。海の神の娘テティスである。

テティスには、ゼウスやポセイドンも求婚しようとしたが、彼女の息子は父を超えるという予言があったため、彼らはあきらめ、ペレウスという人間と結婚させることにした。

テティスは、ペレウスから逃れるため、炎、水、荒れ狂う雌ライオン、さらに蛇に変身。ペレウスが頑としてテティスを離さなかったので、2人は結ばれた。2人の子が英雄アキレウスである。

父の海神ネレウスも、自由に姿を変えられる。英雄ヘラクレスから捕まえられそうになり火や水に変身した。同じくギリシャの海の神プロテウスも変身力をもつ。

北欧の主神オーディンは、変身や変装をして、詩の蜜酒[※2]を盗むことに成功した。

テティスとペレウスの結婚式には、ほとんどの神々が招かれたが、招かれなかった争いの神エリスが腹を立て、黄金のリンゴをもたらす[※3]。このことがトロイア戦争のきっかけに。

ローマの季節の神ウェルトゥムヌスは、庭園の女神ポーモーナをめとろうとさまざまに姿を変えるが、結局自身の真の姿を見せることで結婚することができた。

『変身物語』

ギリシャ・ローマ神話の変身譚を集めたオウィディウスの『変身物語』は、神が人間や妖精など他者を変身させる話が豊富。植物や鳥に変えるときは「同情」、虫や獣に変身させるときは「怒り」がきっかけになるようだ。

月桂樹になったダフネ

※1：ゼウスは、羊飼いに変身した姿で女神ムネモシュネを、カッコウの姿で女神ヘラを、ワシ姿でセメレを、白鳥姿でレダを、雄牛姿でエウロペを、精霊サテュロスの姿でアンティオペを、黄金の雨の姿でダナエを誘惑したり、結ばれたりした。
※2：ミードという。詩的ひらめきを象徴するもの。

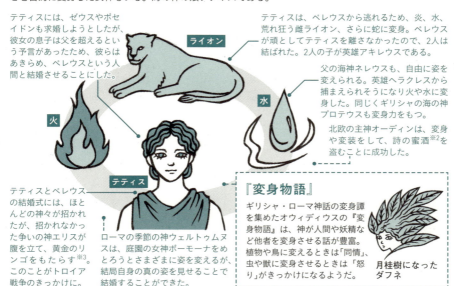

神罰型《しんばつ》—相手を変身させて、罰する

ギリシャ

ギリシャ神話では、神への傲慢《ごうまん》さをヒュブリスと呼び、厳しい罰を与えた。織物の名人であったアラクネは老婆に姿を変えた女神アテナと腕を競い、その傲慢さのためにクモに変身させられた。

アラクネは、機織りの技はアテナにも負けないといってしまい、女神の怒りを買う。

機織りは、アテナが司る技芸の一つ。

アラクネは、アテナに機織りの杼(ひ)で打ち据えられ、首をくくる。アテナはアラクネが糸を紡げるようクモに変えた。

老婆に変身したアテナとの機織り対決で、アラクネはアテナの父ゼウスの浮気の様子などを織り上げた。アテナは、素晴らしい神々の姿、人間のヒュブリスが招く悲惨な結末を織り込んだ。

ギリシャのイカロスの物語(35頁)もヒュブリスを戒めた神話である。

ヒュブリスの神罰

アウロス※4の名人マルシュアスは、神アポロンの音色より勝ると名声を得、アポロンの激しい怒りを買う。「勝者は何をしてもよい」というルールで音楽対決をすると、アポロンが勝利。マルシュアスは生きたまま皮をはがされた。ヒュブリスの招いた悲惨な結末である。

アポロン

伸縮型《しんしゅく》—体を大きく・小さくする

インドなど

変身というと、全く別の姿になると思いがちだが、中には体の大きさを変えるタイプも。インド神話の猿の神ハヌマーンは変幻自在。その力を巨大化に使い、山を持ち運ぶ。

体を大きく変化させ、山を持ち上げたり、遠くまでひとまたぎで行ったりする。

インドの叙事詩『ラーマーヤナ』に登場し、主人公ラーマ※5を助けて妃のシーターを助ける英雄。

猿の顔をしたひょうきんな姿のハヌマーンは、現在もインドから東南アジアにかけて広く人気がある。タイではウルトラマンとハヌマーンが協力して戦うテレビドラマもつくられた。

ハヌマーンの説話が中国に伝わり、『西遊記』の主人公孫悟空のモデルになったといわれる。孫悟空は72の変化の術を使えるという。

英雄譚と変身

英雄譚には変身がつきもの。日本神話の英雄ヤマトタケルは変身力こそないが、変装、それも女装をして九州の豪族を討った(92頁)。北欧の雷神トールも女装をして巨人スリュムを倒している。

トール

※3：「最も美しい女神へ」と書かれたリンゴをめぐり、ヘラ、アテナ、アフロディテが対立。審判役となったトロイアの王子はアフロディテを選び、その見返りとしてギリシャ・スパルタの王妃を与えられた。｜※4：管楽器の一種。｜※5：ヴィシュヌ神の化身(アヴァターラ)の一つ。

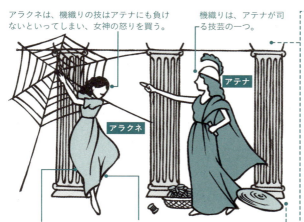

日本の異界訪問・来訪譚

海《かい》上《じょう》他《た》界《かい》

海に囲まれた日本では、海は恵みをもたらしてくれる存在であり、時には災いにもなる恐ろしいものであった。そのためか海の向こうにある世界のイメージも両義的だ。

昔話「浦島太郎」にもその影響が見られる。浦島太郎は亀を助けたお礼に竜宮城で乙姫《おとひめ》にもてなされる。帰ろうとすると玉手箱を渡され、決して開けてはならないといわれる。戻った浦島太郎は、地上では驚くほど長い年月が経っていたことを知り、思わず玉手箱を開くと老人になってしまう。おおよそこんな内容だが、原型ともいえるような話は『日本書紀』や『万葉集』、『丹後国《たんごのくに》風土記《ふどき》』逸文《いつぶん》など奈良時代の文献にも伝わる。いずれも、亀の姿で現れた乙姫と海の向こうの世界で結ばれるが、いつの間にか長い年月が経っている。幸せな時間を過ごせる一方で、元の世界は激変しているのだ。浦島太郎にとって竜宮城の訪問はよかったことだったのだろうか。

訪問《ほうもん》型—海中で未来の妻と出会う

日本

日本神話では、海の中にはワタツミの宮があるとする。兄の釣り針を探しにワタツミの宮を訪れた山幸彦《やまさちひこ》（ホオリ）は、そこでトヨタマビメと出会い時を過ごす。浦島太郎と重なる体験をしている。

自身の剣からつくった釣り針を兄の海幸彦（ホデリ）に差し出すも許されず（72頁）、途方にくれていたが、ワタツミの宮で兄の釣り針を見つけることができた。

ワタツミの宮へは、竹で隙間なく編んだカプセル状の籠（129頁）に乗って向かった。帰りはワニ（サメのことか）に乗って地上に戻った。

母譲りの美男子だった山幸彦にトヨタマビメは一目惚れをしたと考えられる。山幸彦の母は大変な美女であったコノハナノサクヤヒメ。

父は海神ワタツミ。ワタツミは海神。「ワタ」は海、「ミ」は霊や神を意味する言葉。

海底の国などを訪れる日本の異郷訪問譚は、主人公が特別な方法で異郷に向かい、現地でもてなされ、地上に戻るときにお宝を贈られるも…という流れをもつものが多い。

海の老人の助け

海辺に現れ、山幸彦にワタツミの宮へ行くようにと教えたのはシオツチ※1という知恵のある老人。ギリシャ神話にも物知りで予言をする「海の老人（ハリオス・ゲロン）」といわれる神々がいる。ネレウスやプロテウスだ。

シオツチ

※1：シオツチ（潮つ霊、潮つ路）という名から、海流の神と解される。
※2：釈迦が亡くなってから56億7千万年後にこの世に現れ、仏として世界を救うとされる。未来仏と呼ばれる存在。

来訪《らいほう》型――海から神がやってくる

日本

琉球諸島では、海の向こう、あるいは海の中にニライカナイがあるとされる。八重《やえ》山《やま》ではミルク（弥勒《みろく》）がニライカナイから来訪し、豊穣をもたらすとする。

ニライカナイは、「ニルヤカナヤ」「ニルヤ」とも呼ばれる。ニライカナイの「ニ」は「根」のことで、あらゆるものの根＝根源があるとされる。

火や稲、先祖もニライカナイからやってきたと伝わるが、害虫などの災いをもたらすとも。東方にあるとされることが多いが、地域によって異なる。

ミルクが来訪する「豊年祭」が行われる地域もある。

ミルクは弥勒菩薩※2のことだが、弥勒の化身とされた布袋（ほてい）の姿で表現される。一般的にはミルクの面、黄色の法衣を着て、うちわと杖をもつ。

弥勒菩薩の信仰が東南アジアの方から琉球諸島に伝わり、ニライカナイからやってくるミルクの信仰になっていったとされる。

宮古島では、醜い顔のミルクポトケ（弥勒仏）が天から地上に人間や家畜などを下し、地上では美男子のサクポトケ（釈迦仏）が受け取る役をしていたという話も伝えられている。

マレビト

日本では、海の彼方や山中など、異郷から訪れる来訪神をマレビトと呼ぶ。年に1度、仮面や仮装など異形の姿でやってきて、幸をもたらす。ミルクも小正月にやってくるナマハゲも来訪神である。

ナマハゲ

常世国《とこよのくに》型――不死を得られる国が待つ

日本

浦島太郎が竜宮城で過ごしたのは数百年だという。不老不死の世界なのだろう。神話に登場する常世国には、不老不死を象徴するような実があるとされる。

垂仁（すいにん）天皇のために常世国の「ときじくのかくの木の実」をとってきたのがタジマモリ。しかし既に天皇は亡くなっていて、タジマモリは嘆き悲しんだという。不老不死を叶えると信じられていたその実は、橘の実とされる。

タジマモリは新羅からやってきたアメノヒボコの子孫。現在は菓子の神として知られる。橘はいわゆる「お菓子」のイメージとは異なるが、その甘味から菓子とされた。

常世国には、カムヤマトイワレビコ（神武天皇）の兄ミケヌのほか、オオクニヌシと国づくりを行ったスクナヒコナも向かった。スクナヒコナは、粟の茎に弾かれて飛んでいったともいう。

常世国と蓬莱《ほうらい》

海の世界へ出かけていく浦島太郎（浦島子）の伝説は、古代の文献にも伝えられる。昔話では海中の竜宮城だが、これらの史料では「常世国」や「蓬莱」と呼ばれる。蓬莱は中国で仙人が住む霊山で、不老不死の地とされる。

浦島子

事前に予習しておきたい
死《し》後《ご》の世《せ》界《かい》

誰にでも死は訪れる。死は避けられないものだ。そう分かっているのに、死んだことのある人はいない。死後に何が待ち受けているのかは分からないのだ。神話に描かれる死後の世界は、そんな人々の恐れや期待によって生み出されたのではないか。

キリスト教では、宗派によって解釈がさまざまあるものの、基本的には「亡くなった人は、世界の終末に行われる最後の審判のときに裁きを受け、天国か地獄に振り分けられる」とする。バチカンのシスティーナ礼拝堂にあるミケランジェロの『最後の審判』は、このキリストによる裁きの様子（17頁）を描いたものである。中央に右手を挙げたキリストがおり、その右側に天国へと向かう人々が、左側には地獄に向かう人々が描かれる。

死後に裁きがあるという発想は、キリスト教に限ったものではない。死後の裁きを思うことを、よく生きることにつなげようとする人々の知恵だろう。

裁判所《さいばんしょ》型—死者は裁きを受ける

エジプトなど

古代エジプトでは、亡くなった後、死者の世界の王オシリスの裁きを受けると考えた。真実の羽根と死者の心臓とを天秤にかけ、嘘偽りがあると天秤が傾き、死後の生を得られなくなる。

天秤は、死者が潔白であるときは、傾かずバランスをとるという。嘘があると、天秤は傾き、心臓は落ちて下にいるワニに食われたりする。

無事に審判を終えると、死者は永遠の命を手に入れ、楽園アアルに向かう。アアルは、オシリスの支配する東にある世界。葦原に覆われている。

オシリスは統治者だったが、兄弟のセトに殺され（73頁）、死と再生を司る冥界の神に。

王権の象徴である杖と穀竿（からざお）をもち、冠をかぶり、ミイラのように布に包まれた姿で描かれる。

仏教でも地獄の閻魔（えんま）らが死んだ人間の審判を行う※1。閻魔の由来はインド神話の最初の人間ヤマ。ヤマは最初の死者となり、冥界の王となった（142頁）。

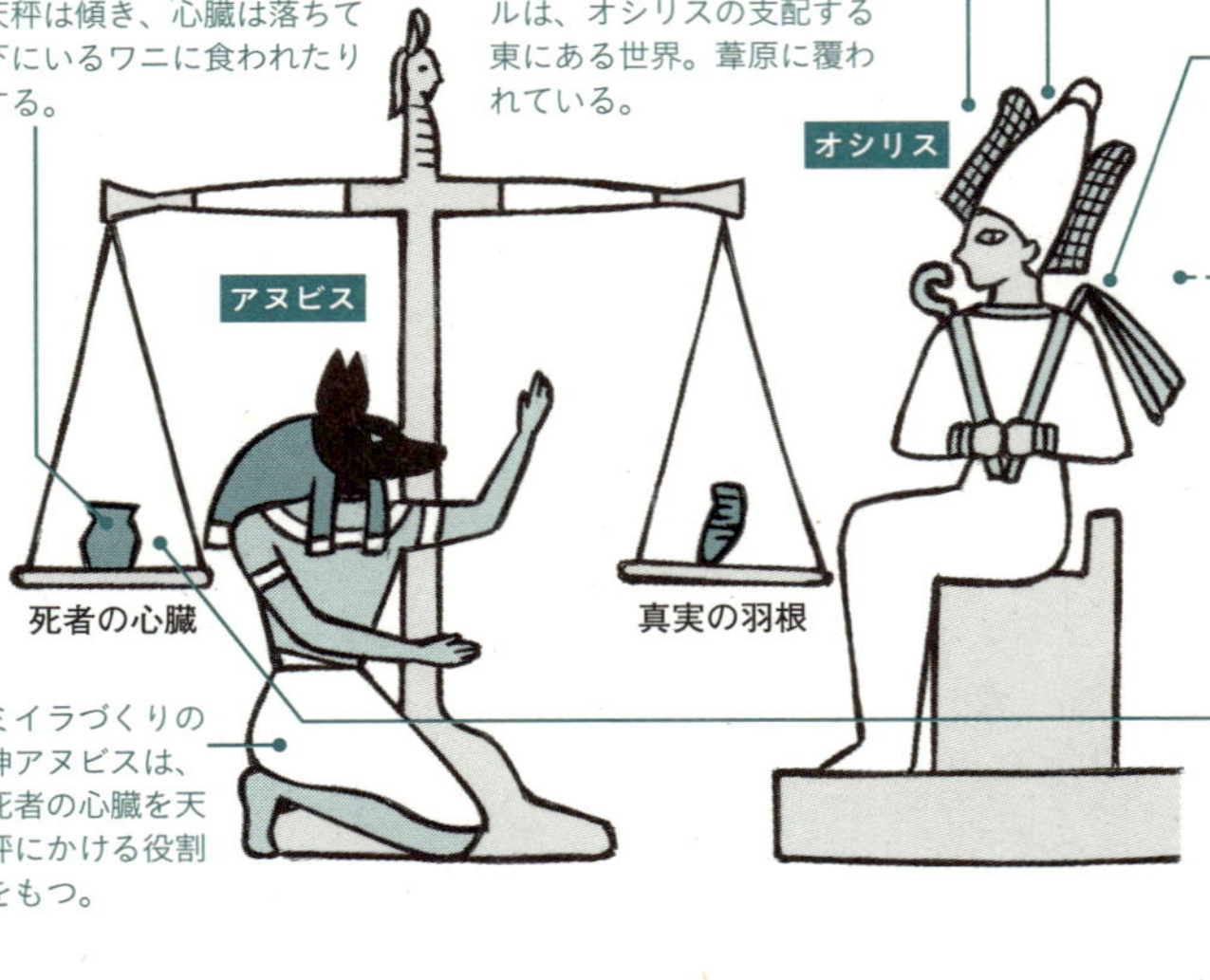

ミイラづくりの神アヌビスは、死者の心臓を天秤にかける役割をもつ。

古代エジプトでは、死後の世界でも生き続けられるよう、ミイラがつくられた。内臓は取り出され、それぞれの部位を守る神の像が表された壺に入れられたが、心臓だけは魂が宿るとして、体内に残されたという。

※1：宗派によって異なるが、7日ごとのの裁きを経て、死後の行く先（天上や人間、地獄などの六道）が決まる。
※2：「アーサー王伝説」で語られるブリトン人の王。史実性は不明。彼の伝説にはケルト文化の影響が色濃くみられる。

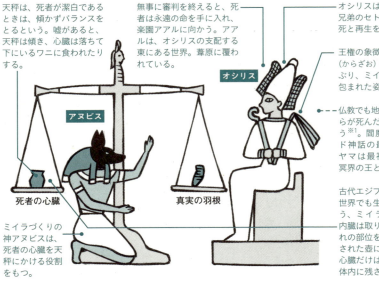

女《め》神《がみ》統《とう》治《ち》型——女神が支配する世界

北欧など

死後の世界が女神によって支配されるとする神話も少なくない。メソポタミア神話ではエレシュキガルという女神だ。北欧神話ではロキの娘のヘルである。

日本の黄泉《よみ》の国を治めるのもイザナミ。イザナキの妻である。

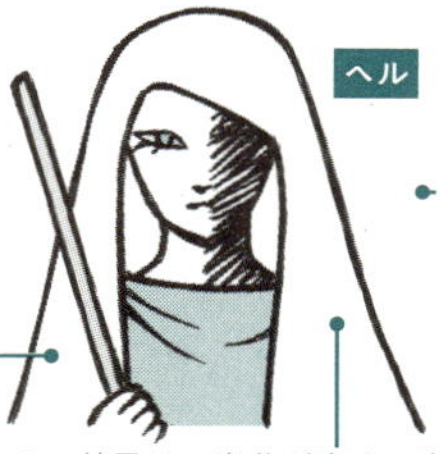

ヘルが治めるのは地下にある死者の国ヘルヘイム。一方、戦死者の魂はヴァルハラ（131頁）へ行く。

ヘルの外見は、半分が青く、半分は人間の肉の色をしている。半分が死者であることを意味するのだろう。

夫婦で冥界に君臨

ギリシャ神話ではゼウスの兄弟ハデスが冥界を支配する。女神ペルセポネは地上から連れ去られ、ハデスの妻となった。

楽園《らくえん》型——特別な者しか行けない場所

ギリシャ・ケルト

ここなら行ってみたいと思うような死者の楽園も。しかし、誰でも行けるわけではなく、ギリシャ神話のエリュシオンやアーサー王※2が行くアヴァロンなど、英雄のためのものだ。

神に愛された者が住むエリュシオン

「至福者の島」とも呼ばれる。西の果てにあり、温暖な気候でよい香りに満ちているとされる。

エリュシオンは後代の詩人たちの楽園イメージにも影響を与え※3、詩人ゲーテがエリュシオンに到着する様子も絵画※4になった。

フランスの大統領官邸「エリゼ宮」のエリゼとはエリュシオンのこと。エリゼ宮が面する「シャンゼリゼ通り」(Les Champs-Élysées)は、直訳すると「エリュシオンの野」となる。

ギリシャ神話では冥界へ船で下るが（54頁）、楽園エリュシオンにも船で向かうようだ。

リンゴの楽園島アヴァロン

致命傷を負ったアーサー王は、アヴァロンに向かい、最期の時を迎えた。

アヴァロンは、古ウェールズ語でリンゴを意味する語に由来するとされる。リンゴの実のなる島である。

西の海の向こうにあるというアヴァロン。アーサー王の剣エクスカリバーは、この島でつくられたとも。

イギリスの南西部にあるグラストンベリーは、アーサー王のものとされる墓が発見された町。アヴァロンはグラストンベリーであるともいわれる。

※3：エリュシオンは、ベートーヴェンの「第九」の合唱の歌詞のもととなったシラーの詩にも登場する。
※4：ドイツの画家フランツ・ナドルプの作品。

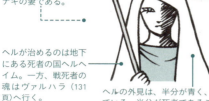

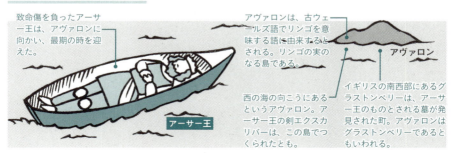

死者の世界で何をする？

冥界下《めいかいくだ》り

古代ギリシャにオルフェウス教という宗教があった。秘儀を行う密儀宗教で、紀元前7世紀ごろから盛んになったという。その創始者と伝わるのがオルフェウスである。

ギリシャ神話のオルフェウスは詩人で竪琴の名手、冥界下りで広く知られる。新妻エウリュディケを不慮の事故で亡くした彼は、番犬ケルベロスを得意の音楽で和ませるなどして冥界へ下り、王ハデスに思いを訴えた。ハデスはオルフェウスに地上の光を見るまで妻を振り返って見てはならないという条件をつけた上で、妻を連れ帰ることを許した。しかし、オルフェウスはあと少しのところで振り返ってしまい、ひとり地上に戻ることになる。

不幸な話だが、後日談として冥界へ行って戻ってきたという稀少な体験をもとにオルフェウス教を創始したという伝説が生まれた。冥界訪問を成し遂げたという意味では英雄でもあるのだ。

オルフェウス型──妻をよみがえらせる

ギリシャなど

亡くなった配偶者を連れ戻すために冥界を訪問する神話をオルフェウス型という。世界中に見いだすことができるが、日本の神イザナキによる冥界訪問もオルフェウス型の神話である。

オルフェウスは妻を連れ戻せなかったが、オルフェウス型神話で成功する話もある。ニュージーランドの神話が代表例で、人間の「仮死状態」を説明するものともいわれる。

ハデスの妻ペルセポネは地上の住人だったが、冥界のザクロを4粒食べてしまい、一年に4カ月は冥界で暮らすことに。イザナミも黄泉の国の食べ物を口にしたため、同様に元の世界に戻れなかった。

イザナキは、亡くなった妻イザナミを黄泉の国まで迎えに行くが、結局失敗する。オルフェウス同様、見てはいけないものを見たからである。「見るなの禁」と呼ばれる有名なモチーフでもある(58頁)。

地上に戻ったオルフェウスは、女性を寄せつけなくなり、狂乱した女性たちに八つ裂きにされて亡くなった。彼の琴が天に掲げられ、こと座になったという。

冥界の川

オルフェウスは、渡し守カロンの舟でステュクス川を渡り冥界に下った。冥界との境に川があると考える例は多い。仏教だと三途(さんず)の川※1、メソポタミアでも冥界にフブルという川があると伝わる。北欧神話ではギョッル川にかかる橋を渡って冥界ヘルに向かう。

※1：川のほとりには死者の着物を奪い取る奪衣婆(だつえば)がいるとか、賽(さい)の河原では親より早く死んだ子らが親の功徳(くどく)のために石を積んでいるなどといわれる。

英雄《えいゆう》型——英雄しかできない冥界の旅

ギリシャ

冥界を訪問した英雄は何人かいるが、中でもヘラクレスは冥界の番犬ケルベロスを連れてくるという難行《なんぎょう》を課され、格闘の末に成功したと伝えられている。

3つの頭、蛇の尾をもつケルベロスは冥界の番犬。犬が冥界と結びつくのは、死者の肉を食らうとされることもあるが、番犬のように境界を守ることともかかわるのだろう。

ケルベロス
ヘラクレス

ギリシャ神話で冥界下りに成功した英雄はほかに、テセウスやトロイア戦争で活躍したオデュッセウスがいる。前者は女神ペルセポネを求めて、後者は予言を聞くために訪れた。

ヘラクレスはアルゴスの王エウリュステウスの命で十二の難行※2を行う。ケルベロス捕獲もその一つだが、王はこの怪物を目の前にすると甕(かめ)の中に隠れて出てこなかった。

ヘラクレスは映画で多く取り上げられているが、2014年の『ヘラクレス』は、神話的な要素を排除し、人間の戦士としての姿を描く。

冥界の犬

ケルベロスや北欧神話のガルムをはじめ、各地の神話で見られる冥界の犬。インド神話でも冥界の王ヤマは四つ目の2匹の犬を飼う。エジプト神話ではミイラづくりの神アヌビスがジャッカルの頭をしている。

アヌビス

身代《みが》わり型——亡き恋人の代わりに冥界へ

メソポタミアなど

シュメールの女神イナンナは、冥界を支配しようと訪れるが、逆に捕らわれてしまう。戻るために差し出したのが恋人のドゥムジ(タンムズ)である。身代わりの冥界下りである。

イナンナ
ドゥムジ

イナンナは、金星の女神※3。冥界の女王エレシュキガルは、イナンナと姉妹であるという伝承もある。

イナンナは、エレシュキガルの支配する冥界を訪れた際、7つの門をくぐっていくが、くぐるたびに身につけていたものを置いてく必要があった※4。

最終的にドゥムジは一年の半分を冥界で過ごすことになる。ドゥムジはタンムズともいい、地下(冥界)と地上を行き来する植物の神として信仰されていた。ギリシャ神話のハデスの妻ペルセポネも、一年のうち4カ月を冥界で過ごす穀物神。どちらも冬の間、土中にある種を象徴する(29頁)。

タンムズはイナンナの喪に服さずに豪華な衣をまとっていたために身代わりになったとも伝わる。

ヘブライ語聖書によれば、預言者エゼキエルは、神殿で女たちが冥界に去ったタンムズのために泣く光景を幻視した。異教崇拝の様子だろう。

※2：十二の難行は、動物・怪物の退治や生け捕り、お宝の入手のほか、激しく汚れた家畜小屋の掃除というものもあった。
※3：太陽神ウトゥの妹であると伝えられる。｜※4：仏教では、死者から奪った着物で罪の重さを量るという。

脱出を成功させるには

呪《じゅ》的《てき》逃《とう》走《そう》

「行きはよいよい帰りは怖い」という。そもそもは、わらべ歌「通りゃんせ」の一節である。遊びに行った帰りなど、最後まで気を抜いてはいけないと伝えたいときに、よく使われているように思う。

「帰りは怖い」、そんな状況はあちらこちらで見ることができる。映画でも、主人公が逃げ出すときや帰還するときに、はらはらさせられるものが多い。神話も同じだ。目的地に向かうときに困難な目に遭う話より、ある場所から逃げ出したり、目的地から戻ったりする際に苦労する話の方が多い。このときに変身をして逃げたり、物を投げ、その物の力で追っ手を遠ざけたりする話がある。このように呪術的な方法で逃げることを「呪的逃走」と呼ぶ。

「通りゃんせ」では、天神《てんじん》さまにお札《ふだ》を納めに行く帰りが「怖い」という。歌に続きがあれば、呪的逃走があったかもしれない。

変身《へんしん》型—姿形を変え、追っ手をかわす

ケルトなど

他者や物に姿を変えて追っ手をだます変身型。タリエシン※1は、魔法使いケリドウェンから逃げるときに、さまざまな動物に変身した。最後は小麦の粒に変身し、雌鳥になったケリドウェンに飲み込まれるが、子どもとして生まれ出たという。

変身	1回目(陸上)	2回目(水中)	3回目(空中)	最終回と結果
逃走者 タリエシン 	鹿 	魚 	鳥 	小麦の粒  小麦の粒に変身し、ケリドウェンに食べられるが、その子として再生
追跡者 ケリドウェン 	猟犬 	カワウソ 	ワシ 	雌鳥  小麦の粒(タリエシン)を食べ、妊娠。変身力のある子を産む

変身型の呪的逃走では、主人公が呪力をもつ。タリエシンも薬草(120頁)を誤って口にしたことから、予言力や変身力を身につけ、ケリドウェンに追いかけられることに。

魔女から逃げるために変身を繰り返すモチーフはグリム童話「めっけ鳥」にも見られる。

ケリドウェンは女魔法使い。魔法使いは、古代ケルトの祭司(ドルイド)の文化が民間の中で変容された存在とされる。ドルイドには女性もいた。

タリエシンがさまざまなものに変身する話は、アーサー王伝説に登場する魔法使いマーリンの変身譚も想起させる。

※1:ウェールズの伝承に登場。6世紀後半に活躍した実在の詩人だが、後世、偉大な予言者、妖精のような存在としての神話的な物語が伝えられるようになる。

物《もの》投《な》げ型──物を投げ、注意をそらす

日本など

呪物を後方に投げて追っ手の邪魔をするタイプ。日本神話のイザナギは、黄泉《よみ》の国から逃げ出るとき、追いかけてきたヨモツシコメ（醜女《しこめ》）にくしや髪飾りを投げた。それらがタケノコやブドウに変わり、敵を引きつけた。

ヨモツシコメ
イザナギ

ギリシャ神話の「アルゴー船の冒険」（67頁）は、凄惨な「物投げ型」を描く。英雄イアソンに恋した王女メディアは、父を裏切り、イアソンの冒険を手助けする。弟を殺して海に投げたのも、父が遺体を拾い集める間に、恋人を逃がすためだった。

つる草の髪飾りはブドウ（ヤマブドウ）に、くしの歯はタケノコに変わる。似た姿のものに変化している。

最後は桃の実を投げるが、桃は変化せず、そのままの姿で黄泉軍（よもついくさ）を撃退した。桃は古来、悪鬼を退ける呪力があるとされていた（中国の道教に由来）。

物投げ型では、物が呪力をもつ（呪物）。主人公が呪物を投げると、呪物が威力を発揮する。このモチーフはグリム童話にもあり、広く分布する。

昔話の呪的逃走

「三枚のお札」では、いたずら者の小僧が山姥から逃げるとき、和尚さんにもらった3枚のお札を1枚ずつ投げる。お札は、小僧に代わって返事をしたり、山や川になったりして、山姥の追跡を妨げた[※2]。

お札

神助《しんじょ》型──神に祈って、助けを得る

エジプトなど

神助を得て逃走に成功する型。エジプト神話の神アヌビスの弟バタは、兄嫁の計略によって兄に追われる。そのとき太陽神に祈ると池にたくさんのワニが現れ、難を逃れた。

兄嫁は自分がバタを誘惑したことが発覚することを恐れ、バタに暴力を振るわれたと嘘をいう。怒ったアヌビスはバタを殺そうと追いかけることになった。

夜が明けると、太陽神のもとでバタの無実が明らかに。アヌビスは家に帰り、嘘をついた妻を殺した。

バタ
ワニ
アヌビス

アヌビスはジャッカル（イヌ科）の頭部をもつ姿で表現されるミイラづくりの神。

アヌビスは、冥界の王オシリスと葬儀神ネフティスの子という伝承も。ローマ時代には、魂を冥界に導くというギリシャの神ヘルメスと同一視された。

神助で海を割る

ヘブライ語聖書の「出エジプト記」によると、イスラエルの民はエジプトを出る際、ファラオの軍勢に追いつかれる。モーセが杖を振り上げると、「葦の海」（紅海のこと）が割れ、進むことができたが、追っ手は海に沈む[※3]。これも神助型だ。

モーセ

※2：同様の昔話に、旅人が鬼婆から逃げるときに、土産物のかんざしやくし、手鏡を投げるとそれぞれ沼、山、池になったというものがある。グリム童話「水の魔女」でも、刷毛、くし、鏡が大きくなって、魔女の行く手を阻んでいる。

※3：チャールトン・ヘストンがモーセを演じた映画『十戒』でも、紅海が割れるシーンが特に有名だ。

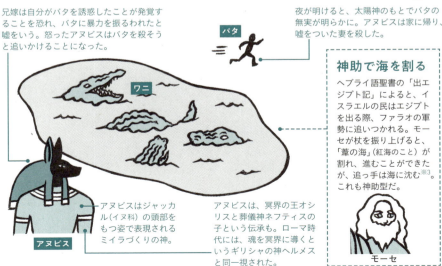

その先は異界

見《み》るなの禁《きん》

本当の自分を知られたら、きっと嫌われる。そんな気持ちは程度の差こそあれ誰もが抱くのではないだろうか。

ヘブライ語聖書のノアは、酔っぱらって裸になってしまったところを孫のカナンに見られると、彼とその子孫たちを呪ったという。よほどきまりが悪かったのだろうか。昔話の「食わず女房」では、食事をしないといって嫁いできた女が、隠れて髪の毛の奥にある大きな口で大量のご飯を食べていた。その正体とは山姥《やまんば》で、食事をしている姿を見た夫は追いかけられる羽目になる。まさに「百年の恋も冷める」瞬間だ。

このように「見る」ことは隠していたことを「知る」ことでもある。知られたくない真実があるとき、見ることは禁じられるようだ。神話や伝説において、「見てはいけない」という戒めを課される話は「見るなの禁」と総称される。

愛情《あいじょう》型—結婚相手を覗いてはいけない

異なる種の結婚を異類婚と呼ぶ（46頁）。同類でない（人間でない）ことを知られると、一緒にはいられないため、異類婚には見るなの禁が課されることが多い。禁が破られると婚姻関係は破綻する。

日本など

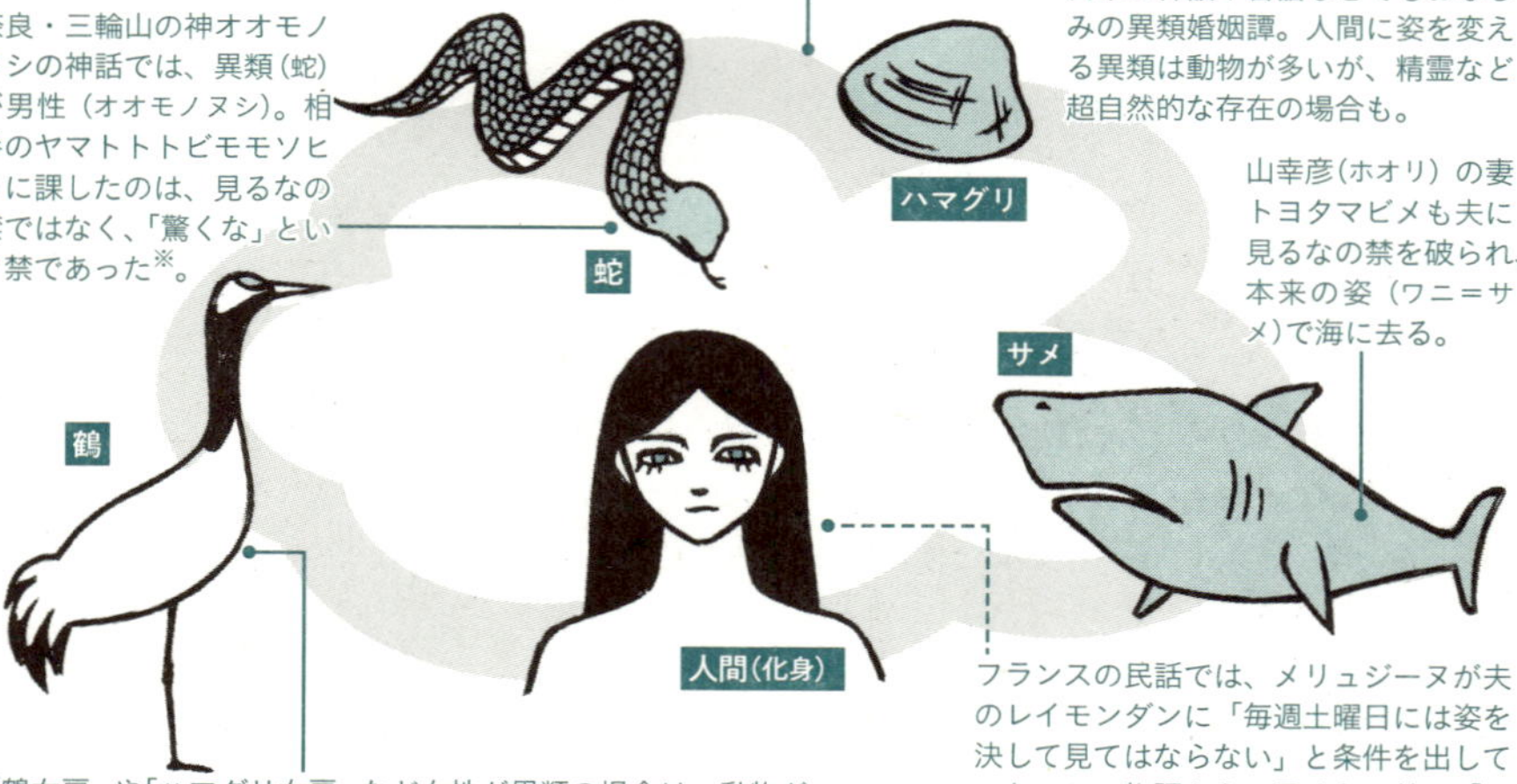

奈良・三輪山の神オオモノヌシの神話では、異類（蛇）が男性（オオモノヌシ）。相手のヤマトトトビモモソヒメに課したのは、見るなの禁ではなく、「驚くな」という禁であった※。

日本の神話や昔話などでもおなじみの異類婚姻譚。人間に姿を変える異類は動物が多いが、精霊など超自然的な存在の場合も。

山幸彦（ホオリ）の妻トヨタマビメも夫に見るなの禁を破られ、本来の姿（ワニ＝サメ）で海に去る。

「鶴女房」や「ハマグリ女房」など女性が異類の場合は、動物が恩返しにやって来る「動物報恩譚」が目立つ。男の妻となり、能力を発揮するときに、本来の姿になることが多い。見るなの禁が課されるが、たいていは破られ、男のもとを去っていく。

フランスの民話では、メリュジーヌが夫のレイモンダンに「毎週土曜日には姿を決して見てはならない」と条件を出していた。この物語から、見るなの禁は「メリュジーヌ型」ともいう。メリュジーヌは妖精で、下半身が蛇である姿を見られ、空中へ飛び去った。

※：オオモノヌシは妻に「姿を見せてほしい」と頼まれ、蛇の姿で現れる。妻は禁を破って驚き、叫び声を上げてしまう。これを恥じたオオモノヌシは去り、妻は悔いて、箸で陰部を突いて死ぬ。奈良県桜井市の箸墓古墳が彼女の墓と伝わる。

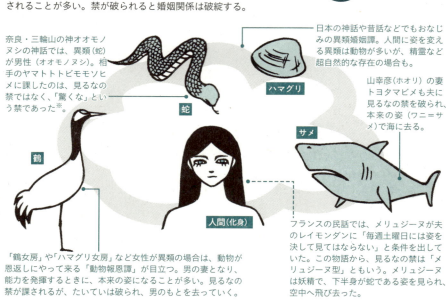

神罰《しんばつ》型—滅びる町を見てはいけない

ヘブライ語聖書など

禁じられていたものを見てしまったために、「塩の柱」に変身させられてしまったのがヘブライ語聖書に登場するロトの妻である。彼女は滅びる故郷ソドムを振り返って見てしまった。

住民たちの不道徳の罪で滅ぼされた町ソドム。英語で男性同士の同性愛をソドミー（sodomy）と呼ぶが、それはこの伝承に由来する。

ロトの一家が住んでいたソドムの町は住民が堕落していたため、神によって天から硫黄と火が下され、焼かれた。同様に滅ぼされた町ゴモラとともに、堕落、退廃の町の象徴とされるように。

ソドムは、死海に底に沈んだとされる。死海沿岸には、ロトの妻が変じた塩の柱とされる石柱（ロトの妻の塩柱）が複数ある。

神の教えに従ってソドムを逃れ、唯一生き延びたロトとその娘は、近親婚により子孫を残すことになった。

開けるなの禁

ギリシャ神話では、「見るなの禁」ならぬ「開けるなの禁」とでもいう神罰型の話がある。神に背き、パンドラが壺を開けたため、人類は不幸に見舞われるようになった（134頁）。

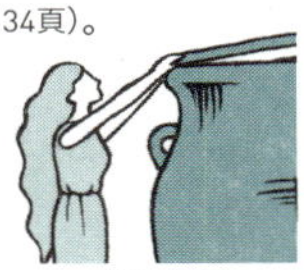

冥界《めいかい》型—冥界では目を開けてはならない

日本など

亡くなってしまった妻の姿を見ることが禁じられる。それは、「死者」という異類であることを知ることになるからだろう。日本神話の神イザナキが見たのは、腐乱した妻の死体であった。

イザナキは妻の死の原因となった火の神を殺して黄泉の国に向かう。

イザナキが「一緒に帰ろう」というと、イザナミは「黄泉の国で食事をしたため、難しいだろうが、黄泉の神と相談する」と答え、夫に待っている間に「見るなの禁」を課した。

イザナキが待ちきれず火をともすと、イザナミの死体からうじ虫がわき、ゴロゴロと音を立てていた。さらに体の至るところから雷神が生まれていた。

イザナミの死のきっかけは火を産んだこと（27頁）。ここでも火はイザナキに死というものを認識させるきっかけとなる。火が世界の成り立ちの転換点にあることが分かる。

振り返って見るな

ギリシャ神話の英雄オルフェウスも、冥界から妻を連れ帰る際に「（妻の姿を）振り返って見るなの禁」を破り、夫婦は離ればなれに（54頁）。

男や女だけではない多様《たよう》な性《せい》

性は男と女の2つしかないわけではない。例えばいわゆるインターセックスという身体的に男性と女性の中間にある状態の人もいる。医学的には性分化疾患と呼ばれるものである。性自認もまた多様だ。自分が自分の性をどのように認識しているかということである。戸籍上の性と一致しているとは限らない。戸籍上は男性とされていても、性自認が女性であることもあれば、中性だと認識している人、不明であるとする人もいる。

こうした多様な性のあり方、認識があることが話題に上るようになったことが比較的最近であるため、現代的な問題と思われがちである。しかし、実際はそうではない。性分化疾患といわれる人も身体的な性と性自認が一致していないと感じる人も常に存在していた。神話を見れば、両性具有の神が登場するし、男か女か不明な神も珍しくない。神話は性の多様性が不自然でも現代的でもないことを伝えている。

両性具有《りょうせいぐゆう》型①—人々をとりこにした性

ギリシャ
など

ギリシャ神話の神、ヘルメスとアフロディテの子としてたぐいまれな美しさをもったのがヘルマフロディトスだ。その美しさゆえ、ニンフに執着され、思いもよらない姿になったという。

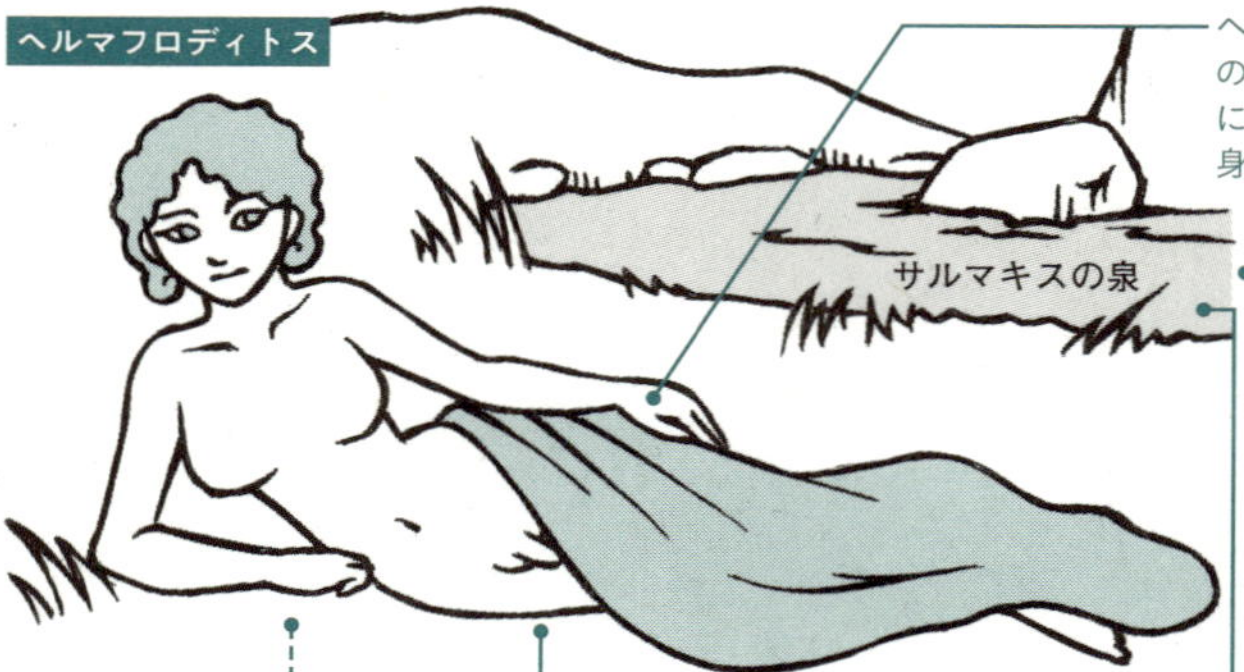

ヘルマフロディトスの沐浴中に、泉のニンフ、サルマキスが「彼と永遠に一緒にいたい」と願うと、2人の身体は融合してしまった。

各地の神話に両性具有の神がいる。ギリシャ・オルフェウス教における創造者パネス、アフリカ・フォン族の創造神マウ、アンゴラ族などの至高神ンデゲイなどが挙げられる。

乳房と男根をもつ両性具有者となったヘルマフロディトス。美術のテーマとして大変好まれ、絵画や彫刻で盛んに表された。

古代ギリシャ・ハリカルナッソスにあったというサルマキスの泉。入ると、男性は弱々しくなるという。

日本神話では

日本神話に明らかな両性具有の神は存在しないが、冒頭に登場するアメノミナカヌシのような神は、男女の区別のない神と考えられる。アマテラスのように、女神であるが男装をする神もいる※。

アマテラス

※：弟のスサノオが高天原にやってきたとき、高天原を奪いにきたと誤解し、男装・武装して迎えた。

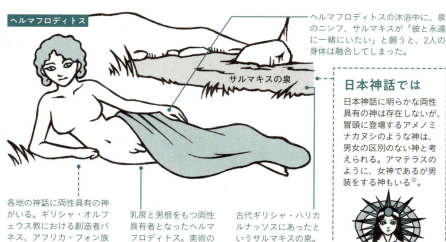

両性《りょうせい》具《ぐ》有《ゆう》型②——能力が高い3つの性

ギリシャ

プラトンの『饗宴』によると、かつての人間は球体で、頭が2つで手足も2組ずつ、男（男男）・女（女女）・男女（アンドロギュノス）の３種類あった。最高神ゼウスによって体が二分されたという。

3種類の人間が球体であった理由は、男男は太陽、女女は地球、アンドロギュノスは月に由来するからだという。

能力が現在の倍であったため、人間たちは思い上がるようになり、神々は真っ二つにして能力を半減させることにした。

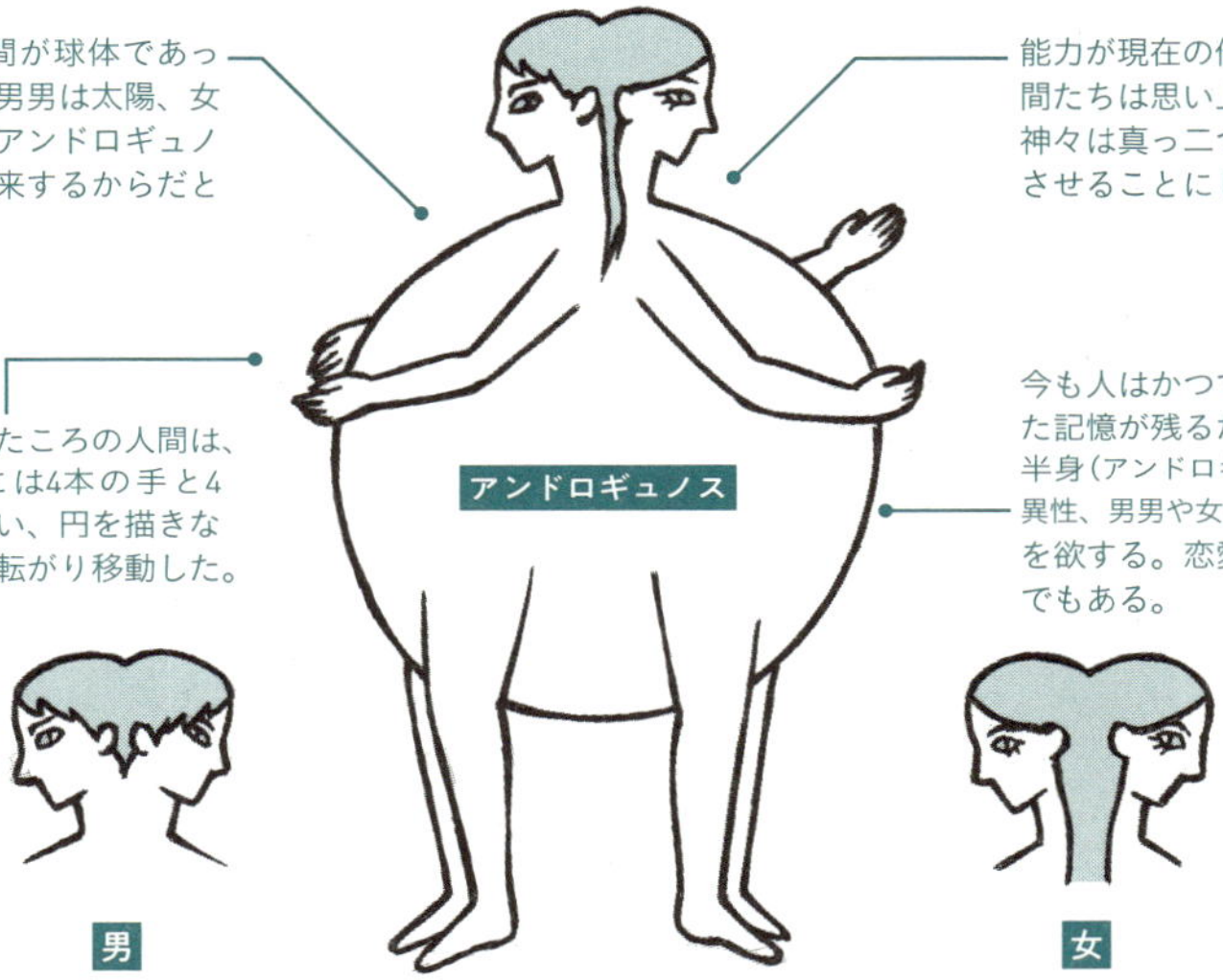

球体であったころの人間は、急ぐときには4本の手と4本の足を使い、円を描きながら素早く転がり移動した。

今も人はかつての完全な姿であった記憶が残るため、切り離された半身（アンドロギュノスだった場合は異性、男男や女女だった場合は同性）を欲する。恋愛の起源を語る物語でもある。

性転換《せいてんかん》型——男から女、女から男へ

ギリシャ

ギリシャ神話の予言者テイレシアスは両性を経験した人物。交尾中の蛇を杖で打って男性から女性に変じてしまうが、もう一度同じことをすると、男性に戻った。

テイレシアスは盲目の予言者。女神アテナの水浴びを見た罰として目が見えなくなったが、代わりに予言の力と長寿を与えられた。

２つの性を経験したテイレシアスは、ゼウスとヘラ夫妻に、「性交では男女どちらの快楽が大きいか」と問われ、1対9で女性だと答えた。怒った女神ヘラに盲目にされ、ゼウスから予言の力を与えられたとも伝えられる。

テイレシアスは死後も予言の力を持ち続けたため、英雄オデュッセウスは冥界の今後を尋ねるために冥界を訪れた。

蛇と性

蛇は性や生殖のシンボルともされる。中国には交尾中の蛇の姿（人首蛇身）で描かれる兄妹の創造神、伏義（ふくぎ）と女媧（じょか）がいる。

女媧　伏義

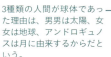

試練があるから強くなる

貴種流離《きしゅりゅうり》

現在人気のマンガやアニメのジャンルの一つに、「冒険もの」がある。マンガ『ONE PIECE』（尾田栄一郎）はその典型的な例だろう。仲間との友情を大切にしながら夢を追う姿は、普遍的な英雄像と重なる。

多くの人が憧れるが、現実にはまれな存在、それが英雄である。物語の中では「実は、〜の息子」と設定されていることが多い。主人公のルフィも、麦わら帽子を被って「海賊王」を夢見る少年だが、決して普通の少年というわけではない。祖父は海賊王と死闘を繰り広げ「海軍の英雄」と呼ばれた人物で、父は「革命軍のリーダー」。英雄の血筋を受け継いだ、貴人（貴種）なのである。

貴種が旅に出て冒険をする話を貴種流離譚といい、神話・伝説など説話の類型の一つに挙げられる。『ONE PIECE』もまた、貴種流離譚として読むことができるのだ。

名誉挽回型《めいよばんかい》①――神罰が下るが、無事帰還

ギリシャなど

イタケ（島）の王オデュッセウスはギリシャ神話の英雄。トロイア戦争※1では彼の智謀により、ギリシャ軍が勝利を収めるが、海神ポセイドンの怒りを買うことになり、帰路は長い長い冒険となった。

セイレーンは半人半鳥。その魅力的な歌声を聞くと、船乗りは引きつけられ、島に上陸して死んでしまうという。

知将オデュッセウスは、部下たちの耳をロウで塞ぎ、セイレーンの歌声が耳に入らないようにした。自分は聞きたいと思い、身体が動かないよう帆柱にくくりつけた。

海路で1週間ほどの距離にもかかわらず、何度も邪魔が入り帰国には10年を要した。苦難を乗り越え、故郷で王の地位を取り戻した。

ホメロスの『オデュッセイア』はオデュッセウスの長い苦難の旅路を語る。

漂泊後に「政治的王者」になるという結末を迎える貴種流離は、日本神話ではオオクニヌシ、ホオリ（山幸彦）、カムヤマトイワレビコ（神武天皇）などがいる。

オデュッセウスが最後に流れ着いたのは、スケリア島。そこで王の娘ナウシカアーに助けられる。ナウシカアーは恋心を抱くが、故郷に帰るオデュッセウスを快く見送った。アニメ映画『風の谷のナウシカ』の主人公のモデルだ。

※1：ホメロスの叙事詩の題材となった、古代ギリシャの伝説的な戦争。ギリシャ軍とトロイア軍が戦い、多くの英雄が活躍する。

名誉挽回型《めいよばんかい》②──報われず、悲劇のヒーローに

日本など

天皇の皇子ヤマトタケルは、父に荒々しさを恐れられ、次々と試練を与えられた。最後は、伊吹山《いぶきやま》の神の怒りを買い、死んでしまう。

言挙《ことあ》げの死

伊吹山の荒ぶる神は、『古事記』によると白い猪[※3]の姿で現れた。ヤマトタケルは、神ではなく神の使いだと誤認し、言葉にしてしまったため(言挙げ)、神の力によって衰弱し、亡くなった。

伊吹山の神

ヤマトタケルは景行天皇の皇子。皇太子であった兄を有り余る力で殺害してしまい、父に恐れられ、九州の熊襲(くまそ)タケルの討伐を命じられる。その後、大和に戻るもすぐに東征を命じられた。

ヤマトタケルという名は、熊襲タケルから譲り受けたもの。

ヤマトタケル
伊吹山
大和
焼津
足柄山
走水

数々の戦いや冒険を経て、流浪の果てに悲劇的な最期を迎える貴種には源義経もいる。ギリシャのオイディプスは、神託を誤解して旅にでたため、父王を殺し、母と結ばれる。その後も放浪を続けた。

ヤマトタケルは父に命じられ東国平定に出る。図は『古事記』による東征ルートだが、『日本書紀』では陸奥(東北地方)まで足を延ばしたという。

ヤマトタケル伝説に由来する地名は、東国各地に残る。妻を亡くしたヤマトタケルが、当地[※2]を去り難く思ったことから「木更津(君去らず)」という地名が生まれた。東国を「あずま」と呼ぶのも、「吾妻よ(わが妻よ)」と嘆いたことに由来するという。

資格証明型《しかくしょうめい》──正当性を示し、王位を得る

ローマなど

神や王の子だからといって、王位がたやすく得られるわけではない。冒険(66頁)や怪物退治(64頁)などをして、その資格があることを証明する必要がある。女神アフロディテの子で、ローマ建国の祖と呼ばれるアイネイアスもそうだった。

トロイア軍の英雄。トロイアが陥落すると、動けない父を背負い、子の手を引いて逃げ延びた。

ギリシャ神話にもローマ神話にも登場する。

アイネイアスの父。人間の女性に姿を変えたアフロディテと結ばれるが、禁を犯して口外してしまい、盲目、あるいは歩けなくなったとされる。

アンキセス
アスカニオス
アイネイアス

地中海を落ち延び、カルタゴに漂着して女王ディドと結ばれるが、亡くなった父の予言を聞いてラティウムの地にたどり着く。そこに子孫ロムルスがローマを建国した。

竜退治で証明

イランの英雄デリードゥーンは、王家の子でありながら庶民の中で育つ。庶民の反乱の際に勇者であることを示していくが、悪竜退治をきっかけに王となり、500年間統治したと伝えられる。

フェリードゥーン

※2：走水(はしりみず)の渡り(浦賀水道)。
※3：『日本書紀』では大きな蛇。

ドラゴンスレイヤーの活躍

怪《かい》物《ぶつ》退《たい》治《じ》

英雄というと、一般的には優れた武力や智謀の持ち主で人々を助けたり、悪者を倒したりする者をいう。その敵は、神話であれば怪物であることが多い。怪物といったら竜蛇《りゅうじゃ》だ。ヒッタイトのイルヤンカ、日本のヤマタノオロチやインドのヴリトラ、北欧のヨルムンガンド。キリスト教でも、大天使ミカエルや聖ゲオルギウスが戦う相手は竜蛇だ。

なぜ竜蛇が怪物の代表とされるのか。その理由はさまざまに考えられるが、一つに蛇は人類が狩猟採集を主たる生業としていたころから、身近な危険動物であったことが挙げられる。草むらや薄暗い岩陰、水辺に潜み、突然現れる。毒蛇でなくとも、かまれると危険だ。他方で神格化もされる。脱皮をするので不死というイメージとも結びつき、水辺にいるので水の神ともなるのだ。古くから恐れられ、時に神になるほどだからこそ、英雄の敵にはふさわしいのかもしれない。

竜蛇《りゅうじゃ》型①——毒を吐くドラゴン

北欧など

北欧神話の英雄シグルズが退治したのはファーヴニル（ファフニール）。元は人間（小人）であったともいわれ、小人アンドヴァリの黄金にとらわれ、その黄金を守るために恐ろしい竜の姿になった（110頁）。

ほかにドラゴンを倒した英雄としては、ギリシャ神話のカドモス、聖人ゲオルギウス、セルビアのストイシャ、ロシアのドブルイニャ、イギリスのベオウルフなどがいる。

シグルズは名剣グラム（94頁）で竜を倒す。ギリシャ神話のカドモスは鉄槍で（25頁）、ロシアのドブルイニャは帽子で（109頁）、竜を殺している。

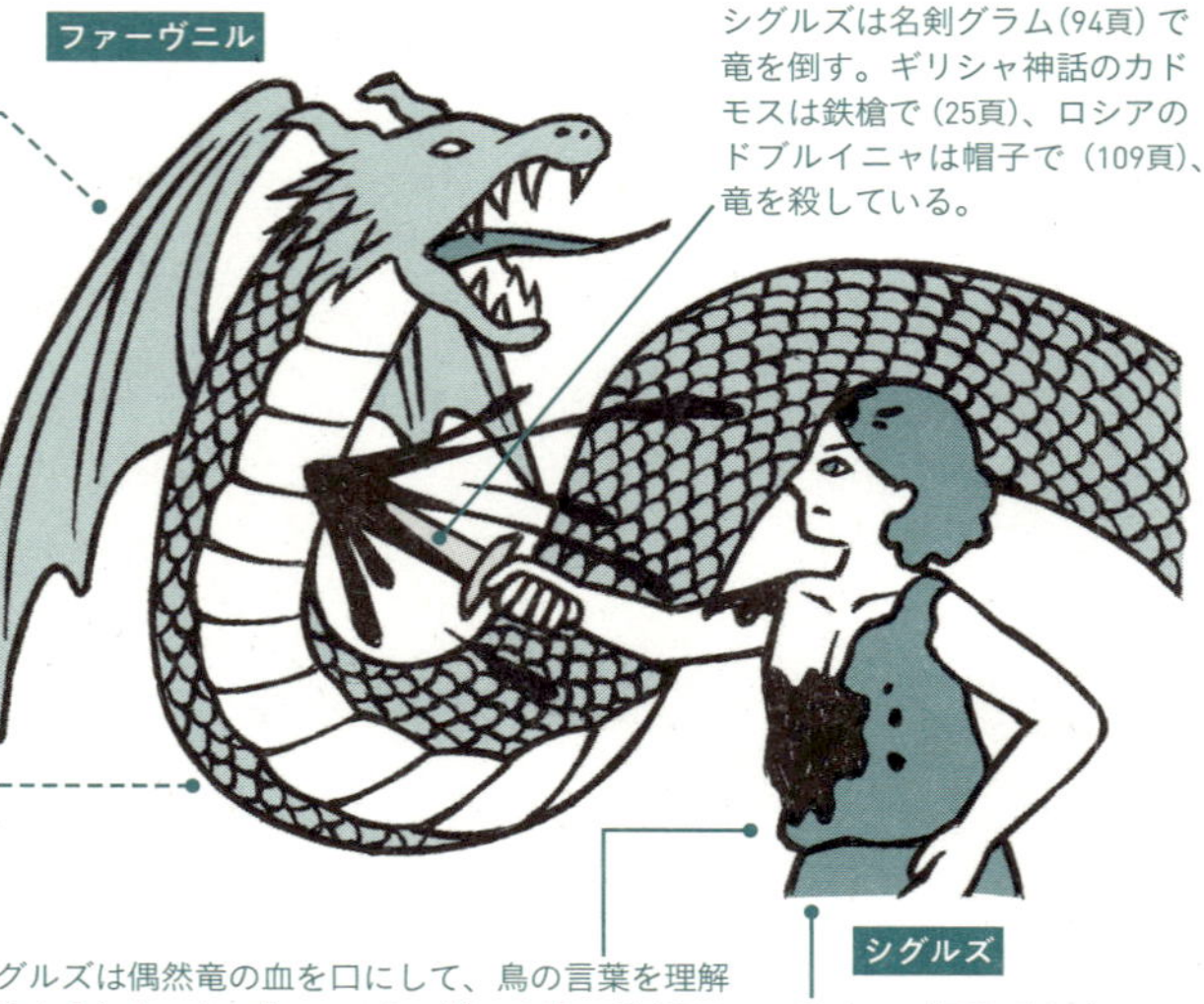

シグルズは偶然竜の血を口にして、鳥の言葉を理解するようになった。『ニーベルンゲンの歌』では竜の血を浴びると不死身になるという。

ドイツの伝承ではジークフリートと呼ばれる。

西洋のドラゴン

蛇というよりも、同じ爬虫類のトカゲをベースにイメージされたと考えられる。もちろん空想上の生物だが……

ドラゴン

※1：島根県東部を流れる川。
※2：「逆鱗（げきりん）に触れる」という表現は、この故事に基づく。

竜蛇《りゅうじゃ》型②――東洋版ドラゴン

日本など

日本神話に登場するヤマタノオロチは８つの頭８つの尾をもち、８つの谷を渡るほど巨大な姿をしている。スサノオが強い酒（123頁）で酔っぱらわせ、眠ったところを斬りかかった。

ヤマタノオロチは退治される存在だが、中国の竜は「登竜門」といった言葉があるように縁起のいい存在。天子と結びつけられている。

ヤマタノオロチの正体は氾濫を繰り返していた斐伊川（ひいがわ）※1だったとも。暴れ川を制したからこそ、スサノオは英雄とされた。

東洋の竜

一般的に中国の竜は、鹿のような2本の角、長いひげ、4本の足には鋭い爪をもつ5本の指があり、宝珠を握る。81枚ある鱗のうち、あごの下に逆さに生えた鱗に触れると激怒し、触れた人を殺すと伝わる※2。

スサノオは少女を救うためにヤマタノオロチを退治した。このように乙女を怪物から救出する英雄の神話を「ペルセウス・アンドロメダ型」※3という。

合成獣《ごうせいじゅう》型――世にも恐ろしい生きもの

ギリシャなど

恐ろしい敵には複数の動物の特徴を兼ね備えた合成獣もいる。単体ではそれほど恐ろしい動物ではなくとも、合体すると未知の力をもつ。ギリシャ神話のミノタウロスもその一人、牛頭人身の怪物だ。

迷宮に閉じ込められたミノタウロスに、父のミノス王は餌として少年少女たちを与える。英雄テセウスは、その中に混じってミノタウロス退治にやってきた。

テセウスはミノス王の娘アリアドネと恋に落ち、アリアドネに渡された糸玉をもって迷宮（130頁）に入り、ミノタウロスと戦い、脱出に成功した。

昔話なら鬼退治

「桃太郎」をはじめ日本の伝説や昔話で英雄が退治しにいくのは鬼。人間の体をもち角や牙を生やす「鬼」も合成獣といえる。

ギリシャ神話には英雄ペルセウスのメドゥーサ退治がある（71頁）。メドゥーサは頭髪が蛇、猪のような歯、黄金の翼をもつ合成獣型の怪物だった。

※3：王女アンドロメダが怪物のいけにえに捧げられたところ、英雄ペルセウスに助けられ、その妻になったというギリシャ神話から。

ワイワイみんなで宝を探す
仲間《なかま》との冒険《ぼうけん》

英雄の冒険譚は各地の神話に見られ、今も文芸作品の主要ジャンルである。英雄の冒険には仲間の存在も重要だ。ＲＰＧの「ドラゴンクエスト」「ファイナルファンタジー」シリーズにも間接的に影響を与えた小説、Ｊ・Ｒ・Ｒ・トールキンの『指輪物語』も仲間との冒険の話だ。

一人きりの冒険の場合、試練はその主人公の能力だけが頼りだ。主人公の圧倒的な強さを示すには、孤独な冒険の方がいいだろう。ギリシャ神話のヘラクレスは孤独な英雄の代表といえる。他方で、仲間がいると、主人公だけではなく仲間も力を発揮して困難を乗り越えていく。主人公である英雄には、人徳やリーダーシップも求められる。時に仲間が裏切ることも、亡くなってしまうこともあるだろう。そんな危機にどう対応するのか。組織の危機管理能力も求められるのだ。より身近に感じられるのは、仲間をもつ英雄の話なのかもしれない。

主従《しゅじゅう》型①―主従で永遠の謎に挑む

ケルトなど

アーサー王は12人（人数は諸説ある）の騎士たち※1とともに円卓を囲んだ。彼らを円卓の騎士と呼ぶ。彼らはイエスが最後の晩餐で使ったという聖杯を求める冒険に出た。

円卓に座すのは上下関係をつくらないため。

空席があるのはキリスト教の「最後の晩餐」のイメージと関連づけられたため。この「危険なイス」（95頁）に座ったのがランスロットの息子、純潔の騎士ガラハッドである。

英雄譚には「裏切り者」が欠かせない。円卓の騎士のメンバー、ランスロットはアーサー王の妃の不倫相手。モードレッドは王位を奪い、アーサー王と相打ちになる。

映画『インディ・ジョーンズ 最後の聖戦』『ダ・ヴィンチ・コード』も聖杯伝説がテーマ。現代でも人々を魅了する主題だ。

聖杯伝説

聖杯を探し求める物語は西ヨーロッパに見られるが、イエスの死を描く新約聖書の福音書に聖杯は登場しない。ケルトの「食べ物を出す不思議な杯」（112頁）の伝承をベースに、中世のフランスやイギリスの騎士物語※2と結びついて展開した。

※1：諸説あるが、12人から600人と幅がある。
※2：ケルトのアルスター物語（クー・フリンとフィアナ騎士団の冒険譚）や、シャルルマーニュと十二勇士（パラディン）も主従型といえる。

主従型《しゅじゅう》②—お供を連れて、天竺《てんじく》へ

中国など

『西遊記』は三蔵法師《さんぞうほうし》が天竺へお経を得るために冒険する話。お供は孫悟空《そんごくう》、猪八戒《ちょはっかい》、沙《さ》悟浄《ごじょう》。三蔵法師は実在の人物がモデルだが、神や妖怪、仙人などが登場し旅を助けたり邪魔したりする。

天竺とはインドのこと。物語では、中国から霊鷲山（りょうじゅせん）雷音寺（現在のラージギル）を目指す。

モデルは7世紀、唐の時代に長安から西域を旅してインドに学んだ僧、玄奘（げんじょう）※3。仏典は経・律・論の三蔵に分けられるが、そのすべてに通じることから三蔵法師と呼ばれた。

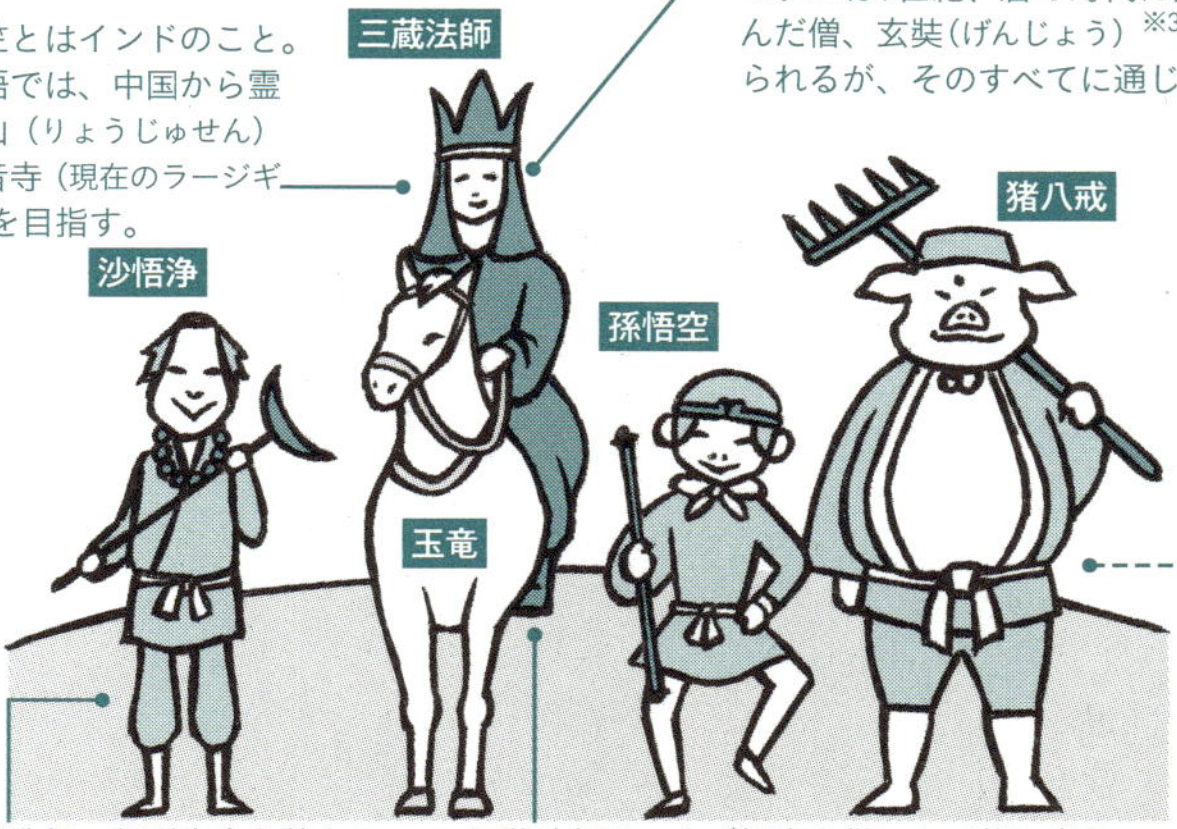
三蔵法師
猪八戒
沙悟浄
孫悟空
玉竜

三蔵法師一行が出会う数々の困難を、九九（くく）八十一難という。経典を得て都に戻ると、みな無事に成仏した。

三蔵法師は、まず悟空を供にして旅に出る。次に出会った玉竜（竜神の子）も馬になって供に加わる。その後、豚の化け物である猪八戒、川に住んでいた沙悟浄が従者となる。

相棒との冒険

自分と対照的な存在を相棒に、冒険する神話も多い。北欧では怪力のトールが小賢しいロキとともに旅をし、日本ではオオクニヌシが小さなスクナヒコナを相棒に国中を回った。

トール　ロキ

英雄集結型《えいゆうしゅうけつ》—それぞれに物語がある

ギリシャ

金の羊毛を求めて結集した英雄たちは、アルゴー船（115頁）に乗っていたため、アルゴナウタイと呼ばれる。中心になったのはイアソンで、その人数は50人とも55人ともいう。

巨大な船は、イアソンが女神アテナの助力によって得た木材を使用。船大工の名アルゴスから、アルゴー船と呼ばれる。

目的地はコルキス島。金の羊毛は、かつて金の羊（43頁）に乗って生き延びたプリクソスが逃亡先のコルキス王に贈ったもの※4。王はその金の羊毛を樫の木に打ち付けていた。

マーベル・コミックスのスーパーヒーローが集結する映画「アベンジャーズ」シリーズも、この話型の一例。

オルフェウス
ヘラクレス
イアソン
アルゴス

ヘラクレスやオルフェウス、テセウスなど名立たる英雄が参加した。

イアソンは、ケンタウロス族※5のケイロンに育てられた英雄。父から王位を奪った叔父ペリアスに王位の回復を求めたところ、叔父は金の羊の毛皮との交換を条件とした。

ゴールデン・フリース

英雄たちが求めた金の羊は、ファッションブランド「ブルックス・ブラザーズ」のアイコンにも使われている。

金の羊

※3：多くの仏典を漢訳。西域の旅の見聞録『大唐西域記』は、当時のインドや西域を知る貴重な資料。
※4：金の羊はゼウスに捧げられ、羊毛はコルキス王アイテスに贈られた。｜※5：半人半馬の種族。

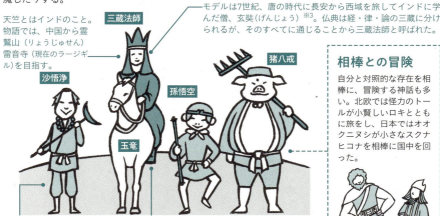

嫁取りにもひと苦労

難題婚《なんだいこん》

美

女として名高い平安時代の歌人小野小町《おののこまち》は、求愛をしてきた深草 少将《ふかくさのしょうしょう》に対し「百夜欠かさず通い続けることができたら、あなたの思いを受け入れよう」という。深草少将は、毎夜毎夜通い九十九夜となるが、最後の一夜を残し息絶えてしまう。能の『卒塔婆小町《そとばこまち》』にも伝えられる話である。女性が、恋する男性の愛を確かめるために難題を出すという話は、洋の東西を問わず珍しいものではない。難題婚、課題婚などといわれ、説話の類型の一つでもある。

神や英雄の話となると、難題は愛の深さを確かめるだけではない。女性の父親（舅《しゅうと》）の存在も大きく、その父親が男性の能力を確かめたり、成長を促したりするために難題をふっかけることもあるようだ。女性は財産でもあった。父親は娘と結婚しようとする男性が、自分の地位や財産を受け継ぐにふさわしい人物かどうかを見極めるのだろう。

女性出題型《じょせいしゅつだい》—危険な条件を結婚相手に課す

北欧など

ブリュンヒルデは、恐れを知らぬ者だけが乗り越えられる炎に囲まれ、眠り続けていた。英雄ジークフリートは炎を乗り越え、目覚めさせた。

ブリュンヒルデは、戦死者を選んでヴァルハラ[※1]に運ぶ「ヴァルキューレ」の一人。オーディンの意思に背いて、ある一人の王に味方をしたため、眠らされた。

叙事詩『ニーベルンゲンの歌』では、アイスランドの女王でアマゾネス[※2]のような怪力の女性とされる。

ワーグナーの楽劇『ニーベルングの指環（ゆびわ）』では、オーディンの娘とされる。最後はジークフリートの後を追い、自ら炎に身を投げる。

ブリュンヒルデを眠らせ、炎を巡らせたのはオーディンなので、舅出題型の難題婚ともいえる。

バッドエンドが多い？

女性が求婚者に難題を出す話は、不幸な終わりを迎えることが多いようだ。日本最古の物語『竹取物語』でも、かぐや姫は難題を出して求婚者たちを退け、月の世界に帰っていった。

かぐや姫

※1：戦死者の館（131頁）。主宰者はオーディン。｜※2：ギリシャ神話に出てくる好戦的な部族（141頁）。｜※3：王トゥルッフ・ロウルウィスは、素行の悪さから神によって猪に変えられた。｜※4：カイ、ベトウィルなど円卓の騎士も含まれる。

舅《しゅうと》出題《しゅつだい》型①──数々の課題が出される

ケルト

アーサー王の甥であるキルッフは、巨人イスバザデンの娘オルウェンとの結婚を望むが、そのためにはイスバザデンの出す難題をすべてクリアする必要があった。

イスバザデンは、娘が結婚すると死ぬ運命にあったため、求婚者に難題(仕事)を課した。やり遂げたキルッフは娘と結婚、イスバザデンは死んだ。

キルッフの名前の意味は「豚の囲い」。母が豚の飼育場で囲いの中で産んだことによる。

キルッフは、継母に「巨人の長イスバザデンの娘オルウェン以外は妻にすることができない」と呪いをかけられていた。

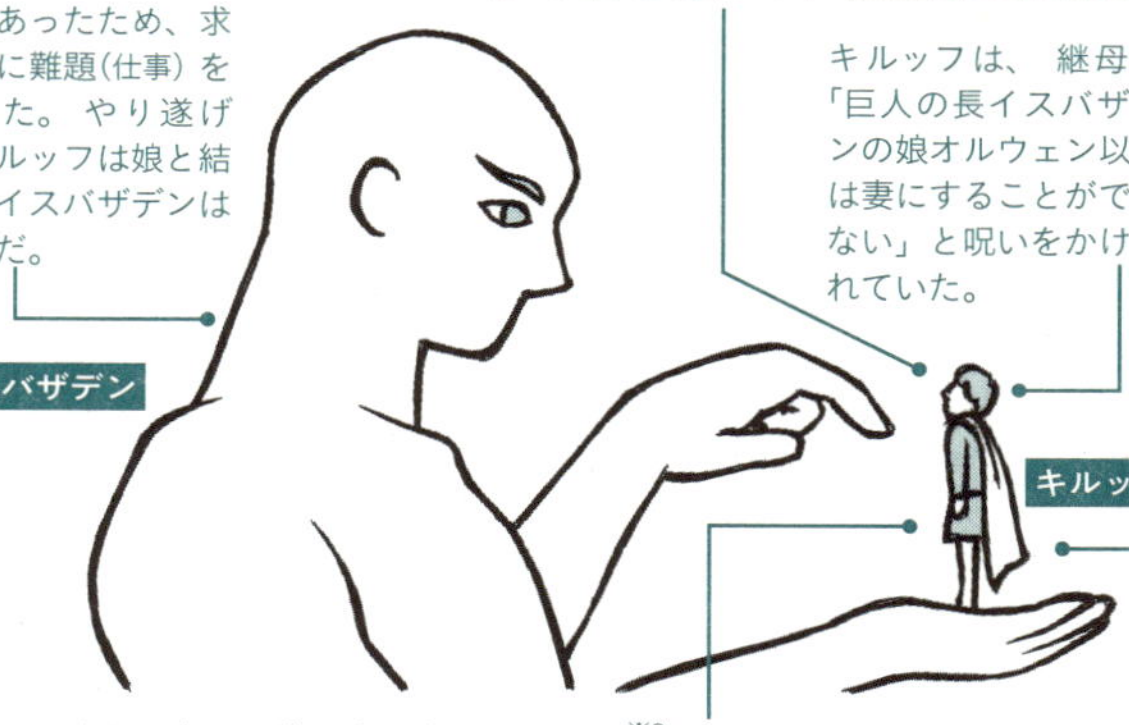

難題は39あり、中には猪に姿を変えられた王[※3]のくしと大きなハサミをとってくるというものも。これには複数の難しい条件をクリアする必要があった。

仲間とともに

キルッフの難題婚の物語は、実は仲間との冒険譚(66頁)でもある。キルッフは伯父アーサー王に仕える騎士6人[※4]とこの課題を克服していった。

円卓の騎士

舅《しゅうと》出題《しゅつだい》型②──女性が助け、嫁取り成功

日本など

オオクニヌシは根の国[※5]でスサノオの娘スセリビメと結ばれる。スサノオから死ねとばかりの難題を出されるが、スセリビメやネズミの助けを得て解決する(108頁)。

八十神(やそがみ)と呼ばれる多くの兄弟たちに2度も殺されたオオクニヌシは(73頁)、母の勧めでスサノオに助けを求めて根の国に出かけた。

スサノオは、葦原中国(あしはらのなかつくに)にスセリビメとともに去っていくオオクニヌシに対し、スセリビメを正式な妻とするように言い送った。

根の国ではスセリビメが出迎え、2人はすぐに結ばれる。

4つの試練[※7]を与えられたオオクニヌシは、妻だけでなく、ネズミにも助けられる。難題婚では、思いがけない存在が難問解決の手助けをする話が少なくない。

オオクニヌシは『古事記』によるとスサノオの六世孫。『日本書紀』では子とされる。

北欧の『カレワラ』に登場するイルマリネンも難題を克服し、妻をめとった。ただし課題を与えたのは娘の女主人。

姑出題型も

男性の母(姑)が女性に課題を出す話も。ギリシャ神話の女神アフロディテは、息子エロスが恋する王女プシュケに、「山のような穀物を夜までにより分ける」などの難題を与えた[※6]。プシュケはアリをはじめ周囲の助けにより成し遂げ、最後はゼウスの計らいで女神と和解、エロスと結婚した(79頁)。

プシュケ

※5：地下にあるとされた国。天を追放されたスサノオは出雲を経てこの国に住んだ。｜※6：ラテン語でアフロディテはウェヌス、エロスはアモル。ローマ神話ではウェヌス、アモル(クピド)として登場する。アフロディテは、人間の女性プシュケの美貌に嫉妬し、エロスに罰するよう命じていた。｜※7：蛇の部屋で寝る、蜂の部屋で寝る、矢をとってくる、スサノオのしらみをとる。

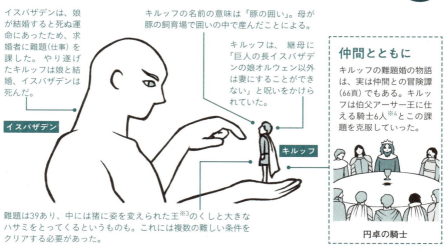

他力か、自力か

能力《のうりょく》を得《え》る

天《てん》賦《ぶ》の才とか天才という言葉は、生まれながらにして優れた能力が備わっているということだ。神童とかギフテッドといった言い方もある。これらは神から与えられたとしか思えないような、たぐいまれな能力をもっているということなのだろう。神話を見渡してみると、神に超人的な能力を与えられ、活躍する英雄の話がある。まさにギフテッドといえる。

しかし、英雄だからといって、神に愛されて能力を得ている者ばかりではない。神話には、ギフテッドよりも自分で能力や力を得た、あるいは力を証明していった英雄の方が多いように思う。彼らは与えられた試練を乗り越え、成長していく、努力型の英雄といえるだろう。中には敵を倒した後、その武器や能力を奪い、わがものとして使っていく英雄も少なくない。英雄の能力には、天から与えられたものと、自らもぎとったものがあるというわけだ。

授与《じゅよ》型—神から与えられた力

ヘブライ語聖書など

ヘブライ語聖書のサムソンは、生まれながらにして怪力の持ち主だった。しかし、神に与えられたその力は、「頭にカミソリをあてない（髪の毛を切らない）」限り、という条件付きだった。

サムソンの母は不妊だったが、神の使者に「イスラエルを救う男児を産む」と告げられる。その子には、カミソリをあてない、ブドウ酒や強い酒、穢れたものを飲み食いしないという条件があった。

サムソンはイスラエルの士師（しし）。士師とは、古代イスラエルで「神によって指導者としての力を与えられた」と考えられていた人物。裁判官のように問題を裁き、仲裁者としても活動した。

サムソンは愛人デリラの裏切りで怪力の源である髪を切られる。この様子は多くの絵画に描かれた。

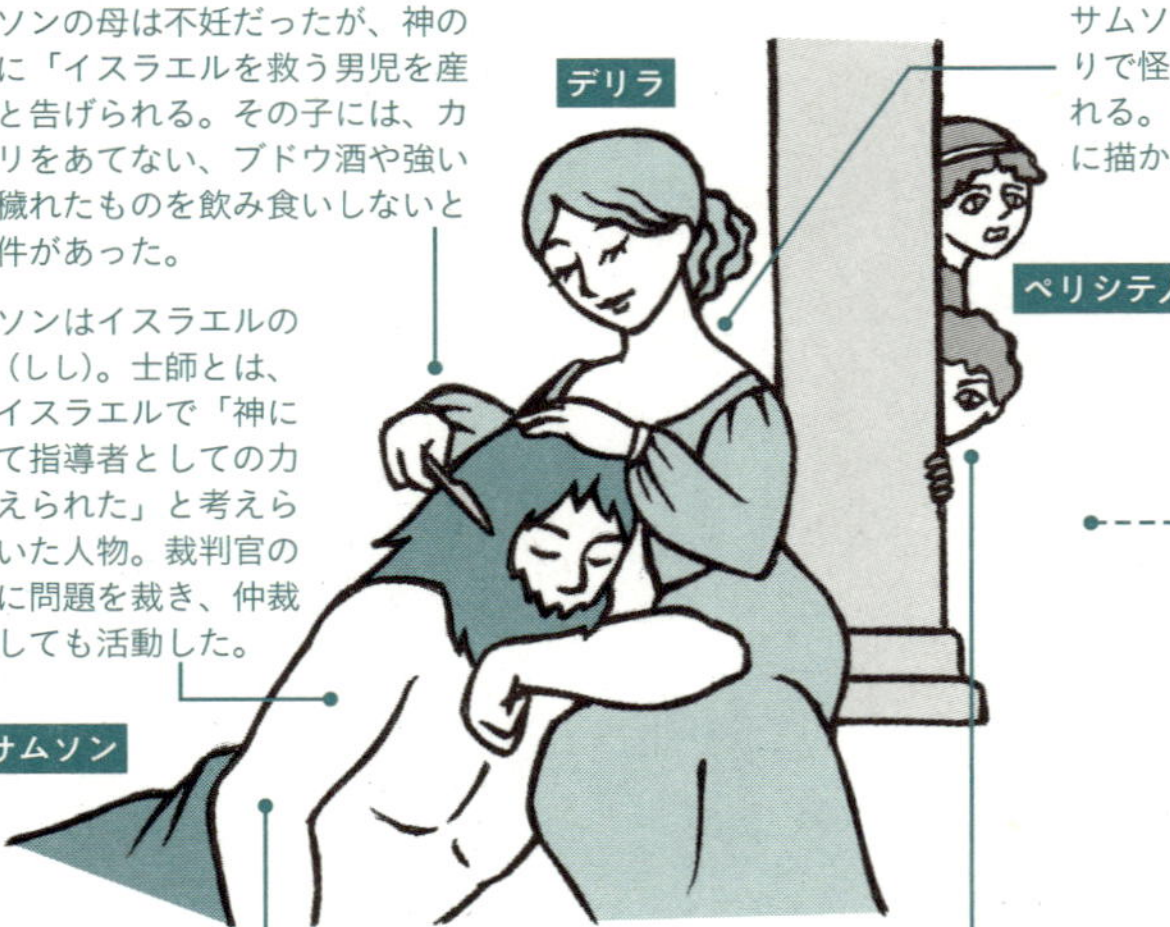

髪の毛を切られ、牢に閉じ込められたサムソンは、神に祈った。髪が伸びてくると、最後の力を振り絞り、怪力で建物を倒壊させ、ペリシテ人たちを道連れに死ぬ。

当時は、イスラエルの民がペリシテ人によって支配されていた。

条件付き能力

能力が条件付きなのはお約束。ギリシャ神話の英雄アキレウスは、母である海の女神テティスのおかげで不死身だったが、かかとという弱点があった。最後はここを射られ、命を落とす。

アキレウス

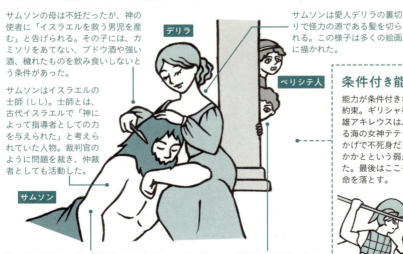

奪取《だっしゅ》型—戦って、力を奪い取る

ギリシャ など

ギリシャ神話の英雄ペルセウスは、見た者を石にする目をもつゴルゴンのメドゥーサを倒し、その首を切り取った。ペルセウスはその首を用いて、怪物退治を行っている。特別な能力を敵から得た英雄はほかにもいる。

メドゥーサ
ペルセウス
メデューサの首は、女神アテナの防具アイギス(102頁)の飾りにされた。
ペルセウスは、メドゥーサの首を海の怪物に見せて退治。いけにえにされていた王女アンドロメダを救い、妻にした。(ペルセウス・アンドロメダ型神話、65頁)
メドゥーサの首は、女神アテナから与えられたキビシスという袋に入れて持ち帰った。
恐ろしい目と蛇の髪をもつ3人姉妹ゴルゴン。そのうちメドゥーサだけが、不死ではなかったため首をはねられた。
メドゥーサは大変な美女であったが、アテナと美を競ったために髪の毛を蛇にされた。あるいはアテナの神殿で海神ポセイドンと交わったために女神の怒りを買ったとも伝わる。
殺されたメドゥーサの死体からは、海の神ポセイドンの子として有翼の馬ペガサスと黄金の剣を振り回す怪物クリュサオルが生まれた。

奪取型の英雄	英雄が倒した敵	相手から得たもの・能力
ヘラクレス(ギリシャ)  半神の英雄。	ネメアの獅子  刃物を通さない皮をもつ。	刃物を通さない兜  獅子の皮を兜にした。
	ヒュドラ  巨大な毒蛇。	一撃必殺の矢 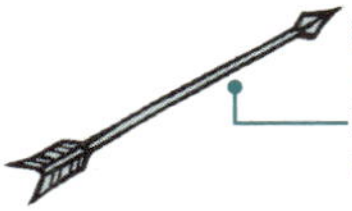 猛毒を含んだヒュドラの胆汁を矢に塗った。
スサノオ(日本)  天で暴れ者だったが地上で英雄に。	ヤマタノオロチ 	草薙の剣  後に英雄ヤマトタケルの手に渡り、火事の難をはらう(92頁)。
シグルズ(北欧)  父も英雄だった。	ファーヴニル  毒を吐く竜。	異能※ 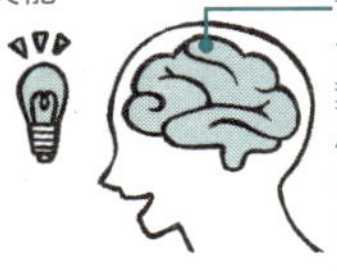 竜の血を口にすると鳥の言葉を理解し、心臓を食べると賢くなった(64頁)。

※：ワーグナーの楽劇『ニーベルングの指環(ゆびわ)』では、血を浴びて不死身になる。

よくある話も壮大なスケールに
兄《きょう》弟《だい》争《あらそ》い

兄弟は、一番身近な他者だろう。ともに育つ中で、分け合うことや交渉すること、協力することなどを学んでいく。よいことばかりではない。嫉妬やケンカを最初にしたのは兄弟だったという人は多い。「骨肉の争い」という言い方があるように、兄弟の間でもめたときの怨恨が他人相手より深いことは珍しくない。それが神話となるとスケールが違ってくる。よくある兄弟ゲンカが、自然界を巻き込んだ騒ぎになったり、その怨恨が世代を超えた争いになってしまったりする。

日本神話では、太陽神アマテラスと月の神ツクヨミはきょうだいだ。あるとき、ツクヨミはアマテラスの命で会いに行ったウケモチ（食物を司る神）を殺害してしまう※1。このことに怒ったアマテラスは二度とツクヨミとは会わないと宣言した。太陽と月が一緒に天に昇らない理由もきょうだいの不仲が原因なのだ。

2人《ふたり》型——対極にいる2人が対立

日本など

「記紀」で語られる、3人兄弟の長男海幸彦《うみさちひこ》と末っ子山幸彦《やまさちひこ》の確執は、山幸彦が海幸彦の釣り針を海で失くしてしまったことにはじまる。最後は山幸彦が海の神ワタツミの力を借りることで解決した（50・75頁）。

魚など海の幸を得ていた海幸彦、鳥獣など山の幸を得ていた山幸彦。互いの持ち物を交換してみたものの、狙う獲物は得られなかった。

釣り針をなくした山幸彦は、剣をすべて釣り針につくり替えて償おうとしたが、海幸彦は受け入れなかった。海幸彦の釣り針は特別な力（漁獲の呪的霊能力）をもっていたからとも考えられる。

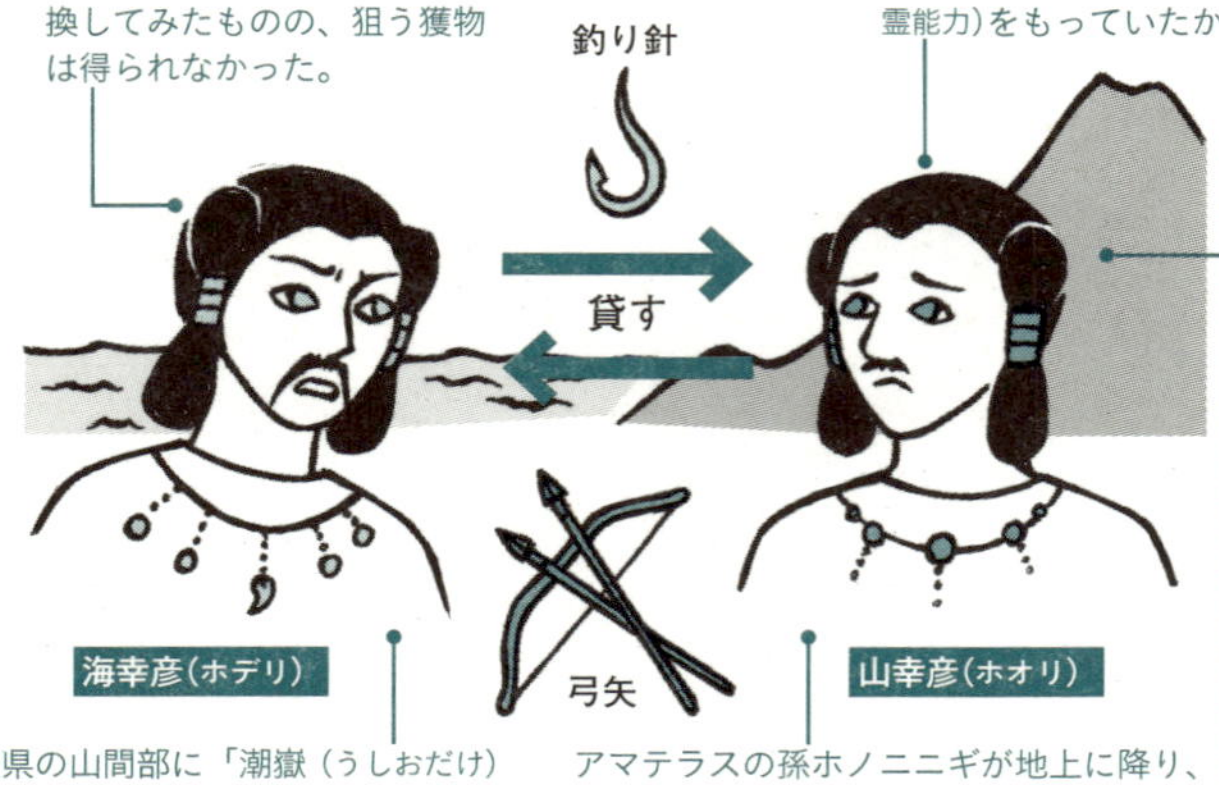

宮崎県の山間部に「潮嶽（うしおだけ）の里」という集落があり、海幸彦を祀る潮嶽神社がある。この辺りでは、神話にちなんで縫い針など針の貸し借りはしないという風習が残るという。

アマテラスの孫ホノニニギが地上に降り、コノハナノサクヤヒメとの間にもうけた子ども。火（ほ）をつけた産屋で生まれたため、三兄弟※3はホデリ、ホスセリ、ホオリという火にちなむ名がついた。

失われた釣り針

兄弟などから借りた釣り針を探しに海の世界に行き、よいものを得て帰ってくる神話は、「失われた釣り針型」と呼ばれ、インドネシアやミクロネシアに分布する。山幸彦も新しい力を得て帰還、兄を制して国の支配者になる※2。

※1：ウケモチは体から飯や魚など食べ物を出す神で、その様子を見たツクヨミに殺される。ウケモチの死体からも作物が生まれた（死体化生、30頁）。｜※2：山幸彦の子孫（孫）が初代天皇（神武天皇）となる。

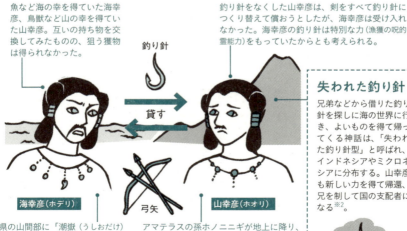

多人数型《たにんずう》—最後に勝つのは末弟

日本など

オオクニヌシにはたくさんの兄弟（八十神《やそがみ》）がいた。オオクニヌシは末弟だったのだろう。兄弟の荷を負わされ、因幡《いなば》[※4]に向かう話がある。最後は逆転し、みな国を彼に譲ることになった。

因幡に出向いたのはヤガミヒメに求婚するためだったが、夫に選ばれたのはオオクニヌシ。オオクニヌシは怒った兄たちに殺されるが蘇生し、根の国に逃げ延びる（69頁）。

道中での出来事を語るのが「因幡のシロウサギ」神話。八十神は、傷ついたシロウサギに間違った治療法を教え、傷を悪化させる。一方、後から来たオオクニヌシは正しい治療法を伝授（126頁）。オオクニヌシの方が最新の医療に通じていたともいえる。

兄弟で争う話は、弟（末子）が勝利する場合が多い（末子成功、74頁）。童話「シンデレラ」なども末子成功譚である。

八十神は、スサノオのいる根の国から戻ったオオクニヌシによって、坂の向こうに追い払われる。そこからオオクニヌシの国づくりがはじまった。八十神や根の国でのスサノオからの試練（69頁）は、国の主になるための通過儀礼（イニシエーション）だったとも。

殺害型《さつがい》—行きつく先は「兄弟殺し」

エジプトの支配権をもつ兄に嫉妬し殺害を計画したのは、セトである。彼の怨恨《えんこん》は深かったようで、死体をバラバラにしてナイル川に投げ込むという凄惨なものであった。この対立は兄の息子ホルスへと受け継がれた。

エジプトなど

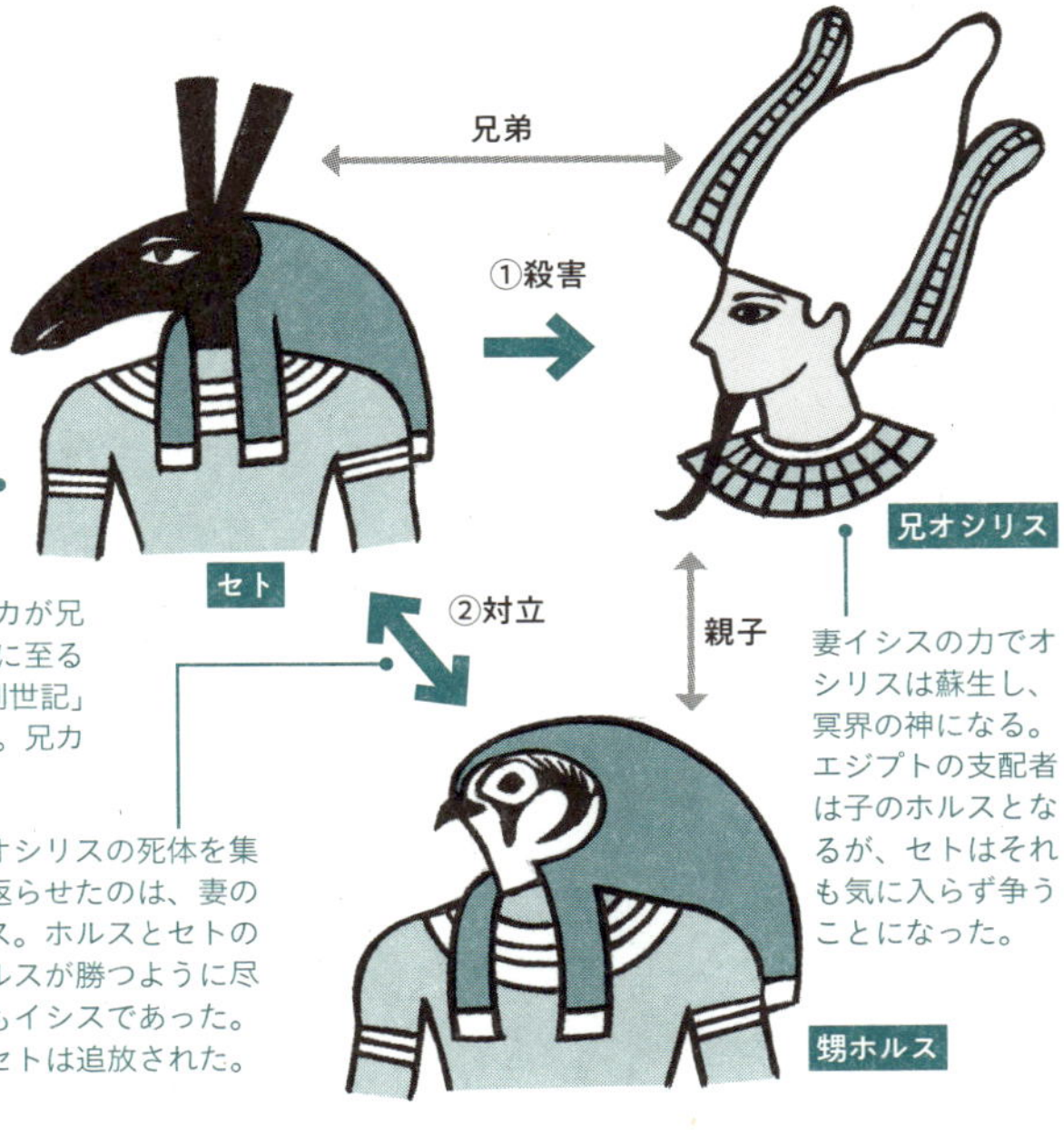

エジプトの支配権をめぐる兄弟のケンカが兄弟殺しに発展した。兄弟が争って殺人に至る話は少なくない。ヘブライ語聖書の「創世記」に記される人類最初の殺人も兄弟殺し。兄カインが弟アベルに嫉妬し、殺した。

妻イシスの力でオシリスは蘇生し、冥界の神になる。エジプトの支配者は子のホルスとなるが、セトはそれも気に入らず争うことになった。

殺されたオシリスの死体を集めて生き返らせたのは、妻の女神イシス。ホルスとセトの争いでホルスが勝つように尽力したのもイシスであった。その後、セトは追放された。

※3：三兄弟の神話では、そのうちの一人の記述が少ない場合が多い。ホスセリはその一例。
※4：現在の鳥取県東部。

愚鈍な兄に賢い弟

末《まっ》子《し》成《せい》功《こう》

童話「3匹の子豚」は、オオカミに狙われている子豚の三兄弟の話だ。最初の子豚はワラで家をつくり、2番目の子豚は木で家をつくる。いずれもオオカミが息を吹いて吹き飛ばしてしまった。3番目の子豚はレンガづくりの家をつくったため、オオカミが息を吹いてもびくともせず、無事であったとする。このように3人兄弟（多数の場合も）で、末っ子が成功したり、跡取りになったりする神話がある。民話「長靴をはいた猫」も、三兄弟の三男が猫を相続し、その猫のおかげで幸せになる話である。

末っ子がいい目を見るのは、末子相続の歴史があったからだという考え方もできるだろう。また、3人兄弟で3番目が、という点については、「三段落ち」という言葉があるように、人々に何かを語るとき、3度目で趣向を変える、落ちをつけるということが聞き手の関心を引きつける、という効果ともかかわるかもしれない。

弟《おとうと》 成功《せいこう》型①―知恵で出し抜く

ポリネシア

ポリネシアの英雄マウイは、ハワイでは末っ子であったと伝わる。釣りが下手で兄たちにばかにされていたが、魔法の釣り針を使って大きな魚を釣り上げた。その魚がハワイの島々になった。

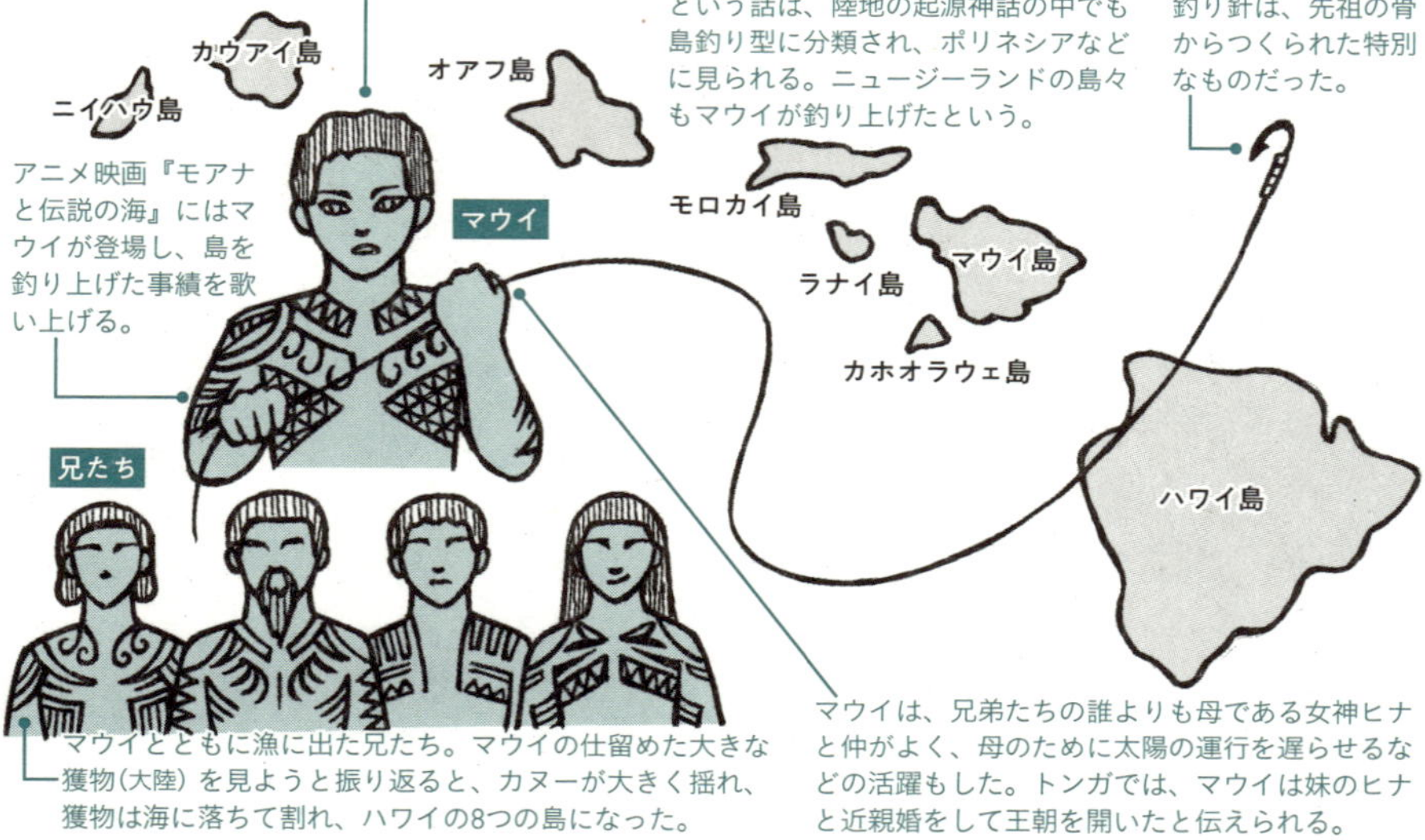
カウアイ島
ニイハウ島
オアフ島
モロカイ島
ラナイ島
マウイ島
カホオラウェ島
ハワイ島
マウイ
兄たち

魚を釣るように島を海から釣り上げるという話は、陸地の起源神話の中でも島釣り型に分類され、ポリネシアなどに見られる。ニュージーランドの島々もマウイが釣り上げたという。

マウイの使う魔法の釣り針は、先祖の骨からつくられた特別なものだった。

アニメ映画『モアナと伝説の海』にはマウイが登場し、島を釣り上げた事績を歌い上げる。

マウイとともに漁に出た兄たち。マウイの仕留めた大きな獲物（大陸）を見ようと振り返ると、カヌーが大きく揺れ、獲物は海に落ちて割れ、ハワイの8つの島になった。

マウイは、兄弟たちの誰よりも母である女神ヒナと仲がよく、母のために太陽の運行を遅らせるなどの活躍もした。トンガでは、マウイは妹のヒナと近親婚をして王朝を開いたと伝えられる。

※1：山幸彦は海神から教えられた通り、釣り針を呪詛し、海幸彦に返した。そうすると海幸彦は貧しくなった。
※2：南九州にいた人々。

弟《おとうと》 成功《せいこう》型②──神助《しんじょ》を得て、勝つ

日本など

兄弟争いの末、弟が勝つ。山幸彦《やまさちひこ》や73頁のオオクニヌシは、自分の知恵を使ったというより、周りの神の援助を受けることができた。神助による勝利といえる。

山幸彦は、海神ワタツミから潮満珠（しおみつたま）と潮干珠(しおふるたま）をもらう。貧しくなった海幸彦※1が攻めてきたときには、潮満珠を使って溺れさせ、許しを請うたら、潮干珠で助けてやった。

隼人(はやと）※2の祖と伝えられる海幸彦。弟に助けられると、「これより、あなたを昼夜なく守護します」と誓い、溺れる仕草をずっと行っていたという。隼人は後に宮廷の警備につき、隼人舞※3を舞うようになるが、起源はこの神話にあるのだろう。

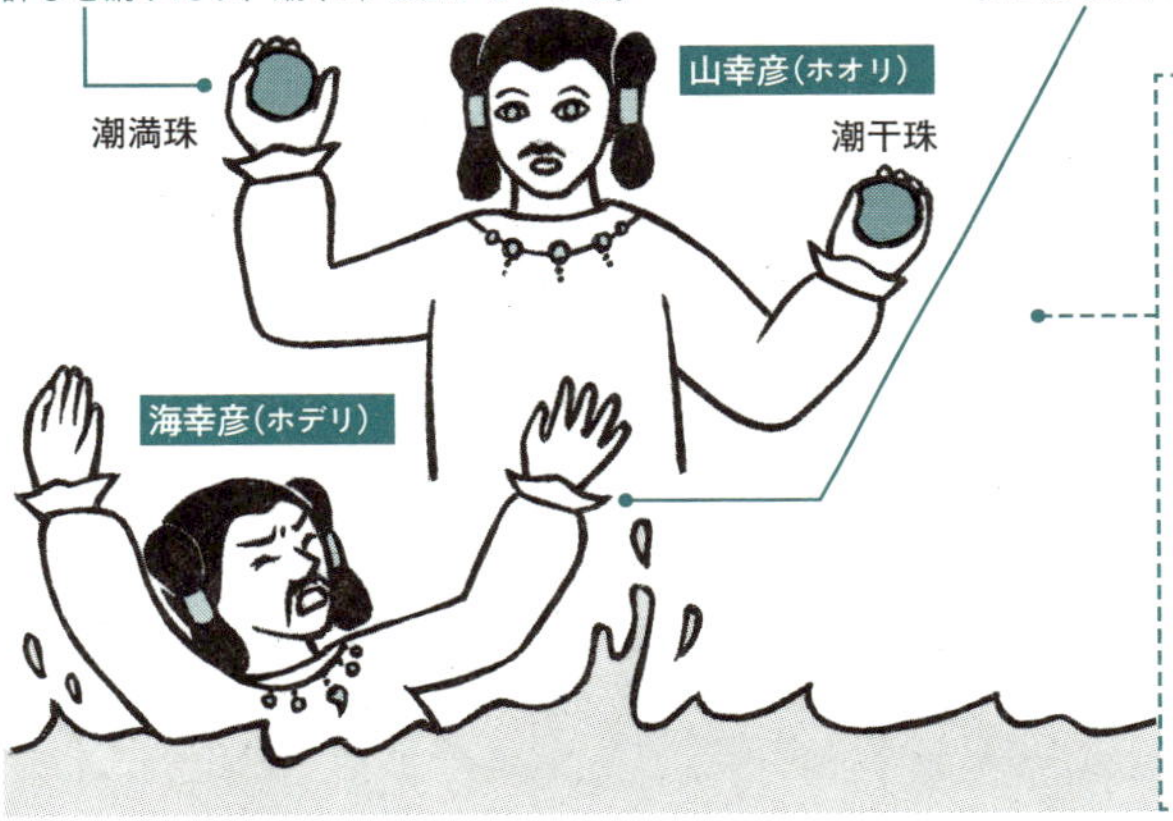

聖書の末子成功譚

ヘブライ語聖書に登場するヨセフは、ヤコブの第11子で父に最も愛されたが、兄弟の妬みを買ってエジプトに売られる。知恵と神助によりエジプトの宰相となり、最後は父や兄弟も救った。

兄《あに》 消滅《しょうめつ》型──すんなりと末子相続

日本

後に初代の神武天皇となるカムヤマトイワレビコは、四兄弟の末子。兄たちは戦いに倒れたり、母の国(海)に行ったりして、結果的に１人になった。

カムヤマトイワレビコは3人の兄たちと東征に向かうが、途中で長兄イツセが亡くなり、兄のイナイも剣を抜き海に消えた。

兄のミケヌは、『古事記』によると常世の国に渡っていったと伝えられる。常世の国(51頁）は海の向こうもしくは海中にあるという。海の国は母の故郷でもある。

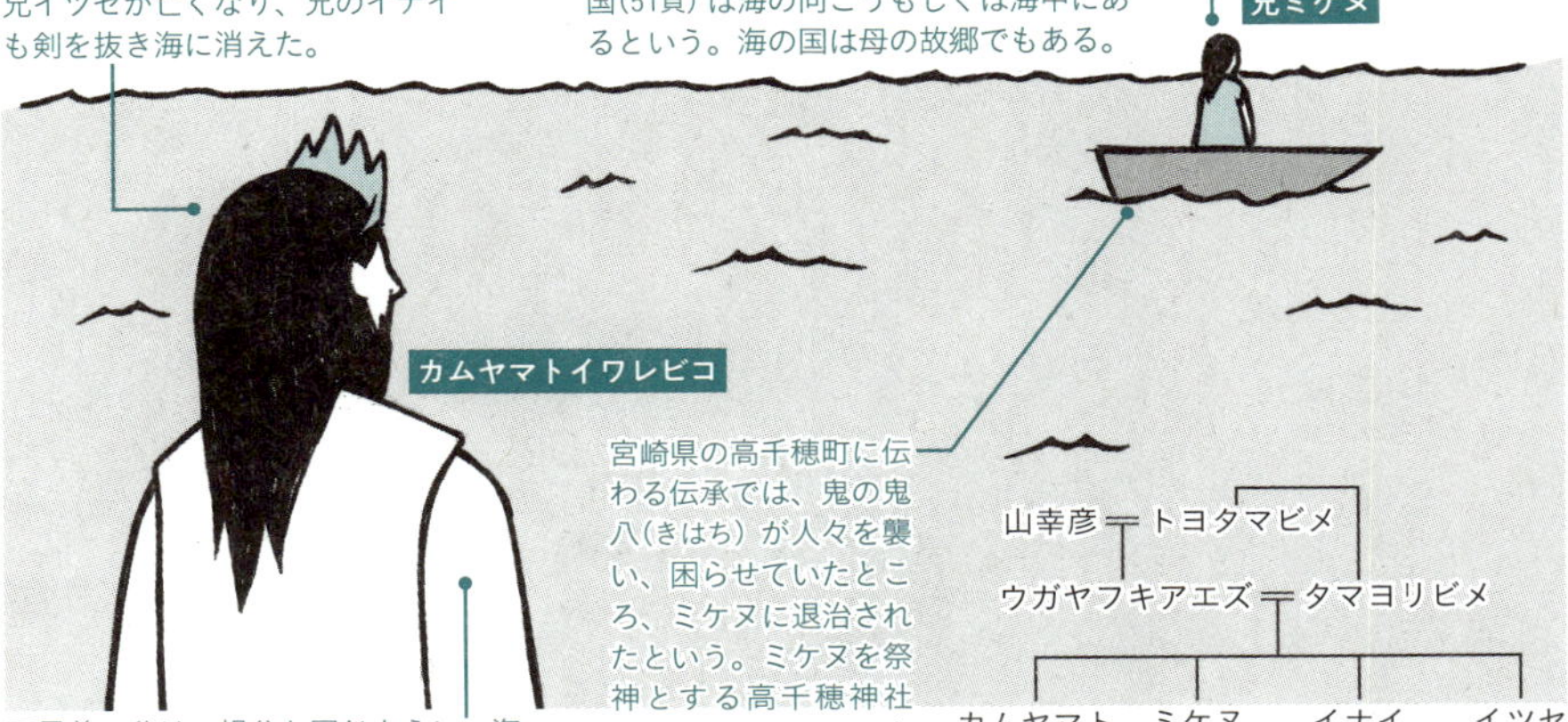

宮崎県の高千穂町に伝わる伝承では、鬼の鬼八(きはち）が人々を襲い、困らせていたところ、ミケヌに退治されたという。ミケヌを祭神とする高千穂神社(同町）の拝殿には、鬼八を踏みつけるミケヌの彫像がある

山幸彦＝トヨタマビメ
ウガヤフキアエズ＝タマヨリビメ
カムヤマトイワレビコ／ミケヌ↓常世の国へ／イナイ↓海の国へ／イツセ↓死去

四兄弟の父は、祖父と同じように、海神の娘をめとった。彼女たちは姉妹なので、父は叔母と結ばれたことになる。

※3：海幸彦が溺れ苦しんださまを演じた舞踊。

双生児《そうせいじ》

見た目もパワーも倍増

双子というと一卵性と二卵性がある。一卵性の場合はほぼ同じ遺伝情報をもつため、性も同じとなり顔もうり二つとなる。二卵性の場合はきょうだいのようなもので、性も身体的特徴も異なることがある。双子についてのこのような知識をもっているのは、医学の進展があったからこそ。もし何も知らなかったら、双子の誕生をどう思っただろうか。『日本書紀』によると、景行《けいこう》天皇のもとに双子が生まれた。父である天皇は不思議に思って臼に向かって叫んだという。そのため、兄の方をオオウス、弟の方をオウスという。この弟のオウスが、後にヤマトタケルという英雄になる。

英雄ヘラクレスも双子だ。アルクメネ※1に恋したゼウスは、彼女の夫のアンピトリュオンに変身して交わる。その子がヘラクレスで、アンピトリュオンの子イピクレスと双子になる。いずれも英雄は不思議な生まれ方をする（異常出生、44頁）という話だ。

うり二《ふた》つ型──顔も性格もそっくりな双子

インドのヴェーダ神話に登場するアシュヴィン双神はうり二つ。いわば一卵性の双子といっていいだろう。若く、美しく、輝いている神である。

インドなど

双神のそれぞれにまた男の双子が生まれた。

医術・安産と危機救済の神。翼のある馬に引かれた車に乗る。光り輝く神であることから、太陽神の娘を従えるときも。

神話や伝説に残る双子は男の双子など同性が多い。実際、一卵性は同性として生まれるので、男女の双子が生まれる確率は低くなる。

ヘブライ語聖書には、見た目も性格も正反対という双子エサウとヤコブが登場する。母は弟ヤコブをかわいがり、盲目になった父イサクをだまして、ヤコブに兄エサウのふりをさせ、兄としての祝福を受けさせた。双子は後に和解した。

2人で医療神

アシュヴィン双神は、人々の病気を治して歩いていたとも。医療を教えながら、国を旅した日本神話のオオクニヌシ（オオナムチ）とスクナヒコナの凸凹コンビとの共通性も指摘される。

※1：ミュケナイ王の娘。｜※2：ロムルスはローマ王として都市を拡大するも、最後は暗殺されたという伝承がある。ヤマトタケルも父である天皇に遠ざけられ、最後は神に衰弱死させられた（63頁）。

協働《きょうどう》型――助け合う双子

ローマなど

普通の兄弟以上に双子の結びつきは強いものだろう。その双子が力を合わせ、大事を成し遂げる。ローマの建国は、その代表的な伝説だ(24頁)。

軍神マルスと王の娘で巫女のレア・シルウィアの間に生まれた双子。王位を奪った母の叔父が復讐を恐れ、双子を川に捨てた。

双子は幼少期テヴェレ川（ティベリス川）に捨てられたが、雌オオカミに育てられ、成長した。川に流された貴種としては、ヘブライ語聖書「出エジプト記」に登場するモーセが有名。いずれも貴種流離譚といえる。

双子の悲劇

ロムルスとレムスは建国に当たっては協働するが、後に王位をめぐり激しく争う。最後は、レムスが負け、ロムルスの手で殺される。日本神話でもヤマトタケルが双子の兄を殺害する話が語られる。いずれも悲劇的な結末を迎える※2。

ヤマトタケル

不可分《ふかぶん》型――離れなれない双子

ギリシャ

ギリシャ神話のカストルとポリュデウケス兄弟のうち、カストルが先に亡くなってしまった。不死であったポリュデウケスは、カストルに自分の不死性を分け与えた。それほど離れがたかったのだ。後に一緒に天に昇り、ふたご座になった。

（人間）夫 ＝ レダ ＝ ゼウス（神）
カストル　女　　女　ポリュデウケス

2人はディオスクロイ（ゼウスの息子たち）と呼ばれる。ともにアルゴー船（115頁）に乗って冒険した英雄（アルゴナウタイ）だ(67頁)。

双子話のモチーフの一つとして「いつも一緒」という不可分性が挙げられる。

ゼウスが白鳥となって人間の女性レダと結ばれ、レダはゼウスと夫のテュンダレオス王との間に2つの卵を産む。神婚による卵からはポリュデウケスとヘレネ※3、人間の夫との卵からはカストルとクリュタイムネストラ、それぞれ男女の双子が生まれた。

厳密にいうと、2人は異父兄弟だが、関係は深く、双子として扱われる。

※3：トロイア戦争の引き金となった絶世の美女。父はスパルタ王。

男兄弟よりは平和的？

三姉妹《さんしまい》

神話には3人兄弟や三神セットの神々がよく登場する。日本神話なら造化三神《ぞうかさんしん》や三貴子《さんきし》、住《すみ》吉三神《よしさんしん》※1。北欧神話の神オーディンも三兄弟である※2。数学的に物事をとらえる感覚を「数覚《すうかく》」というが、人間は3まではすぐに反応し、知覚できるそうだ。その考え方でいえば、3人兄弟の話は覚えやすい。つまり、伝わりやすいことになる。それは神話にとって重要な点だろう。末子成功譚（74頁）に3人兄弟が多かったり、重要な神が3柱セットだったりするのは、後世にしっかり伝えていくためなのかもしれない。

ところで、男兄弟の場合は争う話が比較的多いようだが、三姉妹となると協働したり、役割を分担したり。戦い合うような話はあまり見当たらないが、かといって仲良しばかりというわけでもない。『犬神家《いぬがみけ》の一族』（横溝正史《よこみぞせいし》）の三姉妹も仲が悪いが、神話にもいがみあう姉妹の話がある。

協働型《きょうどうがた》——3人一緒に任務に当たる

日本

スサノオの剣から生まれた宗像三女神《むなかたさんじょしん》は、玄界灘《げんかいなだ》の沖津宮《おきつぐう》（沖ノ島）、中津宮《なかつぐう》（大島）、辺津宮《へつぐう》（田島）の3つの宮に分かれて祀られ※3、三神で天孫を守ることになった。

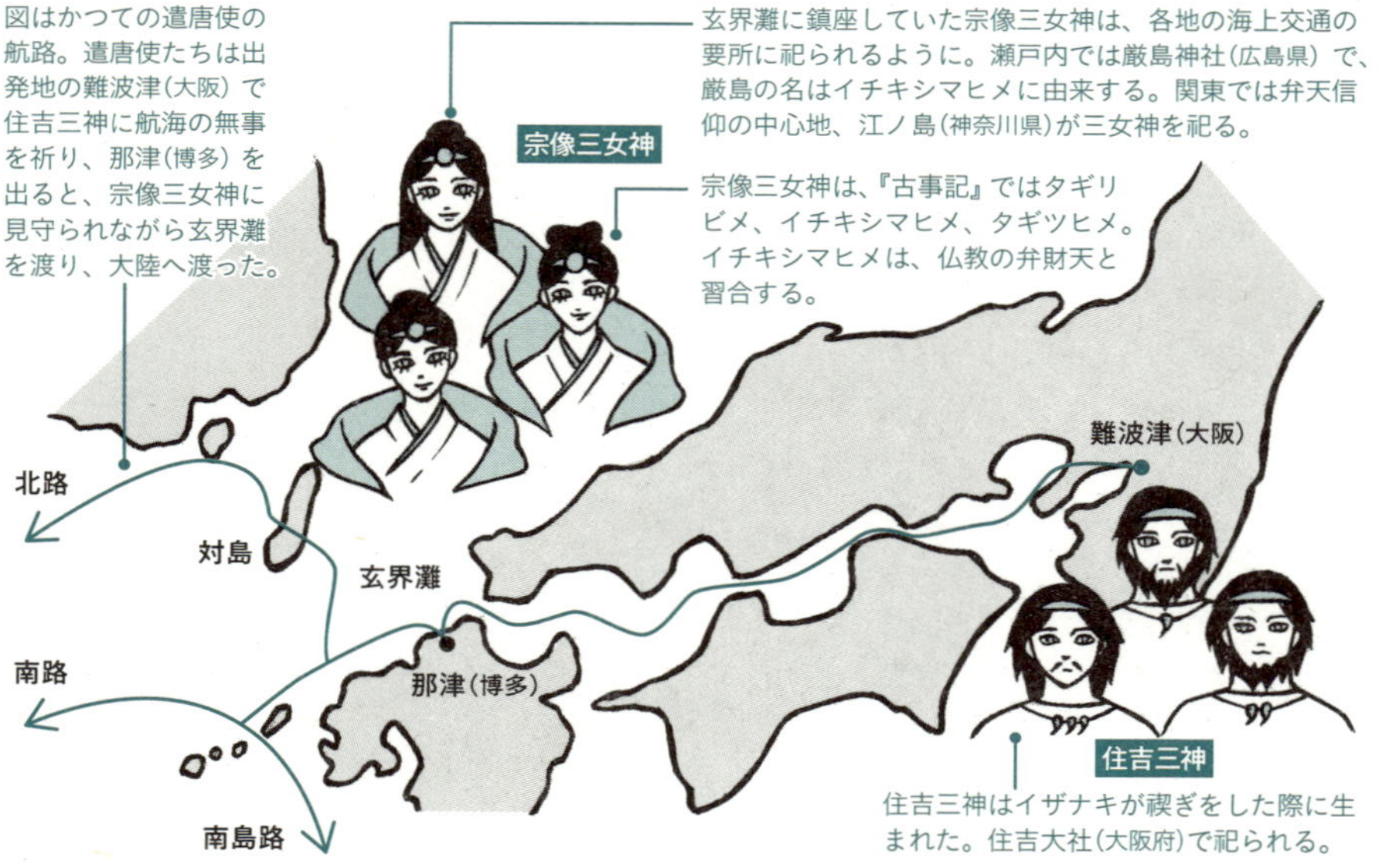
図はかつての遣唐使の航路。遣唐使たちは出発地の難波津（大阪）で住吉三神に航海の無事を祈り、那津（博多）を出ると、宗像三女神に見守られながら玄界灘を渡り、大陸へ渡った。
玄界灘に鎮座していた宗像三女神は、各地の海上交通の要所に祀られるように。瀬戸内では厳島神社（広島県）で、厳島の名はイチキシマヒメに由来する。関東では弁天信仰の中心地、江ノ島（神奈川県）が三女神を祀る。
宗像三女神
宗像三女神は、『古事記』ではタギリヒメ、イチキシマヒメ、タギツヒメ。イチキシマヒメは、仏教の弁財天と習合する。
難波津（大阪）
北路
対島
玄界灘
南路
那津（博多）
南島路
住吉三神
住吉三神はイザナキが禊ぎをした際に生まれた。住吉大社（大阪府）で祀られる。

※1：造化三神はアメノミナカヌシ、タカミムスヒ、カミムスヒ。三貴子（みはしらのうずのみこ、ともいう）はアマテラス、ツクヨミ、スサノオ。住吉三神はソコツツノオ、ナカツツノオ、ウワツツノオ。｜※2：オーディン、ヴィリ、ヴェー。

分担《ぶんたん》型──役割を3人で分担する

ギリシャなど

ギリシャ神話のモイラや北欧神話のノルンは、いずれも運命の女神で三姉妹だ。それぞれ役割を分担し、人々の運命を司る。

モイラは運命を司る3人の女神。人間の運命を紡ぐのはクロト、割り当てるのはラクシス、断ち切るのはアトロポスである。

ギリシャ神話では復讐の女神エリニュスもアレクト、ティシポネ、メガイラの3人セットである。

三姉妹が運命をともにする例も。ギリシャのゴルゴン三姉妹[※4]はそのうちの一人、メドゥーサの慢心から女神アテナの懲罰を受け、みな醜悪な姿に変えられた。

モイラの異母姉妹には季節を司る三姉妹ホーライ（エウノミア・ディケ・エイレネ）がいる。

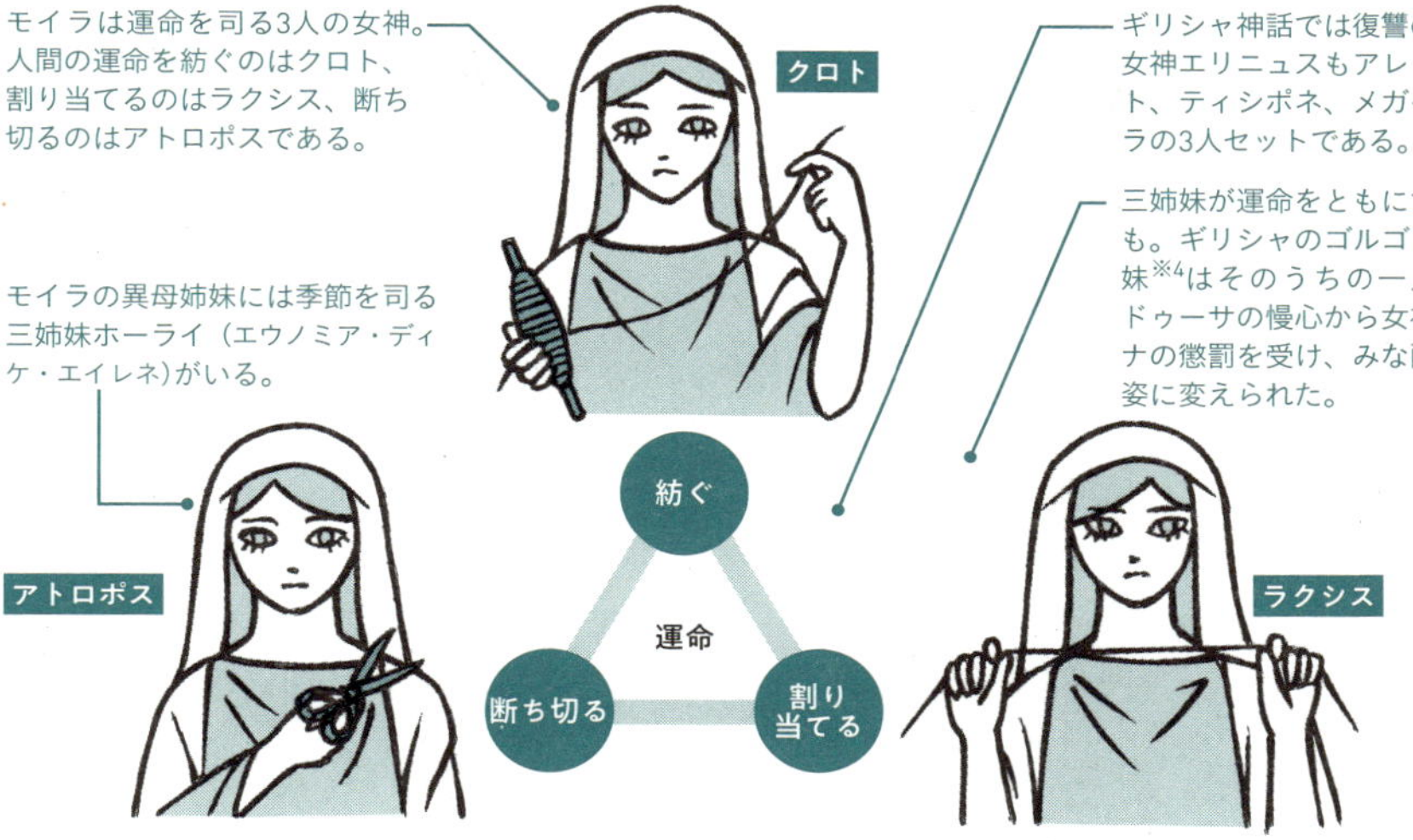
クロト
紡ぐ
運命
断ち切る
割り当てる
アトロポス
ラクシス

末子成功《まっしせいこう》型──末娘はやっぱりうまくいく

ギリシャなど

童話「シンデレラ」の主人公は、心優しく美しい末娘。女性の末子成功型といっていいだろう。ギリシャ神話であれば王女プシュケもそうだ。

プシュケは三姉妹の末娘。2人の姉も美しかったが、プシュケの美しさは言い表す言葉がないほどだった。

プシュケは神託に従い、風の神に運ばれてある神の妻となるが、夫の正体は明かされなかった。姉たちは、豪華な宮殿で暮らすプシュケを妬み、「夫はお前を食うつもりだ」と讒言。プシュケが夫の寝姿をろうそくで照らすと、美しい愛の神クピド（エロス）がいた。ろうが落ちて目を覚ましたクピドは激怒し、去ってしまう。

姉
姉
プシュケ

2人の姉に、プシュケは「夫は姉さんと結婚するつもりだ」と嘘を教え、信じた姉たちは、風の神に運ばれようと崖から身を投げ、亡くなった。

プシュケは難題を克服し、無事クピドを探し出す（難題婚、69頁）。最後は娘も授かり、ハッピーエンドだ。

『美女と野獣』も

異類婚をモチーフとしたフランスの民話「美女と野獣」も末子成功型。美女姉妹のうち、高慢な姉たちではなく、やさしい末娘ベルが幸福をつかむ。

ベル　王子

※3：宗像大社（福岡県）の沖津宮にタゴリヒメ、中津宮にタギツヒメ、辺津宮にイチキシマヒメが祀られる。｜※4：ステンノ、エウリュアレ、メドゥーサ。きょうだいにグライアイ三姉妹がいるが、彼女たちは3人で1つの目と1つの歯を交代で使っている。

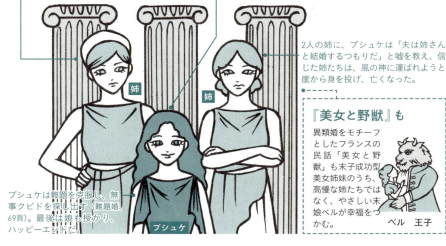

グレートマザー

子を産み、殺す母

ユングは、人間の心には個人を超えた無意識の層である「集合的無意識」があると考えた。この集合的無意識の層には、さまざまなイメージを生み出す「元型《げんけい》」（アーキタイプ）があるという。神話や昔話、そして人々の見る夢のイメージは、この元型が生み出したと考える。そのため、ある地域の神話と遠く離れたところに住んでいる人の夢の内容が似るということも起こるのだ。

この元型の一つにグレートマザーがある。「産む母と殺す母」という二面性をもつ母親だ。神話にも、産み出す力の強い女神がいるが、そうした女神は、恐ろしい性格も併せもっていて、殺そうとする力も強かったりする。人間でも、過剰に子どもの世話をする親は子どもの精神的成長を阻害することがある。いつまでも子離れができないという言い方があるが、それが子を精神的に殺すことにもつながる。現代にももちろんグレートマザーはいるのだ。

殺《ころ》す母《はは》型①——子を産み、子を殺す

日本など

日本神話では、大地や自然、万物を生み出す母がイザナミだ。火を生み出して亡くなる。つまり死もこの世に送り出したといえる。そして死の世界の女王となり、人間に死を定めた。殺す母でもある。

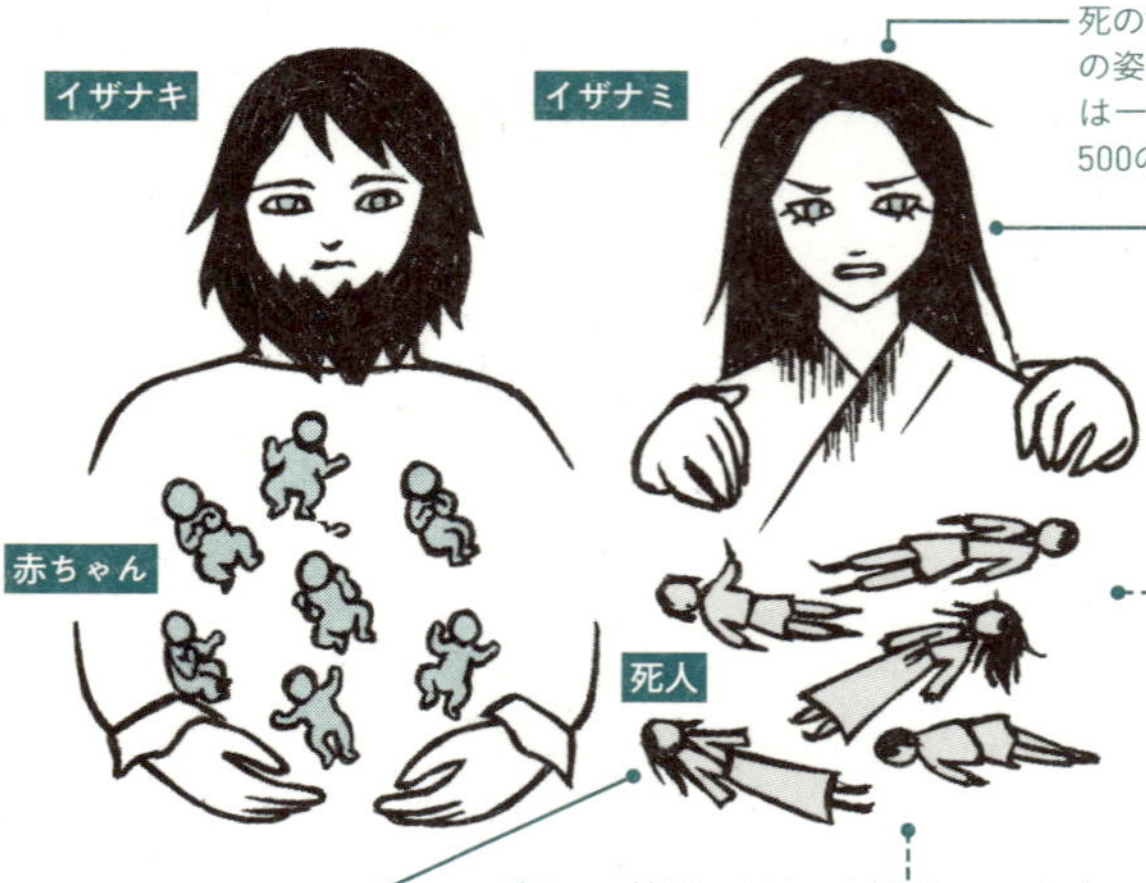

死の世界（あの世）で変わり果てた妻イザナミの姿を見て、この世に逃げ帰るイザナキ。妻は一日1千人の人間を殺すといい、夫は1千500の産屋を建てると答え、永遠に別れた。

イザナミが死んだ時点で、黄泉（よみ）の国には神がいたが、イザナミは「黄泉津（よもつ）大神」となる。黄泉の国の中でも最も偉大な神になったということだろう。

「子殺し」はかつて珍しい話ではなかった。口減らしなどのために「間引き」も行われていた※1。

ギリシャ神話の大地の女神ガイアは、自ら産み出した天空の神ウラノスとの間に多くの子をもうけるが、子のクロノスに、ウラノスを殺害するよう鎌を渡す。産む神であり殺す神といえる。

殺す祖母

ポリネシアのマウイは、永遠の命を得るため、死の女神ヒネが眠る隙にその体に入るが、鳥が笑ってしまい、ヒネに殺される（20頁）。ヒネはマウイの祖母。グレートマザーといえよう。

※1：グリム童話の「ヘンゼルとグレーテル」でも、親が口減らしのために兄妹を森に捨てている。

殺《ころ》す母《はは》型②―子離れできない毒親？

エジプト神話では、オシリスの妻である女神イシスが、母として夫の亡き後、ホルスをエジプト王にするために奮闘する（73頁）。しかし、そのホルスの両手を切断するなど、激しい性格をうかがわせるエピソードもある。

エジプト

イシス
ホルス

息子を王にした偉大な母、イシスの信仰は、地中海世界に広まり、古代ローマでも大きな神殿がつくられていたことがポンペイの遺跡などからも分かる。

父の跡を継いでエジプトを統治した。

イシスは玉座を載せた姿で描かれる。聖母子像[※2]のように、幼いホルスを抱く図像もあり、「偉大な母」として表現された。

貞節で賢母のイメージが強い女神。

殺《ころ》す父《ちち》型―父も子どもを殺す

ギリシャなど

子を殺そうとする父もいる。ギリシャ神話の神クロノスは、父ウラノスを倒し、彼から「お前も子に倒される」という意味のことをいわれ、生まれた子らを飲み込んでいった。

クロノスが子を食らうエピソードは絵画のモチーフにもなった。ルーベンスやゴヤの『我が子を食らうサトゥルヌス』である。サトゥルヌスはローマ神話の神で、ギリシャ神話のクロノスに相当する。

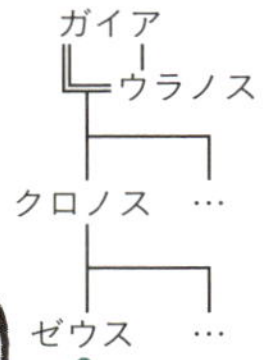
ガイア
ウラノス
クロノス
…
ゼウス
…

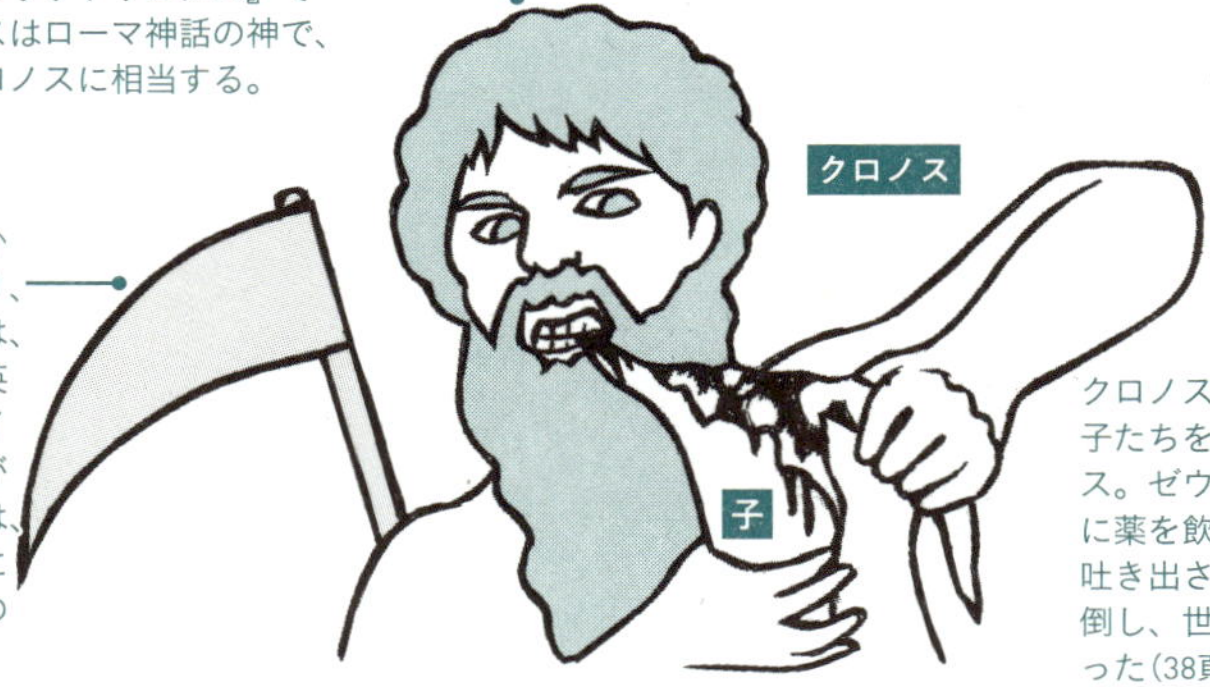
クロノス
子

将来に関する予言から親が子を殺したり、捨てたりする話には、ギリシャ神話なら英雄ペルセウスやオイディプス王の物語がある。日本神話には、身体的欠陥から親に捨てられるヒルコの話がある。

クロノスに飲み込まれた子たちを助けたのがゼウス。ゼウスは父クロノスに薬を飲ませて兄や姉を吐き出させ、父を戦いで倒し、世界の支配者となった（38頁）。

TOPICS 神話とエディプスコンプレックス

グレートマザー元型など、人間の深層心理における母イメージに注目したユング。それに対し、父に注目したのが、ユングの師だったこともあるフロイトだ。フロイトは、子は異性の親との近親相関関係を望み、同性の親を排除する傾向をもつとし、その傾向をギリシャ神話の「オイディプス王」の物語からエディプスコンプレックスと名付けた。オイディプス王は、図らずも父を殺し、母と結ばれた。父を倒した神クロノスやゼウスをエディプスコンプレックスとのかかわりで見ることもできる。

※2：幼子イエスを抱く母マリアの図像。

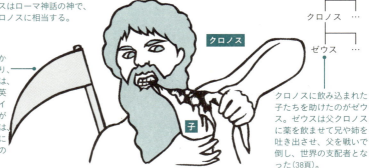

物語をかき回す

トリックスター

神話だけでなく民話や昔話、そしてさまざまな物語の中に、「なんて余計なことを！」と読み手をいら立たせるようなキャラクターが登場する。いたずら者、道化《どうけ》、トリックスターなどと呼ばれる存在だ。彼らは、意図的ないたずらをしたり、もともと粗忽者《そこつもの》であったりして周囲を混乱させる。はた迷惑なのだが、しかし、時にその行動が結果的には新しい秩序や文化をもたらすこともあり、「文化英雄」※1にもなる。北欧神話のロキや日本神話のスサノオなど、彼らなしには物語は動かない。

シェークスピアの喜劇『真夏の夜の夢』で物語を混乱させ、ハッピーエンドをもたらすのは、妖精のパックである。パックは、目を覚ましたときに最初に見た者に恋をする媚薬をもち、それによって混乱をもたらすが、最終的には、恋は成就し、大団円を迎える。迷惑者のようでいて物語を展開させる典型的なトリックスターである。

狡猾《こうかつ》型—わざと嫌なことをする

北欧など

人には触れられたくない話もある。それをあえて人前で大声で話されたら、たとえ事実であっても嫌なものだ。「ロキの口論」※2はいたずら者の神ロキの行いと顛末を伝える。

ロキは善と悪の両面をもつイケメンの神で、知恵がある。悪賢いともいえる。
海の神のエーギルは、巨大な鍋を手に入れ、ビールをつくって神々をもてなした。その宴の場で、ロキは神々の不倫や悪行を言い立てる。中には、おならをしたといった内容も。
エーギル
ロキ
遅れてやってきたトールにハンマーで殴られかけ、恐れをなしたのかトールの悪口だけはいわなかった。

地震の由来神話

ロキは捕まり※3、蛇の毒を顔に落とされる罰を受けた。妻シギュンが毒を桶で受け止めようと奮闘するが、捨てに行く間に新たな毒が落ち、ロキが暴れる。これが地震の原因という。一方、日本ではナマズが、ギリシャでは海神ポセイドンが地震を引き起こすとされた。

ポセイドン

※1：神話の中で、人類に有益なものを最初にもたらす存在。｜※2：『古エッダ』に収録される神話詩。
※3：ロキは神々の怒りを買い、鮭に姿を変えて逃げ出すが、結局捕まり、息子ナリの腸で縛り上げられた。

ハプニング型——意図せず大騒動になる

日本など

姉神アマテラスと占いをし、自分に非がないことを明らかにしたスサノオは、「勝った！」と調子に乗り、高天原《たかまのはら》で暴れ回る。その振る舞いは、アマテラスの天《あめ》の石《いわ》屋《や》ごもりを引き起こすが、自身は大騒動※4を起こすつもりはなかったようだ。

スサノオが田のあぜを壊し、宮殿に糞をしたとき、アマテラスは「土地がもったいないので改めようと思ったのだろう」とか「酔っぱらって吐いたのだろう」といって、弟をかばった。

スサノオの暴走は止まらず、姉の機（はた）織り小屋の屋根に穴を開け、馬の皮をはいで投げ入れた。驚いた機織り女はケガをし、死ぬ。アマテラスはこれを機に姿を隠すが、愛馬と女性の死が、恐ろしく、許し難いものだったのだろう。

皮をはがれたのは、天（あめ）の斑駒（ふちこま）。高天原にいたまだら模様の馬のこと。アマテラスの愛馬であろう。

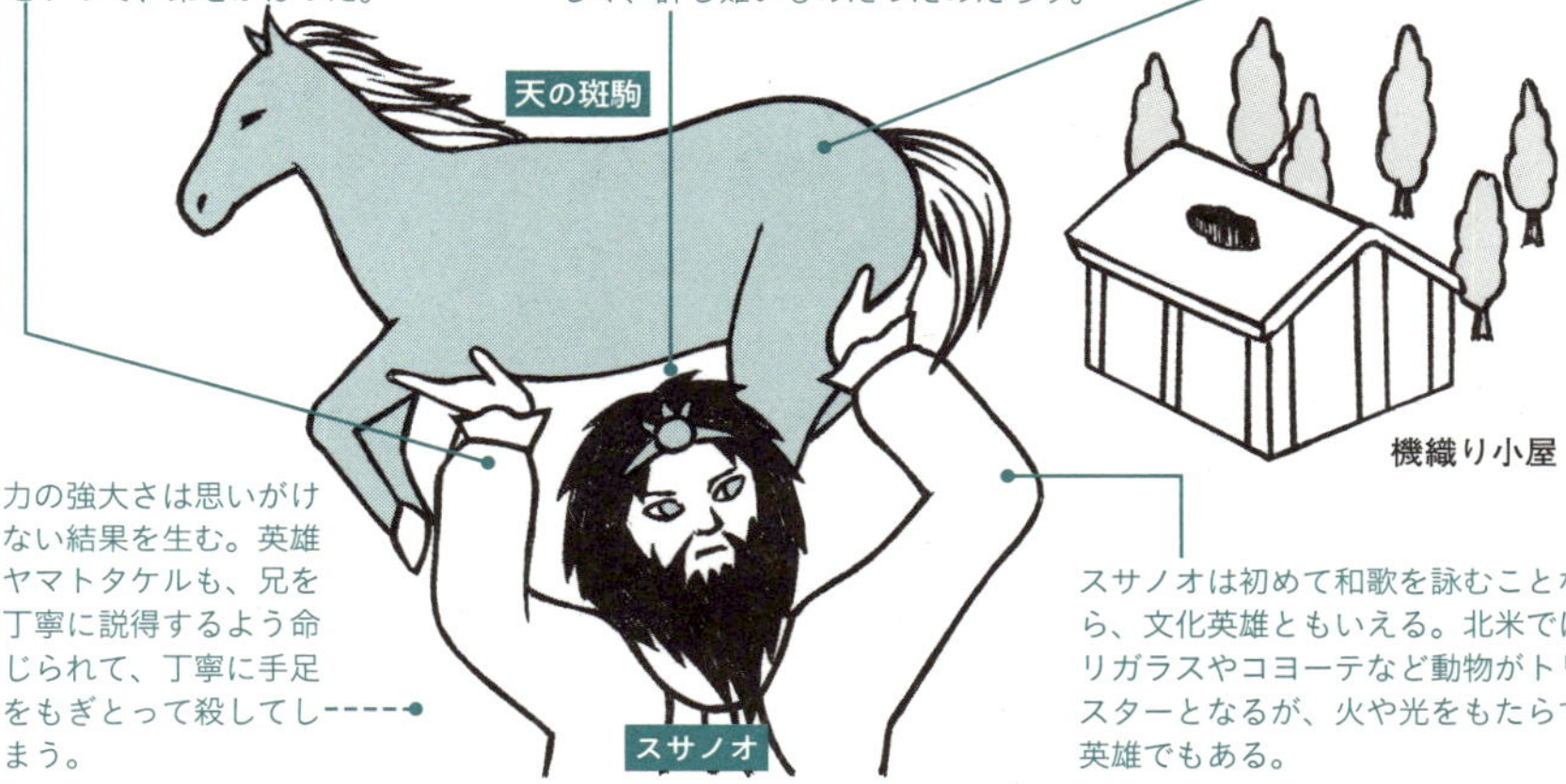
天の斑駒
機織り小屋
スサノオ

力の強大さは思いがけない結果を生む。英雄ヤマトタケルも、兄を丁寧に説得するよう命じられて、丁寧に手足をもぎとって殺してしまう。

スサノオは初めて和歌を詠むことなどから、文化英雄ともいえる。北米ではワタリガラスやコヨーテなど動物がトリックスターとなるが、火や光をもたらす文化英雄でもある。

改心《かいしん》型——困り者から英雄になる

中国など

『西遊記』の孫悟空《そんごくう》は天界で長命を得られる桃を食べ尽くしたり、不老不死の仙薬《せんやく》を盗み出したりする困り者。とうとう封印されてしまうが、観音菩薩《かんのんぼさつ》に助けられて改心し、三蔵法師《さんぞうほうし》の旅を助けることになる。

孫悟空
蟠桃

悪さばかりする悟空に、釈迦如来は「右の手のひらから出られたら天帝にしてやろう」と提案。悟空は雲※5に乗り天の果てまで行くが、そこは釈迦の手の内だった。賭けに負けた悟空は五行山に封印される。

花果山（かかざん）の石（仙石）が生んだ卵から誕生した怪猿。須菩提（しゅぼだい）大師に弟子入りした際、悟空（空を悟る）という名をもらった。元の名は、美猴（びこう）王（素晴らしい猿の意）。

中国では天界に、3千年に一度実を結ぶ不老不死の桃、蟠桃（ばんとう）があるという。女神・西王母が主催する不老不死の桃を食する宴会（蟠桃会）では、漢の武帝ももてなされたと伝わる。

ガーナのトリックスター、アナンシもいたずら者であったが、後に人間によいものをもたらす王となった。

※4：太陽神（アマテラス）が隠れたことで、天も地も真っ暗闇となり、災いも起こるようになった。
※5：觔斗雲（きんとうん、118頁）。

裏切りは一切なし

親友《しんゆう》

古代メソポタミアの『ギルガメシュ叙事詩』は、紀元前1800年ごろにまとめられたとされ、最古の物語といわれている。そして古代ギリシャのホメロスによる『イリアス』は、紀元前8世紀中ごろの作とされる、ギリシャ最古の物語だ。この2つの最古の文学作品が語るのは、「友情」である。

人類は、長い間狩猟採集生活を送っていた。狩りをし、自生の植物を採取して生活をする。1人でも生きていけると思うかもしれないが、決してそうではない。家族のほか、他人とも助け合って獲物を追い、食料を分け合わなければ、生き延びることはできない。その相手は、危機に遭ったときに相談し、知恵を出し合う存在でもあるだろう。自分にはない力をもつ者、知恵をもつ者、励ましてくれる者。社会的な動物である人間にとって、他者との「友情」は、生きていくために必要なものだったのではないだろうか。

関係変化《かんけいへんか》型──最初は敵だが親友に

メソポタミア

『ギルガメシュ叙事詩』によれば、暴君であったギルガメシュをいさめるため、神はエンキドゥという野獣のような人間をつくって送り込んだ。2人は力比べをするが、決着はつかない。そのうちに友情が芽生えた。

ギルガメシュとエンキドゥは戦うが、決着がつかない。疲れ果てた2人の間に友情が芽生え、互いに抱き合い、手を取り合った。

エンキドゥは全身が毛に覆われており、カモシカとともに草を食べ、野獣と水に入ってくつろぐ。まるで獣そのものだった。

ギルガメシュの命を受けた娼婦が現れ、交わると、エンキドゥは2本足で立つようになり、賢くなる。獣から人に変わったということだろう。

『ギルガメシュ叙事詩』は英雄ギルガメシュの物語。女神イシュタルの怒りに触れ、親友エンキドゥが命を落としたため不安になり、不死を求めて旅をする(21頁)。「友情」も「不死が得られない」も神話のモチーフの一つ。

※1：トロイア軍の英雄。
※2：最後はトロイアの王子パリスにかかとを射られて死ぬ。

敵《かたき》討《う》ち型——親友の代わりに復讐を

ギリシャ

アキレウスが戦線を離脱して戦況が悪くなったため、親友パトロクロスは彼の武具を借り、兵士たちを鼓舞して戦うが、ヘクトル※1に討たれてしまった。アキレウスは敵を討つために戦場に戻っていく。

2人はトロイア戦争をともに戦った友。アキレウスは、トロイアの王子ヘクトルを殺し、亡き友の敵討ちをする。

ホメロスの叙事詩『イリアス』では、トロイア戦争におけるギリシャ軍の英雄としてアキレウスが活躍する。

半神半人で、母は海の女神テティス、父は英雄ペレウス。生まれたとき、母は息子を不死にしようと冥界の川ステュクスに浸すが、かかとをつかんでいたため、その部分が弱点に※2。アキレス腱の由来だ。

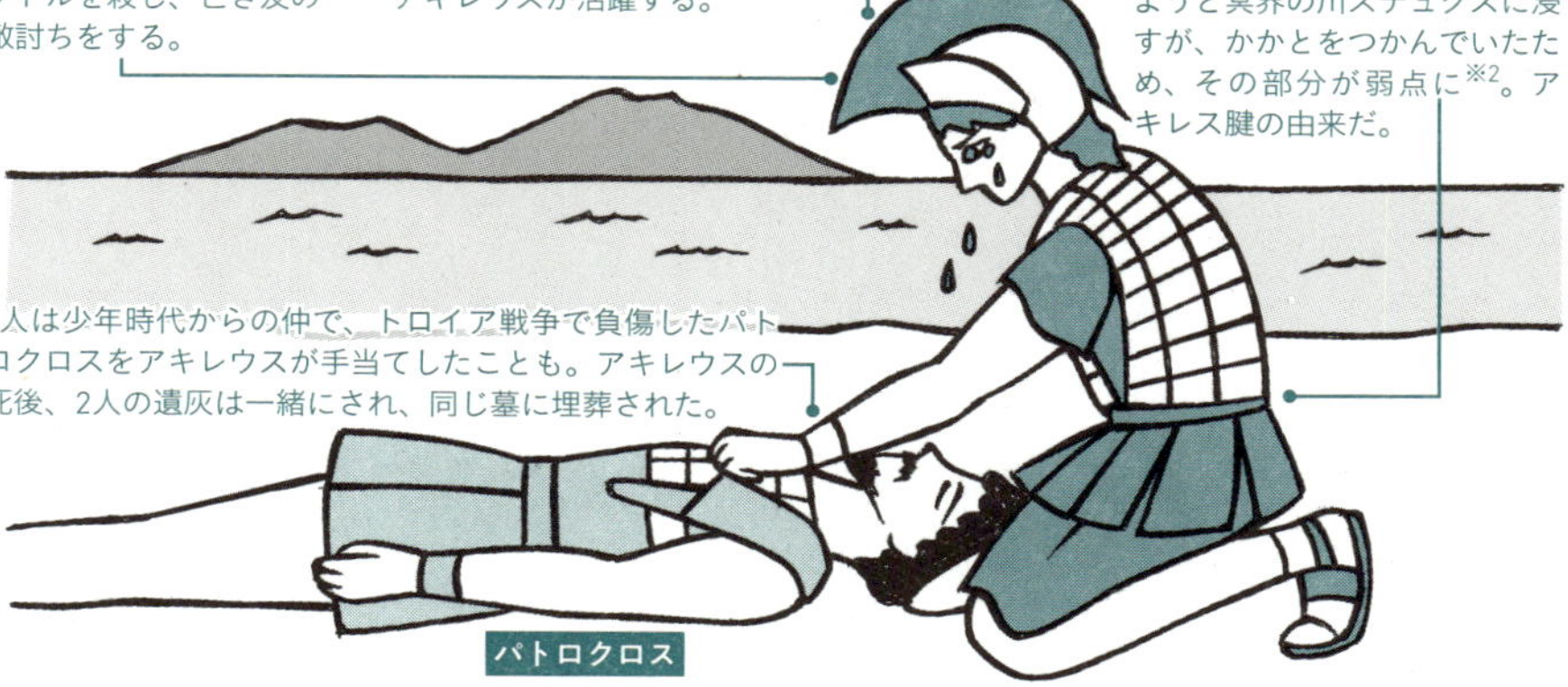

2人は少年時代からの仲で、トロイア戦争で負傷したパトロクロスをアキレウスが手当てしたことも。アキレウスの死後、2人の遺灰は一緒にされ、同じ墓に埋葬された。

協働型《きょうどう》——いつも一緒の凸凹コンビ

日本など

凸凹コンビの神、オオクニヌシとスクナヒコナ。農業を広めたり、医療を教えたりと、ともに国づくりを行う。スクナヒコナが常世《とこよ》の国(51頁)に去ると、オオクニヌシは途方に暮れてしまう。

オオクニヌシは、スクナヒコナとともにいるときは、オオナムチという名が使われる。オオナムチ、スクナヒコナと対になるような名は、2人の関係の深さとかかわる。

『播磨国風土記』によると、二神が山に稲種を置き、その山が稲を積んだ形に似ていたため「稲種山」と名付けられたという。彼らが農業を広めていたことを伝える神話だ。

天の神の指の間から落ちてきたという、とても小さな神。海からやってきて、オオクニヌシと国づくりを行い、去っていった。

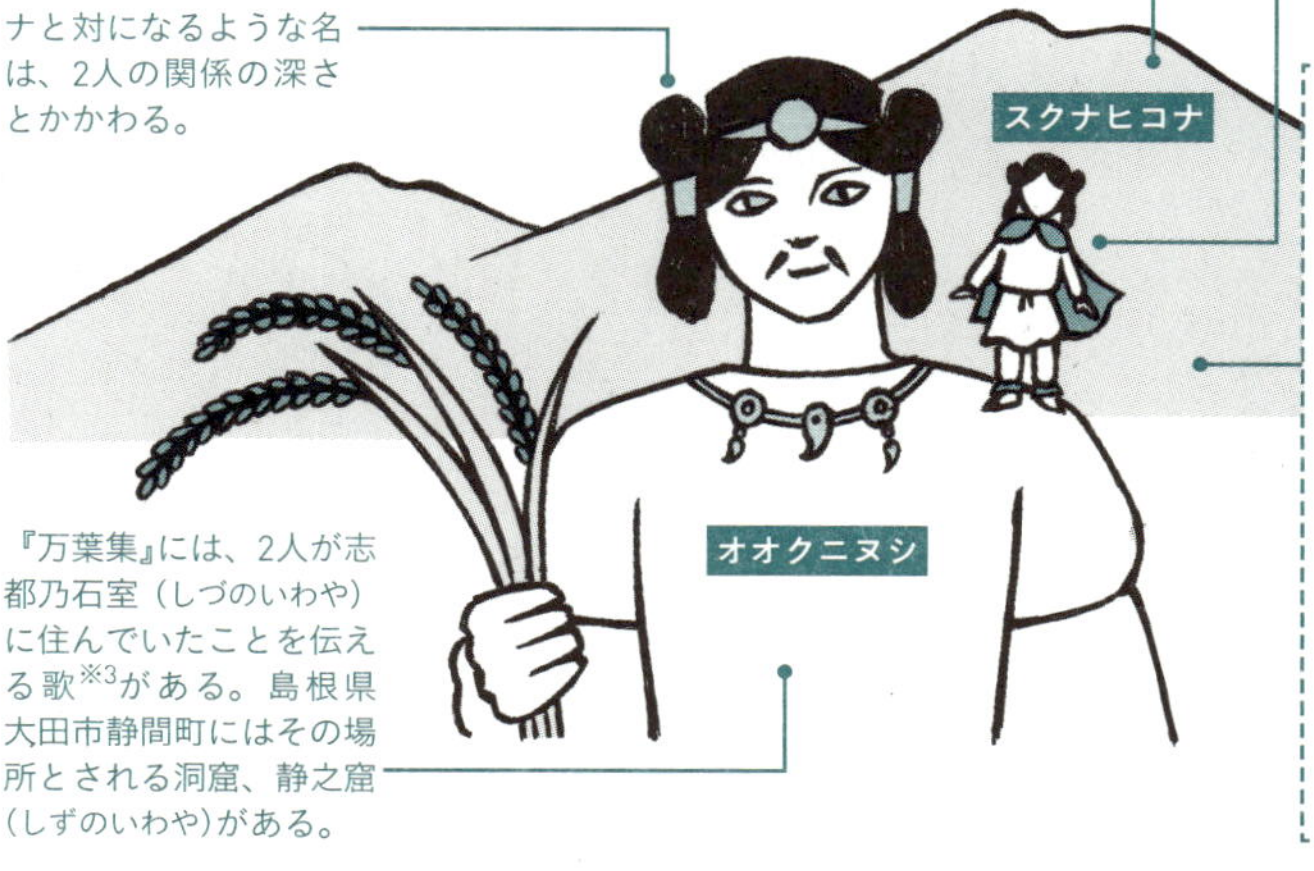

『万葉集』には、2人が志都乃石室（しづのいわや）に住んでいたことを伝える歌※3がある。島根県大田市静間町にはその場所とされる洞窟、静之窟（しずのいわや）がある。

補い合う2人

インド神話の猿の将軍ハヌマーンと王子ラーマ、北欧神話の雷神トールとトリックスターのロキも有名な凸凹コンビ。力と知恵といった異なる特性でお互いを補い合う。

※3：大汝(おおなむち)少彦名(すくなひこな)のいましけむ　志都(しづ)の石室(いわや)は幾代(いくよ)経(へ)にけむ

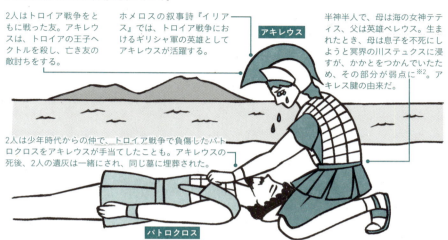

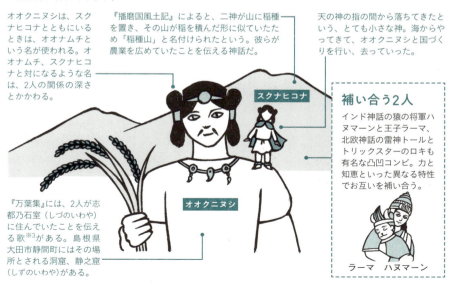

生命力を象徴する幼子《おさなご》

宮崎駿監督のアニメ映画『千と千尋の神隠し』で神々の暮らす異界へ迷い込む千尋は、10歳だ。『となりのトトロ』でトトロと最初に出会うのは、4歳のメイちゃん。大人にはトトロが見えないようだ。「7つまでは神のうち」という言い方があるが、かつては乳幼児死亡率が今よりも格段と高かったこともあり、子どもは神に近い存在とされていた。大人に比べると無力なはずだが、神話や伝説の中でも、幼い子ども（幼子という）の姿をした神が大変な威力があるとされていたり、幼子が篤く崇拝されたりする例は、洋の東西を問わず少なくない。

不思議なことに、イエスは幼子の姿で描かれることが多い。絵画や彫刻などで母マリアに抱かれた「幼子イエス」を見たことのある人は多いだろう。ピアノ曲でもオリヴィエ・メシアンの『幼子イエスに注ぐ20の眼差し』※1がある。幼子の神話にはイエスの源流が含まれているのかもしれない。

信仰対象《しんこうたいしょう》型——童形がすごさを倍増

日本など

聖徳太子は2歳のときに「南無仏《なむぶつ》」と、釈迦は誕生してすぐに「天上《てんじょう》天下唯我独尊《てんげゆいがどくそん》」※2と唱えたという。その姿でも信仰されてきた。

2歳の太子像は「南無仏太子像」、「二歳像」ともいわれ、裸に袴を着けた無髪の幼子が合掌する姿のものが多い。

誕生時の釈迦像は「誕生仏」と呼ばれ、釈迦の誕生日を祝う「灌仏会(かんぶつえ)」などで見ることができる。

平安時代の伝説上の武将・坂田金時(きんとき)も「金太郎」という童子姿で知られる。山姥の子とされ、幼いころから怪力。五月人形としてもおなじみだ。

このほか、八幡(はちまん)神は3歳の童子の姿で現れ、応神天皇の御霊だと宣言したという。

幼子のホルス

エジプトの神々の王ホルスも、母イシスに抱かれた幼子姿で表現されることが多い。ホルス信仰は古代ギリシャに伝わり、毎朝生まれる太陽と重ね合わされ、指をくわえた幼子の姿で「ハルポクラテス」と呼ばれた※3。

ハルポクラテス

※1：1944年に作曲された組曲。20曲からなり、総演奏時間は2時間を超える。｜※2：宇宙観に個として存在する「我」より貴い存在はないという意味。｜※3：その姿から、後にギリシャで「沈黙の神」とされた。

栽培《さいばい》の祖《そ》型——少年が作物を広める

大地から生まれ出る新芽の生命力は、穀物や作物の神と幼子のイメージを結びつけることになった。幼子や少年が作物栽培を広める神話の背景には、そうしたイメージの重なりがあるのだろう。

ギリシャなど

ギリシャ神話によると、エレウシス王の息子、トリプトレモスは、豊穣の女神デメテルから麦を渡され、地上に穀物栽培を広める役割を与えられた。
トリプトレモス
女神から与えられた「翼の生えた蛇の引く車」に乗って世界中を巡り、人々に穀物の栽培を伝えた。
「作物の起源神話」(28頁)には、女神が幼子に種などを与えるという授与型の話が多い。

幼子	広めたもの	概要
朱蒙《しゅもう》(朝鮮) 	五穀の種 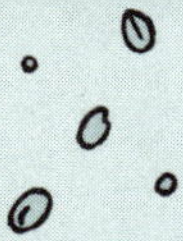	南で国を建てようと生まれ育った国を出るとき、母の柳《りゅう》花《か》(青河の神の娘)から五穀の種を受け取る
ディオニュソス(ギリシャ) 	ブドウ 	最高神ゼウスの正妻ヘラに狂わされ※4、放浪しているとき、女神レアに清められ、ブドウ栽培と秘教を学ぶ。その後各地で秘教とともにブドウ栽培とブドウ酒の製法を教えた
ホノニニギ(日本) 	イネ 	天から降る際に女神アマテラスから稲穂を受け取る。『日向国風土記』逸文には、高千穂に降ったときに、稲穂の籾を周囲に投げ散らし、光をもたらした様子が描かれる

TOPICS 「小さ子」と「幼子」

一寸法師や豆助、親指太郎などは「小さ子」と呼ばれる。神話に登場する神、スクナヒコナもその一人。小さ子は身体が極端に小さく、年齢を重ねても小さいままで、神秘的な力と「異形」性が結びついた、伝説上の存在である。一方、「幼子」は生まれて日が浅いことが神に近い存在とされ、世界各地で幼子の神話が残る。ネパールでは、今も幼い女の子を生き神「クマリ」に選ぶ伝統がある。クマリは女神の化身とされ、大地に足を着けることが禁じられるなど厳しいタブーが課されるが、立派な宮殿で美しい服を着てぜいたくに暮らす。3歳ごろに選ばれ、初潮を迎えると引退する。この風習も幼子信仰の表れといえる。

※4：ワシに姿を変えた神ゼウスがテバイ王の娘セメレと結ばれ、生まれた子で、女神ヘラに恨まれた。

異能者の神話的表現

異形《いぎょう》

手

足の指の間に水かきがある。手が長く、立つと両手が膝を越えるほど。体中の毛はすべて上向きに生えている。皮膚が黄金に光る。舌が長く髪の生え際まで届く。頭の頂の肉が盛り上がっている。眉間に右回りに巻いている白い毛がある。

これらは、仏に備わる「三十二相《そう》」という32の特徴の一部である（加えて八十種好《しゅこう》という、はっきりとは見えない特徴もある）。お寺で祀られている仏像は、この三十二相を表現したものだ。まさに異形といってよいのではないか。しかし、いずれも美しい姿・形とされ、三十二相という言葉は絶世の美女を表現するときにも使われる。

通常と異なる姿であるということは、恐怖の感情を呼ぶが、他方で特別であることも意味する。神話の中でも、頭抜けた存在が一つ目や三つ目だったりする。異形であるからといって、必ずしも「人間の敵」であることを意味しない。

角《つの》型—角をつけて、野生を表現

ギリシャ・ローマなど

牛や羊など動物がもつ角。悪魔など角のある者は人間にはない野生をもっているとして、恐ろしい存在とされたり、人間よりも劣った存在であると位置づけられたりすることが多い。

悪魔がどのような姿をしているかは、聖書には記されていない。しかし、後世ヤギの角や尾、蹄をもつ姿でイメージされるようになった。

悪魔がヤギの角をもつようになる理由としては、ギリシャのパンやサテュロス、ローマのファウヌス※1といったヤギの要素をもつ半人半獣の神の影響があるとされる。

牛頭人身のミノタウロス（ギリシャ神話）も、雄牛の角をもった恐ろしい怪物である。

ローマの神ファウヌスは、角があり、下半身はヤギである。森の神であり、予言の力を有していた。森で聞く木々のざわめきは、ファウヌスの声と考えられていた。野生は、人間では知覚できないものを察知する力も象徴する。

人の姿に鹿の角を生やすのは、動物の守護神ケルトのケルヌンノス。鹿の角は豊穣と再生を表している。動物たちの主であったようだ。

※1：パンは好色な牧神、サテュロスは快楽を好む精霊、ファウヌスは森の神で後にパンと同一視された。｜※2：ローマの建国者。
※3：シヴァが苦行をしている間、魔神が神々を苦しめていた。魔神を倒せるのはシヴァから生まれる子だけだったため、愛の神カーマがシヴァの恋心をかき立てるため愛の矢を放とうとするが、逆にシヴァの第三の目から放たれた炎で灰になってしまう。

過多《かた》型──体の一部を増やし、異能を表す

ローマ・インド

神話中につくり出された、頭や目、耳、手足の数が多い存在。悪い者とは限らず、優れた能力を示す場合もある。

2つの顔をもつ神

ヤヌスはローマの門の守護神。貨幣を最初に用い、人々にさまざまな技術を教えた神である。

正反対の二方向を向く2つの頭は、はじまりと終わりを表す。ローマ暦でヤヌスの月が1月とされるのは、そのこととかかわる。

ロムルス※2たちがサビニ人たちと戦ったときには、ヤヌスは熱い泉を噴出させてローマに味方した。

第三の目をもつ神

インド神話の破壊する神で、額に第三の目をもつ。山の神、踊りの神でもある。

シヴァの第三の目は強力な武器となる。そこから炎を放ち、神(カーマ)を焼き殺してしまったことも※3。

低減《ていげん》型──体の一部を減らして力を高める

北欧など

鍛冶の神などは、目が1つとされることが多い。鍛冶では火を見つめ、失明することがあるからといわれる。オーディンの片目は、すべてを見通す力を得るために失われた。

北欧神話の主神オーディンは、ユグドラシル※4の根元にある知恵の泉の番人ミーミルに泉の水を飲ませてもらうため、片目を差し出した。彼はこの水を飲むことで知恵を得た。

人を食う一つ目

一つ目の怪物キュクロプスは乱暴で人を食らう存在。その一人、ポリュペモス※5は英雄オデュッセウスの仲間を食べ、唯一の目をつぶされた。『出雲国風土記』にも人を食う一つ目の怪物が登場し、その名も目一つ鬼だ。

日本神話で鍛冶の神とされているのが天目一箇神(あめのまひとつのかみ)。その名は、一つ目であることを意味する。

ギリシャ神話の一つ目の巨人キュクロプスには、上位の神的な存在と下位の怪物がいる。前者はガイアとウラノスの子たちで、鍛冶師として知られる。

※4：北欧神話の世界を支えるトネリコの大木。
※5：海神ポセイドンの子。

3章 神話のアイテム

不思議な力をもつ武器やアクセサリー。限られた者にのみ許される飲み物や食べ物。神話の中には、一度見てみたい、味わってみたいと思うようなアイテムが盛りだくさんだ。中には不幸をもたらすものもある。神話が語るアイテムには、人間の欲望が詰まっているのだろう。

一度は耳にしたことがある

武器① 日本《にほん》の刀剣《とうけん》

刀剣に関心をもつ人が増えているという。擬人化された刀剣が登場する『刀剣乱舞《とうけんらんぶ》』の影響も少なくない。ゲームにはじまり、アニメやミュージカル、歌舞伎にもなっている。刀剣の魅力を簡単にいうことはできないが、武器そのものに宿る力もあるだろう。妖刀、妖剣、魔剣といった言い方もあるように、いわくつきのものや、使い手を選ぶような話が伝わるものもある。刀剣のために身を滅ぼしたりする話も少なくない。

刀剣と一口にいうが、刀と剣《つるぎ》は異なるもの。刀は片刃《かたば》、剣は両刃《りょうば》を指す。現在では言葉の違いはあまり意識されずに使われているが、日本神話を見てみると、出てくるのは剣ばかりで、刀は登場しないようだ。また、今に残る古い刀剣は、反りのない刀（直《ちょく》刀《とう》）である※1。草薙《くさなぎ》の剣《つるぎ》に代表されるように、神とのかかわりも深く、祭祀でも使用されていたのだろう※2。

草薙《くさなぎ》の剣《つるぎ》型——怪物の体内から出現

日本

ヤマタノオロチの尾から出たと伝わる剣。相模《さがみ》国で国造《くにのみやつこ》にだまされ火に囲まれた英雄ヤマトタケルは、叔母ヤマトヒメにもらった火打ち石で火をつけ、その剣で草を薙ぎ払い、火を送り返して難を逃れたため、草薙の剣と呼ばれた。

当初はアメノムラクモノツルギ（『日本書紀』）、ツムガリノタチ（『古事記』）などと呼ばれた。

スサノオのヤマタノオロチ退治のとき（65頁）、オロチの尾を切ると剣（トツカノツルギ）の刃が欠けた。不思議に思って尾を割いて見てみると、立派な剣が現れた。後の草薙の剣である。

ヤマトヒメは、ヤマトタケルが西征に出る前に女ものの着物を、東征の前には火打ち石を入れた袋と草薙の剣を授け、ヤマトタケルはこれらを使って危機を乗り越えた。ヤマトヒメは景行天皇の妹で、伊勢斎宮（さいぐう）の起源。

草薙の剣の来歴

草薙の剣はスサノオから姉神のアマテラスに献上され、天孫ホノニニギと地上に降り、歴代天皇が受け継いだ。伊勢のヤマトヒメがヤマトタケルに授けるも、ヤマトタケルは剣を妻ミヤズヒメ（尾張）のもとに置いたまま出かけて死去。剣は熱田神宮（愛知県）で祀られた。

スサノオ → アマテラス → ホノニニギ → 歴代天皇 → ヤマトヒメ → ヤマトタケル → ミヤズヒメ

※1：日本では、大陸からもたらされて以降、剣（両刃）も刀（片刃）も使われたが、反りのない直刀が一般的だった。平安後期に騎馬戦が主流になってくると、反りのある刀が生まれ、いわゆる日本刀となっていった。

トツカノツルギ型—長剣を指す一般名称

日本

トツカノツルギは手を握ったときのこぶし10個分の長さ(十握《とつか》)の剣をいい、特定の剣を指す名ではない。イザナキはこの剣で火の神カグツチを切り殺し、その際に剣の神が生まれた。

カグツチの首を切った血が神聖な石に飛び散り、そこから剣の神タケミカヅチが生まれた。

カグツチを切ったトツカノツルギを特にアメノオハバリとも呼ぶ。

アメノオハバリ（トツカノツルギ）とタケミカヅチ、2人の剣の神は親子とされる。高天原（たかまのはら）の川の上流で神々とは交流せずに暮らしていたが、国譲り交渉の使者を頼まれ、子のタケミカヅチがアマテラスたちのもとに現れる。

タケミカヅチはオオクニヌシに葦原中国（あしはらのなかつくに）を譲るよう迫った際、トツカノツルギ（別名フツノミタマ）の切っ先にあぐらをかいていた。

トツカノツルギの所有者	剣の用途	剣の別名
イザナキ	カグツチを切る	アメノオハバリ
イザナキ	黄泉軍(よもついくさ)らを追い払う	—
スサノオ	誓約(うけい)でアマテラスが宗像三女神を生む	—
スサノオ	ヤマタノオロチ退治	アメノハバキリなど
アジスキタカヒコネ	亡き友アメワカヒコと間違われて怒り、弔屋を切る	カムドノツルギ
タケミカヅチ	葦原中国の平定	フツノミタマ

鬼切丸《おにきりまる》型—先祖代々伝わる刀

日本

鬼切丸は源氏に伝わる刀で、源頼光《よりみつ》※3が家臣渡辺綱《つな》に与え、鬼の腕を切った。腕は封印されたが、鬼は綱の伯母の姿に化け、取り戻しにきた。そこで改めて綱がこの刀で戦った。

名刀には「丸」という接尾語がつけられることが多い。

元は髭切といったが、鬼を切ったことで鬼切丸、鬼丸などと呼ばれるように。

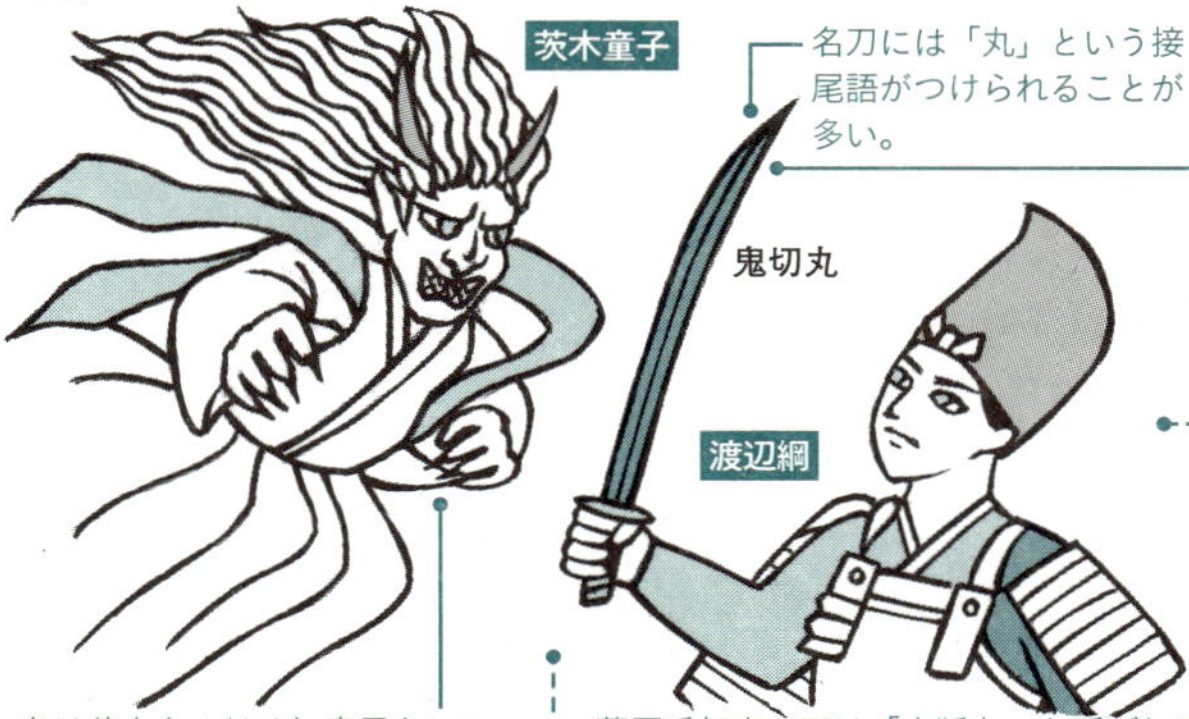

伝説をもつ刀は平家にもあった。八尺(やさか)の霊鳥が桓武天皇にもたらしたという「小烏丸(こがらすまる)」は後に平家に下賜され、その後、明治天皇に献上された。

鬼は茨木(いばらき)童子といい、酒呑(しゅてん)童子の配下。

藤原氏伝来の刀は「小狐丸」と呼ばれる太刀だ。名の来歴を伝えるのは、能の『小鍛治』。一条天皇に剣を打つよう命じられた刀匠の三条宗近が、稲荷神を相槌として名刀を打ったという。

※2：荒神谷(こうじんだに)遺跡(島根県)では、谷間の斜面に358本もの銅剣が隙間なく並べられた状態で出土。これらも何らかの祭祀や呪術に使われたのかもしれない。｜※3：平安中期の武士で藤原道長に仕えた。大江山の酒呑童子退治説話の主人公。

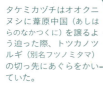

武器② 海外《かいがい》の刀剣《とうけん》

人類の歴史の中で、最も早く鉄を利用し、鉄剣をつくったのは古代オリエントのヒッタイトである。現在のトルコに位置し、ハットゥシャを中心に紀元前18世紀から前12世紀ごろまで栄えた。20世紀初頭にドイツの考古学者フーゴ・ヴィンクラーによってボアズキョイの遺跡が発掘され、その文明の姿が知られるようになった。

このヒッタイトの神話にイルヤンカという竜蛇の話が伝わる。天候神がイルヤンカと戦って負けたため、人間の英雄フパシヤに協力を求めた。フパシヤの提案で、酒食でイルヤンカをもてなしたところ、イルヤンカは食べ過ぎ、飲み過ぎで動けなくなった。そこをフパシヤが縛り上げて天候神が討ち果たす。ヤマタノオロチ神話（65・123頁）と似ていることが注目される。時代と地域の隔たりを考えると、簡単にはうなずけないが、イルヤンカの神話は東西の剣の神話をつなぐ存在である可能性もある。

グラム型――竜殺しの剣

北欧など

グラムは、リンゴの木に突き立てられ、特別な者にしか抜けないとされていた剣だった。これを抜いたのが北欧神話の英雄シグムンドで、後に息子シグルズに伝えられ、ファーヴニルの殺害（64頁）に使われた。

グラムをリンゴの木に突き立てたのは主神オーディン。グラムを引き抜いたシグムンドは、この剣で多くの戦いに勝利するが、最後はオーディンに剣を割られて、亡くなった。

鍛冶屋の小人レギンは、２つに割れたグラムを鍛え直し、シグムンドの遺児シグルズに黄金を守る竜ファーヴニルを退治させる。

イギリスの叙事詩に登場する英雄ベーオウルフも、竜退治の際、ネイリングという剣が真っ二つに割れ、相打ちとなった。

竜を退治したシグルズは、養父レギンが黄金を独り占めしようとして自分を殺そうとしていることを知り、レギンを殺す（110頁）。

日本の竜殺しの剣

スサノオがヤマタノオロチを退治した剣は、『古事記』ではトツカノツルギ、『日本書紀』ではオロチノアラマサ（蛇之麁正）やアメノハバキリ（天蠅斫剣）と呼ばれ（92頁）、石上（いそのかみ）神宮（奈良県）に祀られたとする。

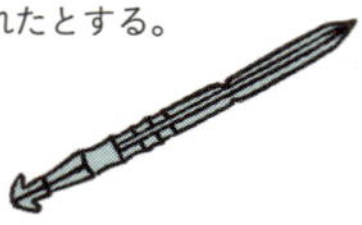

トツカノツルギ

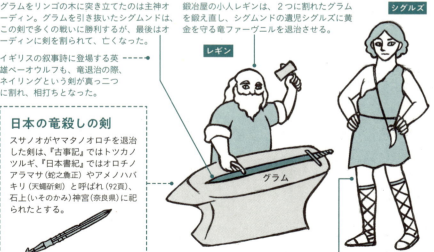

エクスカリバー型—特別な資格を証明する剣

アーサー王は、聖剣エクスカリバーを石から抜くことで、自らがブリテンの正統な王であると証明した（135頁）。彼は亡くなるときに、この剣を湖に投げさせたという。

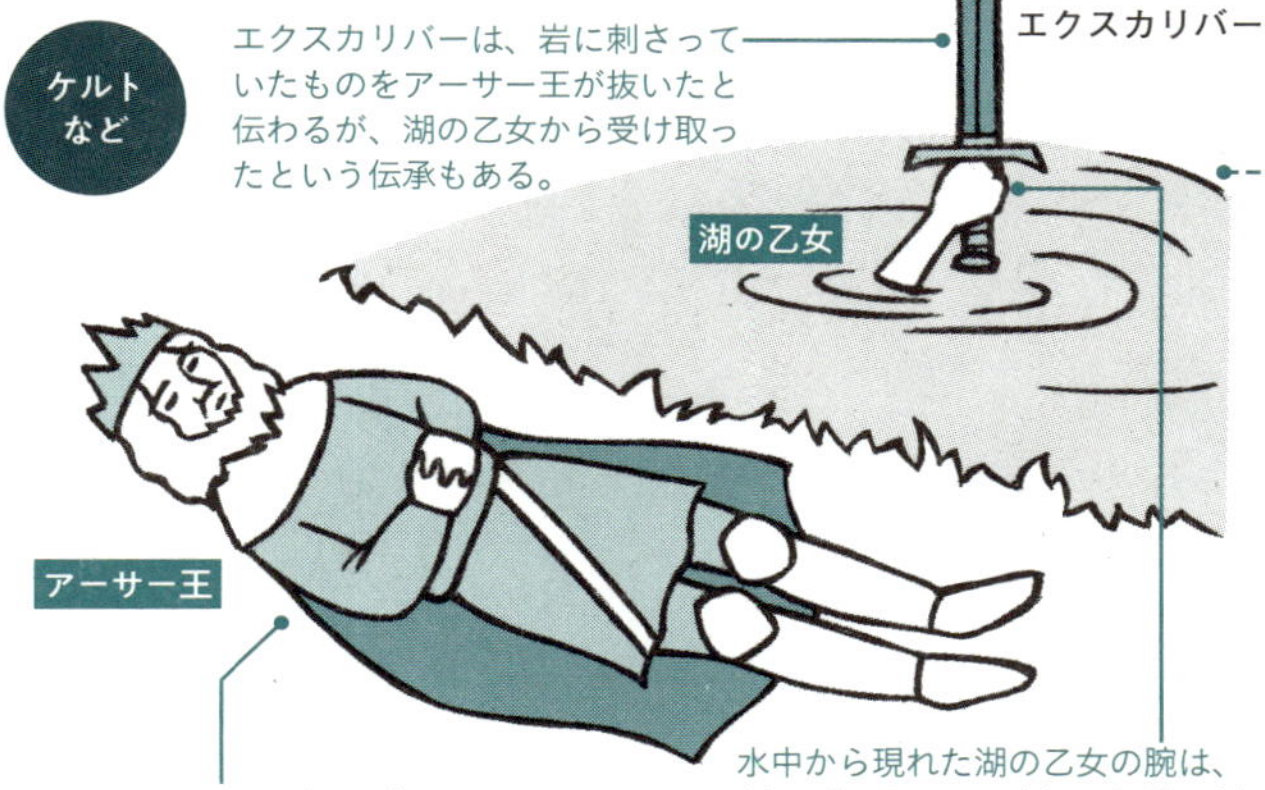
ケルトなど
剣を投げるようにいわれた家臣は、あまりに立派な剣であったためにためらい、隠してしまう。そのことに気がついたアーサーが再び捨てるように命じ、3度目にようやく投げ入れた。
エクスカリバー
エクスカリバーは、岩に刺さっていたものをアーサー王が抜いたと伝わるが、湖の乙女から受け取ったという伝承もある。
湖の乙女
アーサー王
アーサー王の亡きがらは舟に乗せられ、流された（53頁）。
水中から現れた湖の乙女の腕は、剣を受け取り、3度振った後、剣とともに消えた。

特別を証明

北欧神話では英雄シグムンドが剣グラムを木から抜き、王者であることを示した。ケルト神話のガラハッドは、岩に刺さった剣を抜いたり、円卓の空席である「危険なイス」（66頁）に座ったりして、最高の騎士であることを示した。

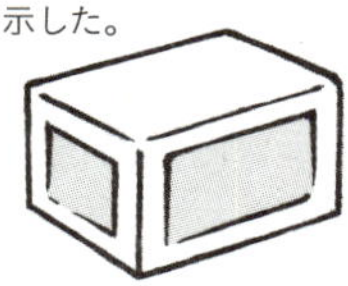
危険なイス

フラガラッハ型—神から与えられる名剣

ケルトなど

ケルトの光の神ルグは、フラガラッハという、あらゆるものを切り裂くことができる剣を所有する。この剣は、どんな質問に対しても真実を答えることができた。

海の彼方を支配するマナナーン・マク・リルは、たくさんの魔術的な道具をもっていた。その一つが怪剣フラガラッハ。マナナーンからルグに与えられた。
どんな鎖も鎧も一撃で切り裂くことができる。
ルグ
フラガラッハ
英語では「応えるもの」という意味でアンサラー（answerer）と呼ばれる。

名工による剣も

フラガラッハをはじめ名剣や名刀は、神などの特別な存在によってつくられたり、もたらされたりすることが多いが、人間が鋳造する場合もある。中国には、夫婦の名を冠した雌雄一対の名剣、干将(かんしょう) と莫耶(ばくや)が伝わる※2。

干将　莫耶

日本の無敵の剣といえば、タケミカヅチが葦原中国(あしはらのなかつくに)の平定で使ったフツノミタマ。後に神武天皇一行が熊野の山の荒ぶる神の力で昏倒したとき、フツノミタマが天から下され、その力で復活することができた。

11世紀に成立したフランス最古の武勲詩『ローランの歌』は、シャルルマーニュ※1の甥ローランが主人公。ローランの武器デュランダルは、天使からシャルルマーニュに下され、岩をも割るほど優れた剣だという。

ルグは、無敵の槍（112頁）をもつことで知られる。

※1：カール大帝のこと。
※2：妻の莫耶の髪や爪を炉に入れるなどしてつくられた。「干将莫耶」は名剣の代名詞にもなった。

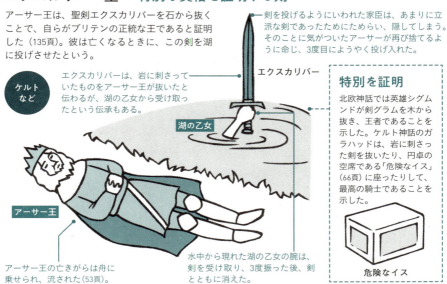

一撃必殺

武器③ 槍《やり》・矛《ほこ》

1990年代、ドイツ・ニーダーザクセン州のシェーニンゲンで、旧石器時代の木製の槍が発見された。およそ30万年前のものとされ、今のところ世界で最古の槍である。2m超というとても長いものが複数、ほぼ完全な形で残っていた。そばには、馬などの大型動物の骨も出土している。

槍は人類にとって最古の武器の一つとされる。シェーニンゲンの槍のように、古いものは長い木の先端部を焼き固めて使う。次第に、硬い石や動物の骨などを尖らせ、革紐などでくくりつける形になった。2mほどの長さがあれば、馬や象といった人間より大きな動物でも、距離をとりつつ突き刺し、仕留めることが可能だ。また、槍は突き刺すだけではなく、投げることで遠くにいる獲物、敵を仕留めることができる。剣とは違った利点をもつ武器だ。

日本神話に槍の記述はないが、矛《ほこ》※1が登場する。武器としてではなく、文化的文脈で使われた。

グングニル型—主神がもつ槍

北欧など

北欧神話の主神オーディンは、黄金の腕輪（111頁）、8本足の馬（117頁）、2羽のワタリガラスのほか、どんな標的でも貫く槍グングニルをもつ。

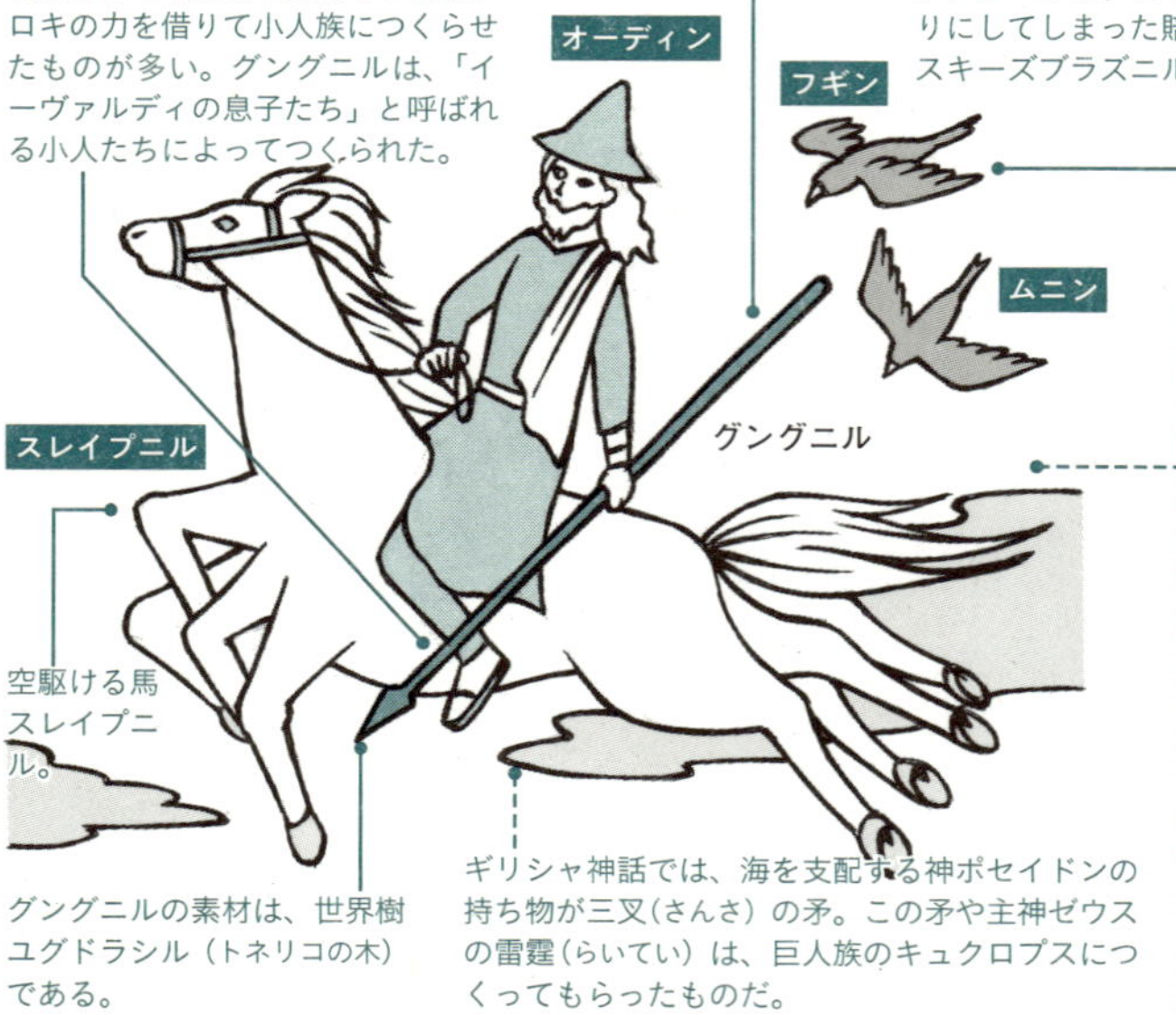
北欧の神々の武器や宝物の中には、ロキの力を借りて小人族につくらせたものが多い。グングニルは、「イーヴァルディの息子たち」と呼ばれる小人たちによってつくられた。
オーディン
グングニルは、ロキがトールの妻シヴの頭を丸刈りにしてしまった賠償として、黄金のカツラ、船のスキーズブラズニル（115頁）とともに制作された。
フギン
オーディンはフギンとムニン、2匹のカラスを使って世界中の情報を集めた。
ムニン
グングニル
スレイプニル
空駆ける馬スレイプニル。
グングニルの素材は、世界樹ユグドラシル（トネリコの木）である。
ギリシャ神話では、海を支配する神ポセイドンの持ち物が三叉（さんさ）の矛。この矛や主神ゼウスの雷霆（らいてい）は、巨人族のキュクロプスにつくってもらったものだ。

国生み神の矛

グングニルの所有者オーディンは天地を創造した神※2だが、日本神話ではイザナキとイザナミが矛（アメノヌボコ）を海に入れてかき回し、最初の島を創造した（国生み）。

アメノヌボコ

※1：矛も槍も長い柄に細長い刃をつけた武器だが、刃のつけ方などに違いがある。日本では、古代に矛が実戦使用され、戦国期になると槍が重用された。｜※2：2人の弟（ヴィリとヴェー）とともに巨人ユミルを殺し、その体から天地を創造した（巨人解体、31頁）。

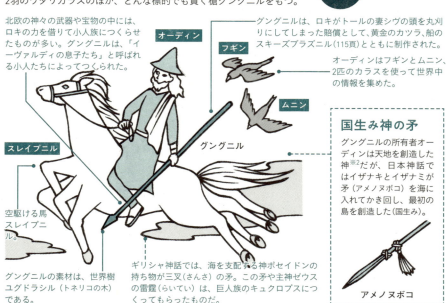

ガイ・ボルガ型——無敵の槍

ケルト

ガイ・ボルガは、女戦士スカータハによって、操法とともにアイルランド神話の英雄クー・フリンに伝えられた。細かい刃があり、命中すると体中に無数の鉤《かぎ》が広がるという恐ろしい武器だ。

雷の象徴

ガイ・ボルガの意味は「雷の投擲（とうてき）」だが、各地の神話に雷を放つ武器がある。北欧神話の雷神トールのミョルニル（99頁）、ギリシャ神話だとゼウスの雷霆（らいてい）、インドの戦闘神インドラのヴァジュラなど、破壊的な力をもつのが特徴だ。

槍の素材は巨大な海の獣の骨。先はギザギザになっている。

槍が刺さると、30に分裂して体を破壊する。毒も含むという。

女戦士団の首領で、有望な若者に武術・魔術・性愛を手ほどきした。

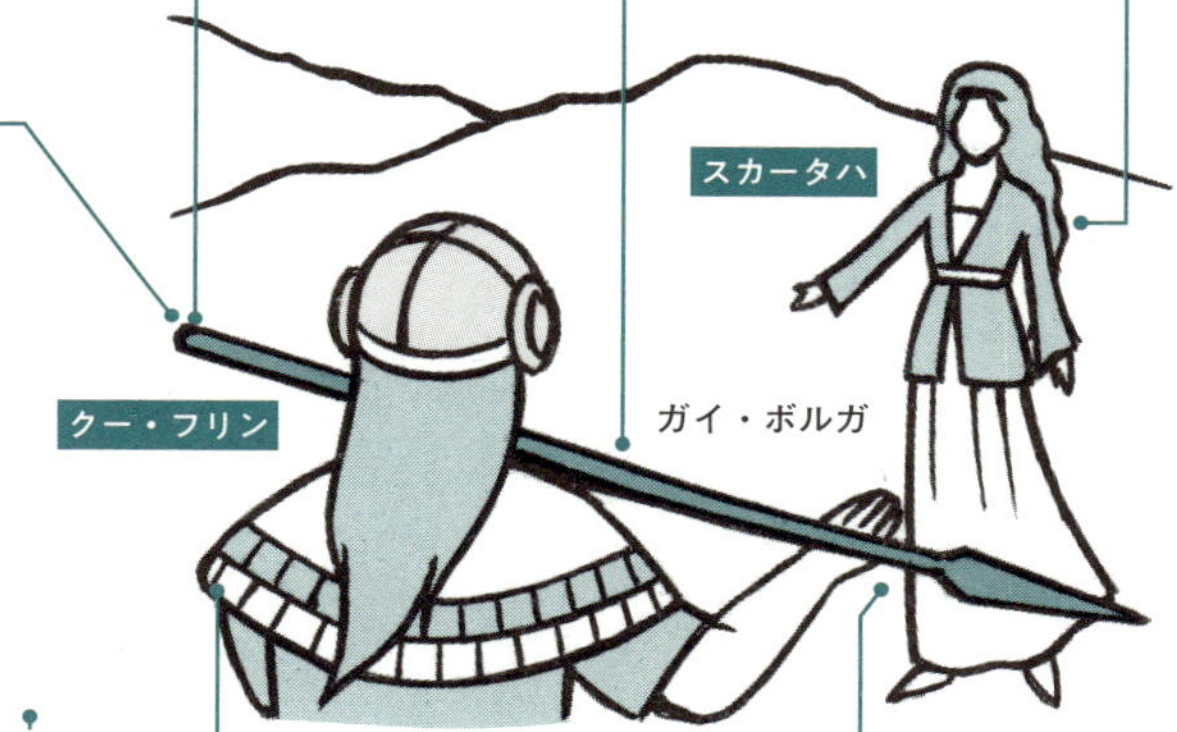

ケルトの太陽神、光の神ルグは、遠くの狙いも必ず離さない「光り輝く槍」をもっていた。

クー・フリンは、いざというときには足の指先を使ってガイ・ボルガを投げつけた。

ガイ・ボルガは、1人息子のコンラ、友のフェル・ディアドの命も奪ってしまった。

ロンギヌスの槍《やり》型——世界を支配できる聖槍《せいそう》

新約聖書関連

イエスが十字架にかけられたとき、百人隊長[※3]が脇腹を槍で刺した。その人物がロンギヌスという名だったとされる。ロンギヌスの槍は、所有する者が世界を制すると伝えられる。

ロンギヌスの槍とされるものは、各地に残る。その一つが現在ウィーンのホーフブルク宮殿の宝物館に展示されている。神聖ローマ帝国の宝とされ、ハプスブルク家に伝えられた。戦時下でナチスに奪われ、戦後になってウィーンに戻された。

イエスが十字架にかけられた際、その下にいた百人隊長、あるいはイエスの脇腹を槍で刺した兵卒がロンギヌスという名だったとされるが、新約聖書にその名前は見当たらない。

伝説では、ロンギヌスは、白内障を患っていて、イエスの脇腹を槍で刺したときに吹き出した水がかかり[※4]、治ったとされる。聖書には視力が回復する物語が数多く存在する（127頁）。

聖槍（ホーリー・ランス）ともいう。

聖遺物《せいいぶつ》信仰

キリスト教の聖人の遺体（の一部）やそれに触れた物は聖遺物といい、信仰の対象とされた。ロンギヌスの槍やキリストが磔（はりつけ）にされた十字架、釘もその一つだ。

聖釘

※3：100人の戦士からなる古代ローマ軍部隊の長。
※4：映画『パッション』には、イエスの脇腹を刺した兵士が、そこから出た水を浴びてひざまずく場面がある。

野蛮さを表現

武器④ 棍棒《こんぼう》・ハンマー

槍とともに最も古い武器の一つに挙げられるのが棍棒である。獲物や敵との接近戦で効果を発揮する、手持ちの打撃武器だ。素材には堅い木や石、骨が使われた。手元を握りやすい大きさに、先端の方はより重く、太く加工し、打つ力を大きくすることが多い。武器として威力を発揮するのは重いものであり、使う者に求められるのは、技術というよりも、より重いものをもてることであった。こうした武器としての簡便さから、神話などで棍棒を得意の武器として使用する者は、「野蛮」といったイメージをもたれる。

神話学者のジョルジュ・デュメジルは、「戦士神には文明的で完璧な武器を駆使するタイプと、野蛮で怪物的な腕力をもち原始的な武器で戦うタイプがいる」と述べている。後者の代表にはインドの叙事詩『マハーバーラタ』に登場するビーマ※1がいる。粗暴な戦士ビーマが使用する武器もやはり棍棒である。

ヘラクレスの棍棒《こんぼう》型—怪力の代名詞

ギリシャなど

怪力、棍棒といえばギリシャ神話の英雄ヘラクレス。ライオンの頭部をヘルメットにし、棍棒を振るう姿でしばしば描かれてきた。「十二の難行」※2のうちのいくつかは棍棒が勝利の決め手となっている。

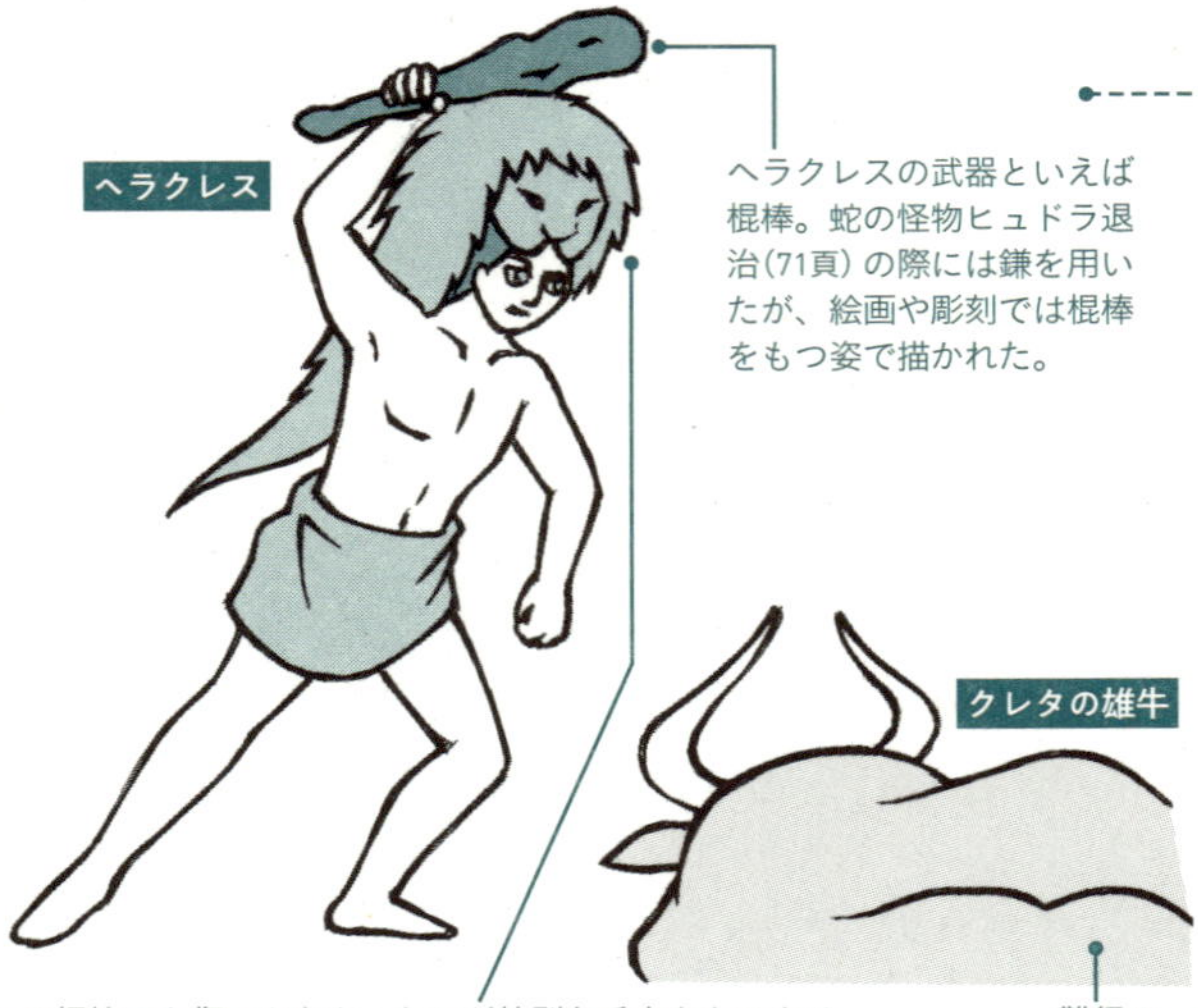

ヘラクレスの武器といえば棍棒。蛇の怪物ヒュドラ退治（71頁）の際には鎌を用いたが、絵画や彫刻では棍棒をもつ姿で描かれた。

この棍棒でも傷つかなかったのが特別な毛皮をもつネメアの獅子。ヘラクレスは素手で倒し、その後はその毛皮をまとった。

難行の一つ、クレタの雄牛の生け捕りの際も、棍棒を使用。雄牛は怪物ミノタウロスの父、ミノス王の所有する牛で、凶暴だった。

粗暴のアイコン

棍棒が武器といえば、インド神話のビーマ。インド映画『RRR』の主人公の一人であるビームは、冒頭で虎と格闘するが、その荒々しい戦いぶりから野性的なビーマがモデルだとうかがえる。

ビーマ

※1：インド神話の風の神ヴァーユの息子。｜※2：ヘラクレスは主神ゼウスが人妻のアルクメネとの間にもうけた子。ゼウスの正妻ヘラに憎まれ、わが子を殺すことになり、その罪を償うために12もの難行をすることになった。

ローグ・モル型—神を象徴する棍棒

ケルト

ローグ・モルとは「偉大な棍棒」の意。アイルランド神話の主神ダグダを象徴し、その偉大さを示す武器である。一方で叩けば人を殺し、もう一方で叩けば、よみがえらせることができる。

ダグダは、アイルランドのダーナ神族（トゥアタ・デー・ダナン）の指導者。知恵があり、寛大な神で、魔術も司る。ローグ・モル、魔法の竪琴、大釜の3つの持ち物がある。

食べ物が限りなく出てくる「大釜」もダグダを象徴する持ち物（112頁）。アーサー王たちが求める「聖杯」（66・103頁）※3の原型は、この不思議な大釜とされる。

持ち上げるのに8人必要といわれるほど巨大な棍棒「ローグ・モル」。生死を操る力をもつ。

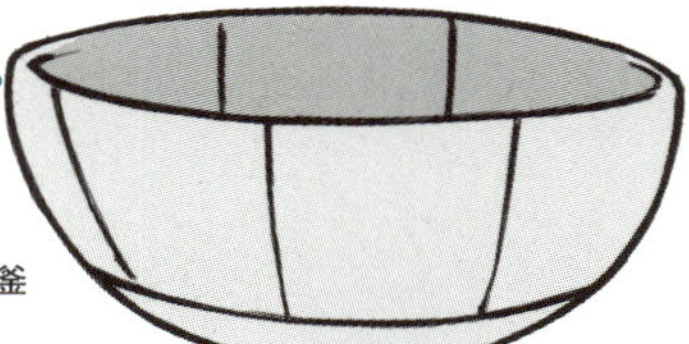

マグ・トゥレドの戦いで、ダグダは3つの持ち物を使って、トゥアタ・デー・ダナンに勝利をもたらす。

人の手を借りずに曲を奏でることができる「魔法の竪琴」。

ミョルニル型—ハンマーの雷撃で打ち砕く

北欧など

北欧神話の雷神トールの武器ミョルニルは、いわゆるハンマー（槌）のこととされる。棍棒とは異なり、柄の部分と先端の頭部からなる。棍棒と同様、技術ではなく力が威力と比例する武器だ。

ミョルニルとは粉砕するものという意味。小人族のブロッグとシンドリ兄弟が作成した。

ミョルニルは大きさを自在に変えることができ、小さくして隠したり、大きくして威力を最大限に発揮させたりした。

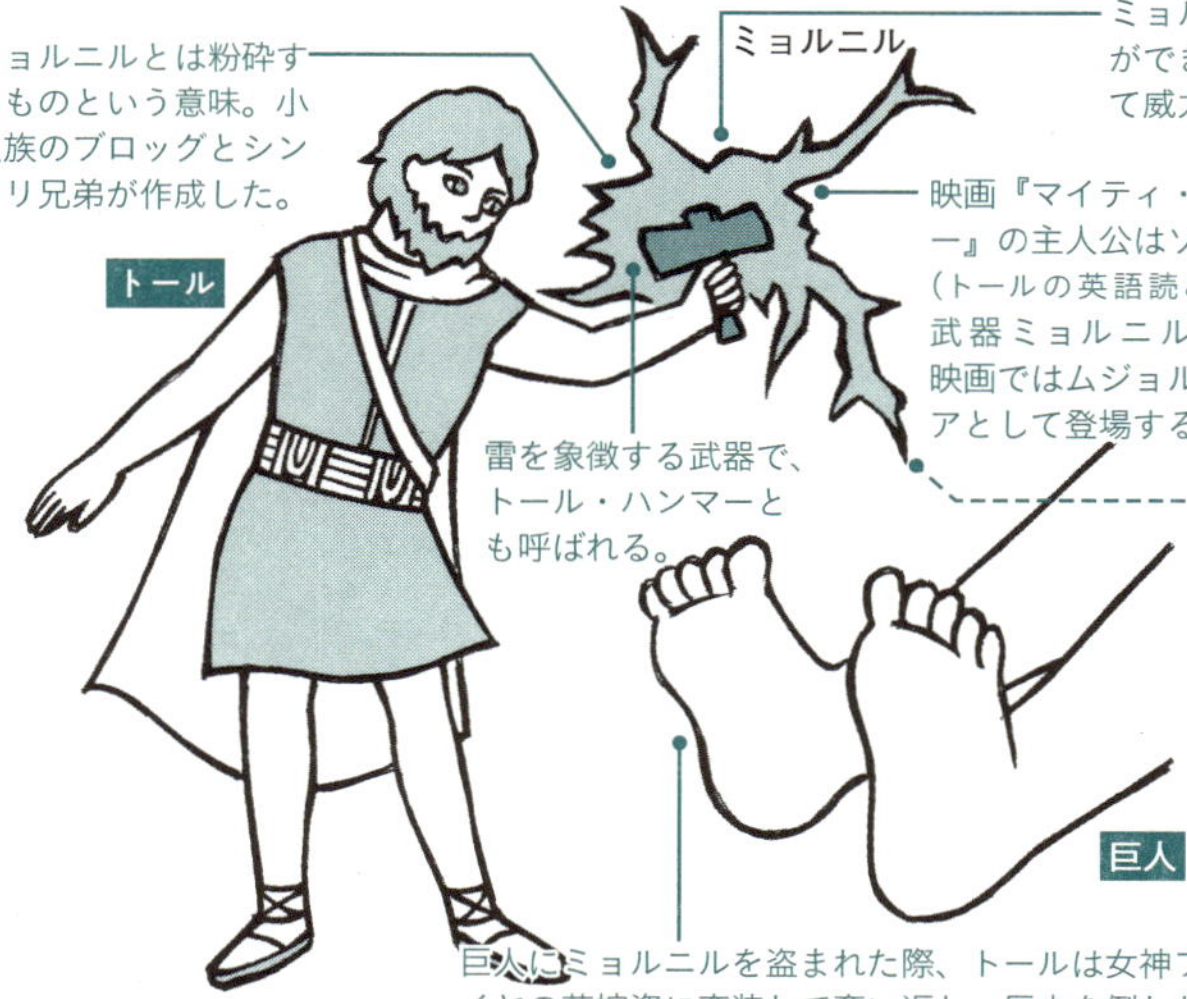

映画『マイティ・ソー』の主人公はソー（トールの英語読み）。武器ミョルニルも、映画ではムジョルニアとして登場する。

雷を象徴する武器で、トール・ハンマーとも呼ばれる。

巨人にミョルニルを盗まれた際、トールは女神フレイヤの花嫁姿に変装して奪い返し、巨人を倒した。

雷が武器

インドの神インドラの金剛杵（こんごうしょ）も雷撃を象徴する武器。中央が持ち手、両側に刃がついている。とても固く、あらゆるものを打ち砕くことができる。ハンマーにも似たこの武器で、インドラは蛇形の怪物ヴリトラを退治した。

金剛杵（ヴァジュラ）

※3：聖杯も、円卓に現れ出た際、集まっていた騎士たちに食べ物をもたらしたという。

弓と矢で何を射る？

武器⑤ 弓《ゆみ》矢《や》

棍棒や剣は、大きかったり重かったりした方が威力も強い。持ち主は屈強な人というイメージだが、それと異なるのが弓である。弓も古くから人間に使用されてきた武器だ。弾力性のある木や竹に弦《つる》を張り、矢を飛ばし獲物を捕る。もちろん、強《ごう》弓《きゅう》のように引くのにとても強い力を要するものもあるが、肝心なのは狙いを定めて的や獲物を射ること。力だけではない。遠く離れた標的にぴたりと命中させるには、神の助けも必要だと考えられただろう。次第に弓は神聖なものとされたり、呪術に使われたりするようになる。

オオクニヌシは、根《ね》の国に先祖※1のスサノオを訪ね、帰るときに太刀《たち》と弓矢※2を持ち帰る。スサノオは「それらを用いて戦い、『大国主《おおくにぬし》』になれ」と声をかけた。その太刀と弓矢は単なる武器ではなく、オオクニヌシを王にするためのものだ。弓矢は神の助力を得られる王の武器なのだろう。

金弓《きんゆみ》と銀弓《ぎんゆみ》型―「もたらす」弓矢

ギリシャなど

ギリシャ神話のアポロンとアルテミスはゼウスと女神レトの間に生まれた双子。アポロンは太陽の神なので、太陽光を表す黄金の弓矢をもつ。アルテミスは月光のような銀の弓矢をもっている。

アポロンの矢は男性に、アルテミスの矢は女性に向けて放たれ、死をもたらす。

アポロンは弓術を司る神でもある。ほかに音楽や牧畜、医療、予言なども司る。ギリシャではゼウスに並んで崇拝された。

処女神であるアルテミスは、弓矢をもって山野を駆け回る狩りの女神。

弓は力だけに頼らない武器なので、女性にも扱いやすい。神話に弓の使い手の女神は少なくない。

アポロンのもつ矢は恐ろしいもので、人間に当たるとすぐに死ぬという。その矢によって疫病ももたらされる。強い光によってできる濃い影のような存在だ。

日本神話にも金の弓矢が登場する。女神が弓矢で洞窟を射抜くと、光で満たされた。加賀(かか)の潜戸（くけど、島根県にある海食洞門)の由来だ。

中国神話には、弓矢で人間を救う物語がある。堯(ぎょう）という弓の名人は、10個ある太陽(33頁）のうち9個を射落とし、干ばつに苦しむ民を救ったという。

※1：オオクニヌシは『古事記』ではスサノオの子孫、『日本書紀』では子と伝える。
※2：生太刀(いくたち)、生弓矢と呼ばれる。「生」とはいきいきとしたの意。｜※3：アメノカクヤともいう。

カーマの弓《ゆみ》型—愛を射る弓矢

インド
など

インド神話の愛の神カーマはオウムに乗る美青年。サトウキビでできた弓と、花の矢をもつ。矢は5本あり、「悩ます」「惑わす」といった名をもつ。恋も戦いということだろう。

愛の神の弓矢

愛の神につきものの弓矢。ギリシャ神話の愛の神エロス（ローマではクピド）は、金の矢と鉛の矢をもつ。金の矢が当たると、目の前にいる者と恋に落ちるが、鉛の矢では、逆に拒絶するようになる。

エロス

カーマは、シヴァ神をパールヴァティと結婚させるために矢を放とうとして、逆にシヴァに焼き殺された（89頁）。後にプラデュムナという神に生まれ変わり、妻の生まれ変わりと再び結ばれる。

弓の弦は1連になったミツバチ。

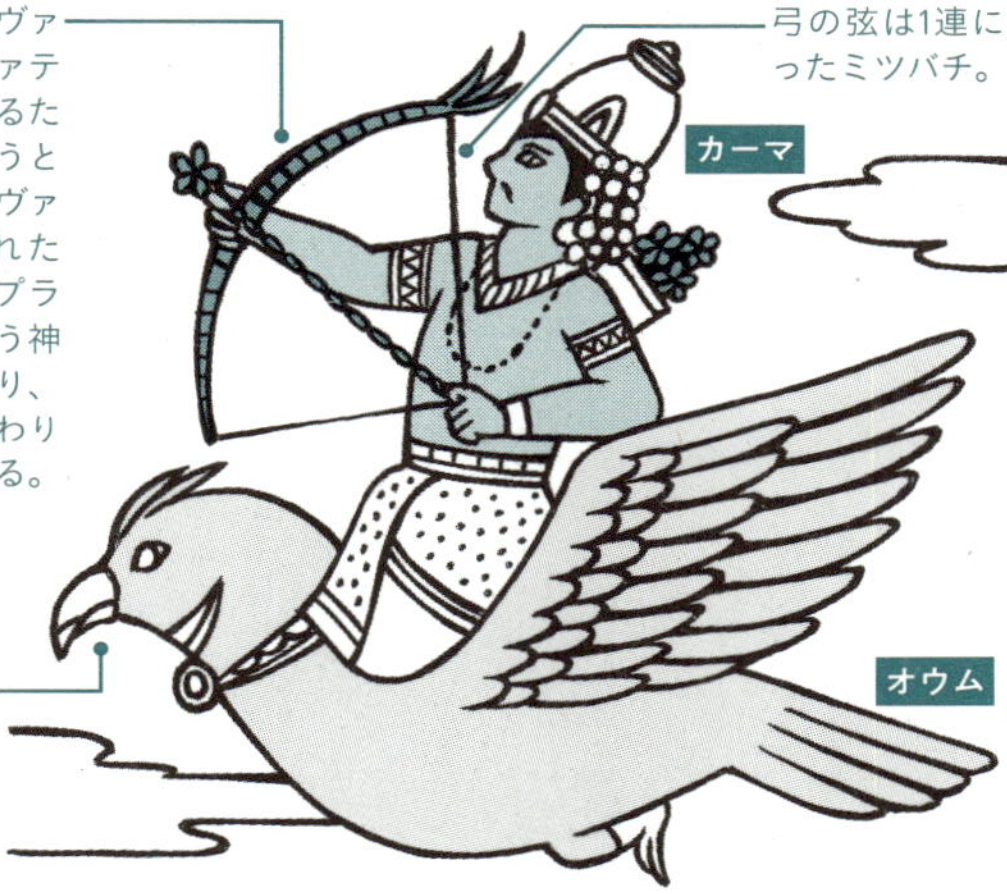
カーマ
オウム

オウムはカーマの乗り物（ヴァーハナ）。

日《に》本《ほん》神《しん》話《わ》の弓《ゆみ》矢《や》型—鳥とともに登場する

日本
など

弓矢が鳥とともに描かれる２つの神話。アメワカヒコは天の神の矢でキジを射たために死ぬ。神武天皇は弓に止まった金のトビの力で敵を倒す。弓矢が神聖なものであったことが分かる。

裏切りの弓矢

キジはナキメといい、天の神からアメワカヒコへの伝言を預かっていた。

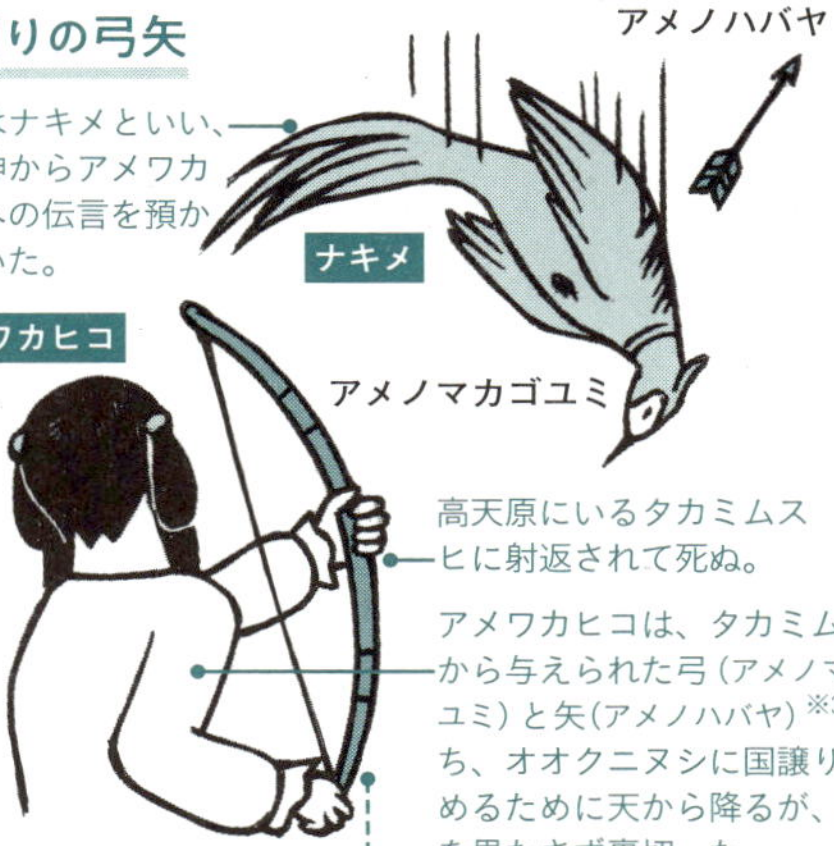
アメノハバヤ
ナキメ
アメワカヒコ
アメノマカゴユミ

高天原にいるタカミムスヒに射返されて死ぬ。

アメワカヒコは、タカミムスヒから与えられた弓（アメノマカゴユミ）と矢（アメノハバヤ）※3をもち、オオクニヌシに国譲りを求めるために天から降るが、任務を果たさず裏切った。

ヘブライ語聖書に登場するニムロド（ニムロッド）※4は、天に向かって矢を放ち、その矢が神によって投げ返されて当たったという伝承がある。このため、反逆の返し矢が射者に当たる話を「ニムロッドの矢」型という。

王者の弓矢

敵が金鵄（きんし）の放つ光に幻惑されたことが勝機となった。

金鵄
神武天皇

弓矢は武具だけでなく、神聖なものとして、魔除けの神事（破魔弓神事）などでも用いられた。宮中儀式の追儺（ついな）では、桃や葦でつくられた弓矢で悪鬼を追い払った。

※4：「世の権力者となった最初の人」「主の前に力ある狩猟者」と記される。映画『天地創造』では、ニムロド王がバベルの塔をつくり、そこから天に向かって矢を放つ場面が描かれる。その結果、神によって人々は言葉を乱されてしまう。

儀式にも用いる
防具① 盾《たて》

矢や棍棒《こんぼう》、槍《やり》が動物を狩るための道具として生まれてきたのに対し、人との戦いのために生まれたのが盾だといわれる。敵の武器から身を守るためのものだが、1人で戦う個人用のものと集団を守るものがある。集団でも使用できる盾は、並べると塀のような役割を果たす。また死者が出たときには、盾を返して遺体を運ぶ道具ともした。

守ってほしいという気持ちは、当然神にも願われただろう。そうすると神に見せるかのような装飾を施した盾もつくられるようになる。もちろん敵を威《い》嚇《かく》するということも重要だ。神に守られ、敵を恐れさせるような呪具《じゅぐ》でもあった。かつて日本の宮中では「追儺《ついな》」という鬼を払うための儀礼が行われていた。現在の節分の豆まきのルーツとなる行事だが、黄金四つ目の仮面をかぶった方相氏《ほうそうし》という役が矛《ほこ》と盾をもって鬼を追い払っていた。この盾は鬼から守るためのものであったのだろう。

アイギス型──神をも守る魔除けの盾

ギリシャ

父ゼウスに愛された女神アテナは父の盾アイギスを譲られる。後に英雄ペルセウスが退治したメドゥーサの首を捧げられ、それを盾にはめ込んだ。見た者を石にする首により、最強の盾となった。

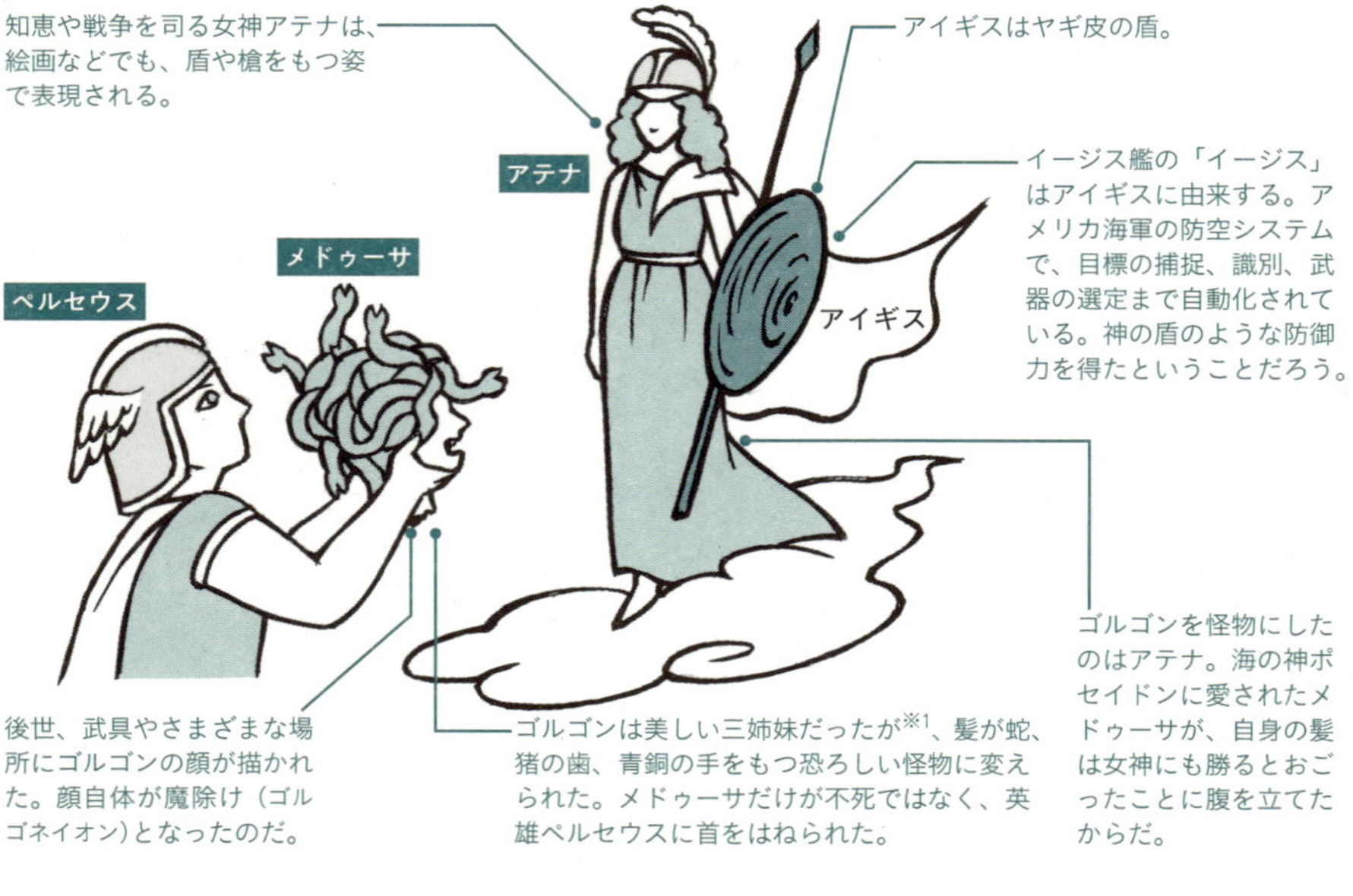
知恵や戦争を司る女神アテナは、絵画などでも、盾や槍をもつ姿で表現される。
アイギスはヤギ皮の盾。
アテナ
イージス艦の「イージス」はアイギスに由来する。アメリカ海軍の防空システムで、目標の捕捉、識別、武器の選定まで自動化されている。神の盾のような防御力を得たということだろう。
メドゥーサ
ペルセウス
アイギス
ゴルゴンを怪物にしたのはアテナ。海の神ポセイドンに愛されたメドゥーサが、自身の髪は女神にも勝るとおごったことに腹を立てたからだ。
後世、武具やさまざまな場所にゴルゴンの顔が描かれた。顔自体が魔除け（ゴルゴネイオン）となったのだ。
ゴルゴンは美しい三姉妹だったが※1、髪が蛇、猪の歯、青銅の手をもつ恐ろしい怪物に変えられた。メドゥーサだけが不死ではなく、英雄ペルセウスに首をはねられた。

※1：ステンノ、エウリュアレ、メドゥーサの3人姉妹をゴルゴンと呼ぶ。

白《しろ》い盾《たて》型—聖杯への道しるべ

ケルトなど

ガラハッドは、アーサー王伝説の英雄ランスロットの息子。円卓の騎士として聖杯の探索に向かい、自身の盾に導かれるようにして聖杯にたどり着いた。盾は白地に赤の十字架が描かれていたものだったという。

白い盾と聖杯

盾をつくらせたとされるのは、アリマタヤのヨセフ。新約聖書によれば、イエスの弟子でユダヤ人議会の議員でもあった。イエスの死後、総督ピラトに掛け合い、遺体を引き取り葬ったと伝わる。後に、イエスの血を受けた聖杯※2をブリテン島にもたらしたという伝説が生まれた。

ガラハッドは、円卓の騎士の中でも「最も優れた騎士」とされたランスロットの子。父は不倫※3の罪を犯していたが、息子は清廉潔白。罪を犯したことがないため、聖杯にたどり着けた。

聖杯を手にしたガラハッドは、後に天使に導かれて昇天した。

ガラハッドは冒険の途中、たどり着いた修道院で白い鎧の騎士から白い盾を受け取った。

オハン型—声を出し、叫ぶ

ケルトなど

アルスターの王コンホヴァルは武器庫にさまざまな武器を所有していたが、中でもオハンという盾が有名だ。主に危機が迫ると、金切り声を上げて知らせるという。

オハンには、黄金の角が4本、黄金の覆いが4つついていたという。

コンホヴァル王の盾オハンは、途方もない巨体のフェルグスと戦い、カラドボルグ（3つの丘の頂を切り落とした魔法の剣）という剣で襲われた際にも守ってくれた。

コンホヴァル王と戦ったフェルグスは巨人のように背が高く、一度に7頭の豚、7頭の牛を食べるほどの巨漢だったが、王の盾オハンを突いても、まったく動かせなかった。

「アルスター物語群」※4に登場するアルスター王。伝説の王にふさわしく「異常出生（44頁）」だった。母は2匹の虫を飲み込むことで、懐妊したという。

コンホヴァル王の妹がアイルランド神話の英雄クー・フリンの母となるので、2人は伯父と甥の関係。

しゃべる能力をもつといえば、ケルトの神ルグの剣フラガラッハ（95頁）やファールの石（112頁）、ギリシャ神話のアルゴー船（115頁）の船首など。

※2：イエスが最後の晩餐で使ったとされる杯と同じもの。｜※3：不倫相手はアーサー王の妃グウィネヴィア。
※4：「フィン物語群」などと同じく、ケルトの主な神話群（物語群）の一つ。

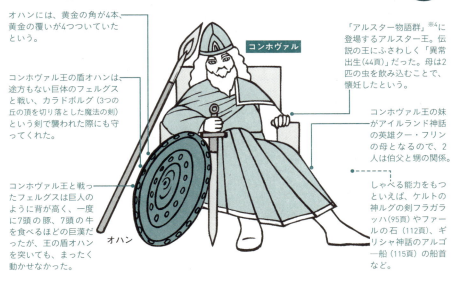

頭部を守り、武人を飾る

防具② 兜《かぶと》

体の中でも頭を守ることは何より大事だ。「兜の緒《お》を締める」とは気持ちを引き締めること、「兜を脱ぐ」は降参することを意味する。兜は防具であるだけでなく、心持ちそのものを表すものでもあるのだろう。だからこそ、兜の飾りは次第にかぶっている者の気持ち、気合いを示すものとなっていく。

特に日本の戦国時代の武将たちは兜の前正面に「立《たて》物《もの》」と呼ばれる飾り（前立《まえだて》）をつけた。上杉家の重臣直江《なおえ》兼続《かねつぐ》は、兜の立物で有名だといってもいいほどだ。彼は大きく「愛」という文字を掲げた。神仏※1の名に由来するといわれるが、ほかにも日輪《にちりん》や三日月など、武将らの信仰に基づく飾りは多い。

兜に由来する昆虫にカブトムシがいる※2。カブトムシの中でも最大なのが「ヘラクレスオオカブト」だ。もちろんギリシャ神話の英雄ヘラクレスに由来する。彼の兜はというと、自分で倒したネメアのライオン（獅子《しし》）であった（98頁）。

ロスタムの兜《かぶと》型—仕留めた相手を武具に

イラン
など

ペルシャのロスタムは、時に獅子に例えられる荒ぶる戦士だ。彼は7つの試練を成し遂げるが、最後の敵である白い悪魔を倒すと頭を切り取った。その頭を兜にした姿で描かれることがある。

ロスタムは7つの試練を受ける。その7つ目の試練として戦う相手が白い悪魔（白鬼）。

ロスタムの話が載るのはペルシャの叙事詩『シャー・ナーメ』（王書）。10世紀に詩人のフィルドゥシーが記したと伝えられる。

ロスタムは、白い悪魔の手足を切り取り、脇腹から肝を取り出して殺害した。その血を失明していたカーウース王の目に垂らすと、目は元通りとなった。ちなみに、ギリシャ神話の怪物メドゥーサの血も、死者を蘇生させる力があったという。

力を奪い取る

白い悪魔の頭を兜にした姿で描かれたロスタム。ギリシャ神話のヘラクレスはネメアのライオンを倒して鎧とし、ペルセウスはメドゥーサの首で海の怪物を倒している。倒した敵を武具に使うことは、相手の力をわがものにするという意味でもあろう。

ネメアのライオン

※1：愛染（あいぜん）明王（または愛宕権現）。
※2：角が兜の前立に似ていることから。

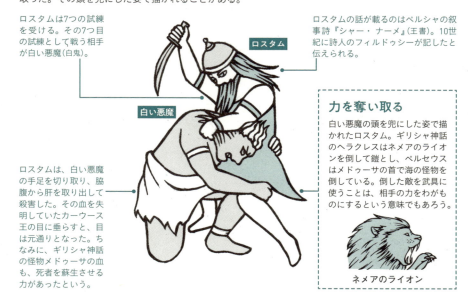

恐怖《きょうふ》の兜《かぶと》型——敵に恐れをもたらす

北欧など

北欧神話の英雄シグルズは竜のファーヴニルを倒し、宝物の一つ「恐怖の兜」を得る。それは見た人に恐怖を引き起こす兜であった。次第に「恐怖の兜」は図案化し、文様となっていく。

ファーヴニルは呪いがかかった財宝を独り占めし、竜となって守っていた。

恐怖の兜はもともと「エーギルの兜」と呼ばれた。小人の鍛冶師レギンの兄ファーヴニルがかぶっていた魔法の兜で、その力によってファーヴニルは竜に変身したという。

図案化された恐怖の兜は、兜の裏側や額に描かれ、敵に恐怖の心を植え付けた。同様のものとして挙げられるのがギリシャ神話の怪物ゴルゴンの顔。後世、敵から身を守ってくれる魔除けとして、鎧や城壁などに描かれるように。

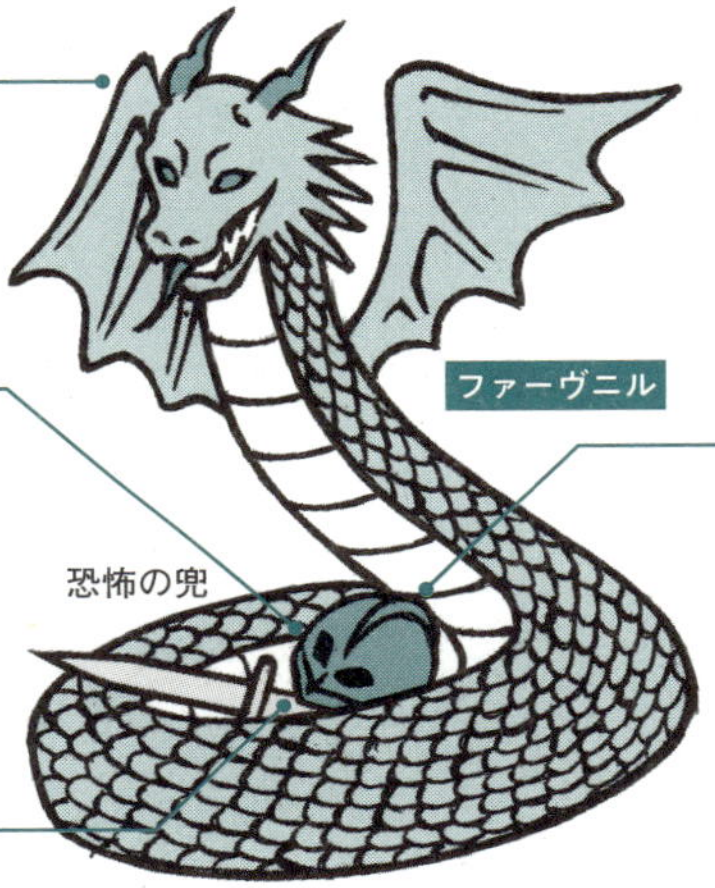
ファーヴニル
恐怖の兜

畏怖の舵輪《だりん》

恐怖の兜を図案化したもの（畏怖の舵輪［Helm of Awe］）。3本のトゲのようなものをもつ線が八方に延びている。魔術に使われたルーン文字（136頁）とのかかわりがあるのではないかとされる。

Helm of Awe

アイドス・キュネ型——かぶると不思議が起こる

ギリシャなど

ゼウス、ポセイドン、ハデスの三兄弟は、ティタン神族との戦い（38頁）を前に一つ目の巨人キュクロプスから武器をつくってもらう。ハデスに与えられたのは、かぶると姿が見えなくなる兜、「アイドス・キュネ」であった。

アイドス・キュネは隠れ帽ともいわれる。隠れ帽を借りた伝令の神ヘルメスや英雄ペルセウスは、それぞれ巨人族、怪物ゴルゴンを倒すことに成功した。

神がかぶる兜といえば、ローマ神話の神メルクリウス（ギリシャだとヘルメス）の羽根兜（有翼の帽子）。この兜は速さの象徴とも。

ティタノマキア後に冥界の神に。

ハデスの名は「目に見えざる者」の意。

アイドス・キュネ
ハデス

主神ゼウスの武器は雷霆（らいてい）。雷を投げつけ、ティタン族を倒した。

雷霆
ゼウス

ポセイドンは、三叉（さんさ）の矛を振るって大地を揺るがし、戦った。戦後、海を支配する神に。

三叉の矛
ポセイドン

不思議な兜

不思議な兜といえば、日本にも伝わる。酒呑（しゅてん）童子退治に赴く武将源頼光に、神の化身が授けた兜は「心を読み取られるのを防ぐ兜」。頼光一行は無事、酒呑童子の首をとって都へ凱旋した。

源頼光

神から与えられる防具③鎧《よろい》

戦いの際に、体全体を守るための防具が鎧（甲）だ。兜《かぶと》（冑）と合わせて甲冑《かっちゅう》という。青銅製や皮革製など、素材はさまざま。軍馬が使う鎧もあった。鎧に似たものとしては鎖帷子《くさりかたびら》もある。布地に鎖を取り付けたもので、護身用に衣服の下に身に着けたりした。戦場では鎧だが、より軽微な防御として使われていた。身分の高い者と低い者でも装備は異なっていただろう。日本では、古墳時代の埴輪《はにわ》に「挂《けい》甲武人《こうぶじん》」があり、甲冑で身を固め、頬当てや手甲《てっこう》もした完全武装となっている。人と人との戦いがあるからこそ、武器も防具も開発されていく。

神と人間の大きな違いといえば、不死かそうでないかがある。残念ながら人間は不死ではない。ギリシャ神話の英雄アキレウスのように、母親が神であったとしても、父が人間であれば不死ではないのだ。しかし神に愛された英雄は、時に、優れた鎧を神から与えられ、不死身となる。

アキレウスの鎧型《よろいがた》—鍛冶神がつくった武具

ギリシャなど

英雄アキレウスは、親友パトロクロスを亡くす。彼は戦線から離脱したアキレウスに成り代わって戦場に出て行ったのだった※1。その復讐のため、鍛冶の神ヘパイストスに頼んで新たに武具をつくってもらった。

武具の制作者ヘパイストスはギリシャ神話の鍛冶の神。北欧神話でも、鍛冶屋の小人族（ドワーフ）が神々の武具や宝物をつくった。フィンランドの叙事詩『カレワラ』の中心となる、魔法の工芸品サンポ※2を鋳造したのも鍛冶屋のイルマリネンだ。

父は王ペレオス、母は海の女神テティス。武具の制作は、母からヘパイストスに頼んでもらった。

ヘクトル
アキレウス
軽量で頑丈な鎧。

盾の特徴は、高い防御力と美しいデザイン。

自軍の大将アガメムノンに恋人ブリセイスを奪われたことに憤り、戦線から離脱したアキレウス。親友がトロイア軍の大将ヘクトルに討たれると、敵討ちに出た（85頁）。

アキレウスの死後、その武具は英雄オデュッセウスが勝ち取った。

鍛冶神の作品

アキレウスの鎧や盾、槍などの武具をつくったヘパイストス。オリュンポスに鍛冶場をもち、ゼウスの盾アイギス（102頁）などのほか、人間に与えられる最初の女性パンドラもつくった。

パンドラ

※1：パトロクロスはアキレウスの武具を借りて出陣した。アキレウスがいると思われることで戦意が高揚することを期待したからである。｜※2：持ち主に幸せをもたらすという不思議な宝物。

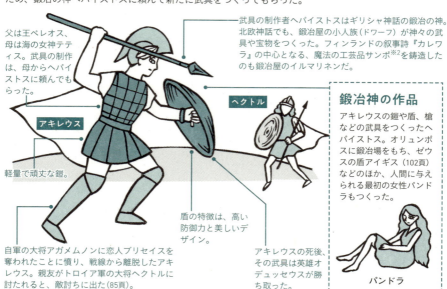

カヴァーチャ型—生まれたときから武装姿

インドなど

インドの叙事詩『マハーバーラタ』の英雄カルナは、母クンティーが太陽神を招いて授かった子である。生まれたときから黄金の鎧カヴァーチャを着ていたとある。彼の神性を示す鎧だ。

父神スーリヤと同じ黄金の鎧と耳輪を、生まれたときから身に着けていた。これらがあれば、不死身だった。

母クンティーは、ドゥルヴァーサスという聖者から、どんな神でも呼び出してその神の子を産むことができるというマントラ（祈りの言葉）を教えられ、実行した。

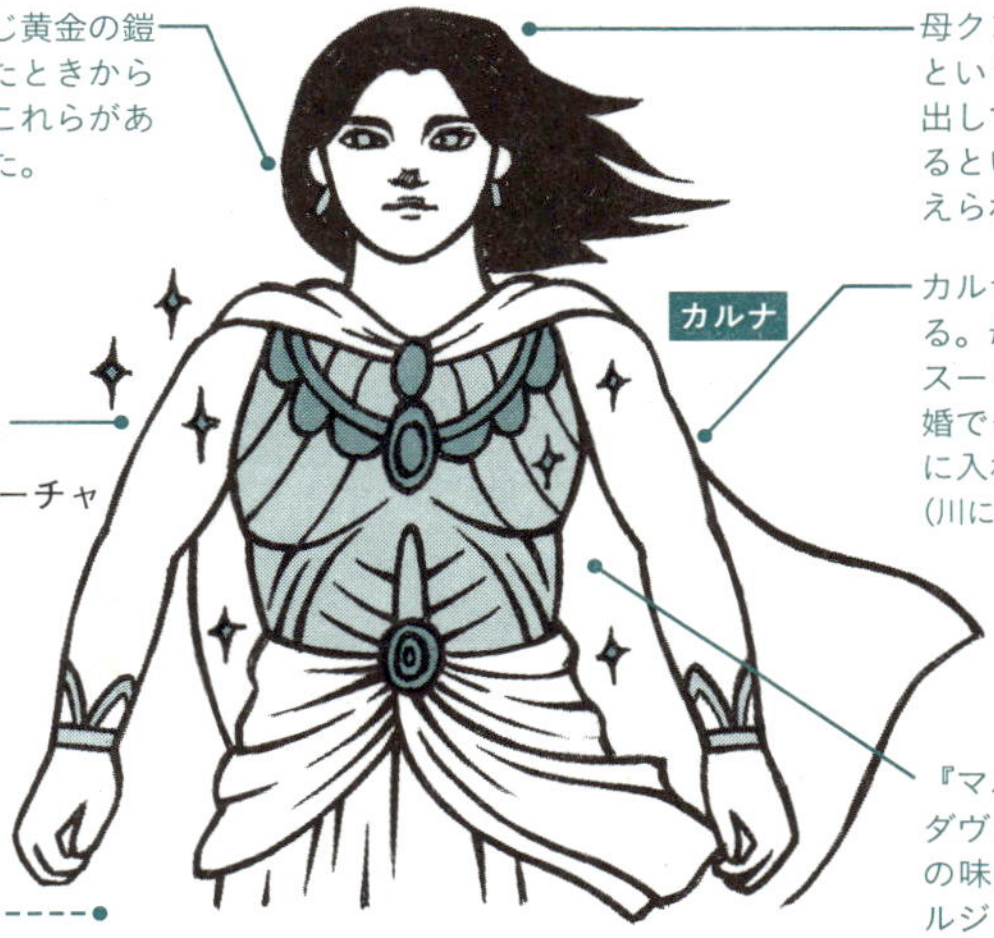
カルナ
カヴァーチャ

カルナは貴種流離譚の主人公でもある。母は結婚前に好奇心から太陽神スーリヤを招きカルナを得るが、未婚でもうけた子であったために、箱に入れて川に流してしまったという（川に流された貴種、77頁）。

カルナは弓の名手。

武装姿で生まれたといえば、ギリシャ神話のアテナ。戦争を司るこの女神は、父ゼウスの頭から飛び出てきたという。

『マハーバーラタ』の主人公パーンダヴァ五兄弟と対立するカウラヴァの味方になる。五兄弟の3番目、アルジュナを助ける神インドラによって、黄金の鎧を奪われ、敗死する。

鎖子黄金甲型《さしおうごんこう》—竜王から得た鎧

中国など

中国では東西南北の4つの海に囲まれていると考えられており、四海《しかい》竜王といって竜の四兄弟が守っていた。孫悟空はそのうちの西海竜王敖閏《ごうじゅん》から黄金の鎖帷子《くさりかたびら》を得た。

四海竜王は『西遊記』の序盤に登場。孫悟空にあれこれ要求されて困らされる存在だ。

東海竜王は海の重しとしていた「如意金箍棒（にょいきんこぼう、如意棒）」を、北海竜王は蓮の糸でつくった「歩雲履(ほうんり)」を、南海竜王は、鳳凰の羽毛付きの「紫金冠(しきんかん)」を、西海竜王は「鎖子黄金甲」を孫悟空にとられてしまう。

孫悟空
鎖子黄金甲
四海竜王

歩雲履は雲の上に乗れる靴。

伸縮自在の如意棒。

竜が授けた甲冑

日本にも竜に由来する甲冑がある。避来矢(ひらいし)[※3]は、藤原秀郷[※4]が瀬田の唐橋[※5]あたりでムカデ退治をした際、竜神からもらったもの。「飛んでくる矢を避ける」という名の鎧を、子孫の足利忠綱があまりに重くて脱いだところ平たい石に変わった。嘆いて石を投げつけると、元の鎧に戻ったという。

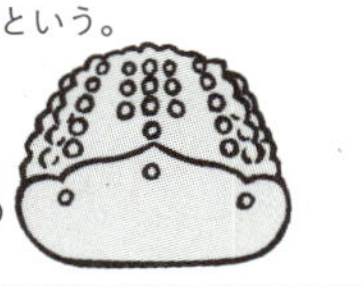
避来矢の兜鉢

※3：秀郷を祀る唐澤山神社(栃木県)に伝わる。｜※4：平安中期の下野国(今の栃木県)豪族。俵藤太(たわらとうだ)とも呼ばれる。
※5：滋賀県大津市にあった橋。

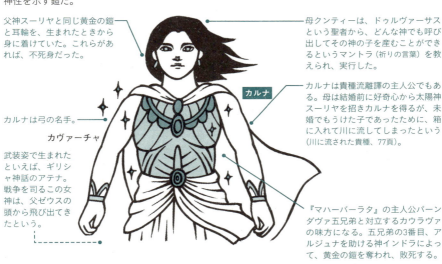

服飾・宝①
衣《い》服《ふく》

神とはいったいどのような服装をしているのだろうか。日本の神であれば、『古事記』や『日本書紀』の中に神が着ているものや身に着けているものについての描写がある。

例えばイザナキは黄泉《よみ》の国から逃げ帰るとき、みずらに結った髪に着けていたかずら※1やくしを醜《しこ》女《め》たちに投げる（呪的逃走、57頁）。イザナキの髪形や髪飾りの描写だ。さらに彼はアマテラスが生まれたときに※2自分の首にかけていた首飾りを与えている。アクセサリーも身に着けていたのだ。一方、日本神話でおしゃれといえばオオクニヌシ。モテ男としても知られ、女性に会いに行くために、黒い服に青い服、そしてアカネの汁で染めた服と衣装を取っ換え引っ換えしたという歌が伝わる。服装へのこだわりと見えるが、神の服であることを考えると、イザナキのアクセサリーのように何か意味や力があるのかもしれない。

ヒレ型——古代の魔除け布

日本

オオクニヌシは、妻スセリビメから与えられた蛇のヒレと蜂のヒレで試練を切り抜ける。ヒレとはショールのようなもので、女性の呪術的な力が込められている。

スセリビメの父スサノオに、多くの蛇がいる部屋、蜂がいる部屋に閉じ込められたが、それぞれの部屋でヒレを3回振るうと、蛇や蜂は静まった。

スセリビメから与えられたヒレは、害虫を払う力があった。ヤマトタケルが叔母ヤマトヒメに授けられた袋（火打ち石が入っていた）も、危機を救う力をもつ。いずれも「肉親の女性に男性を守る力がある」という信仰にかかわるのだろう。柳田國男は、それを「妹（いも）の力」と呼んだ。

『先代旧事本紀』によると、ニギハヤヒ※3が天から降る際にもってきたとされる「十種神宝」（とくさのかんだから）にも、蛇比礼（おろちのひれ）と蜂比礼などのヒレが含まれる。

アメノヒボコ※4が新羅からもってきたヒレは、波や風を鎮めることができたという。

※1：つる草でつくった髪飾り。
※2：黄泉の国から戻ったイザナキが禊（みそ）ぎを行うと、左目からアマテラス、右目からツクヨミ、鼻からスサノオが生まれた。

メギンギョルズ型──神の力の源

雷神トールというとミョルニル（99頁）を振り回して戦う神だが、その力の源は力帯にあるようだ。そのほか鉄の手袋やヤギなど特徴的な持ち物をもつ。

北欧など

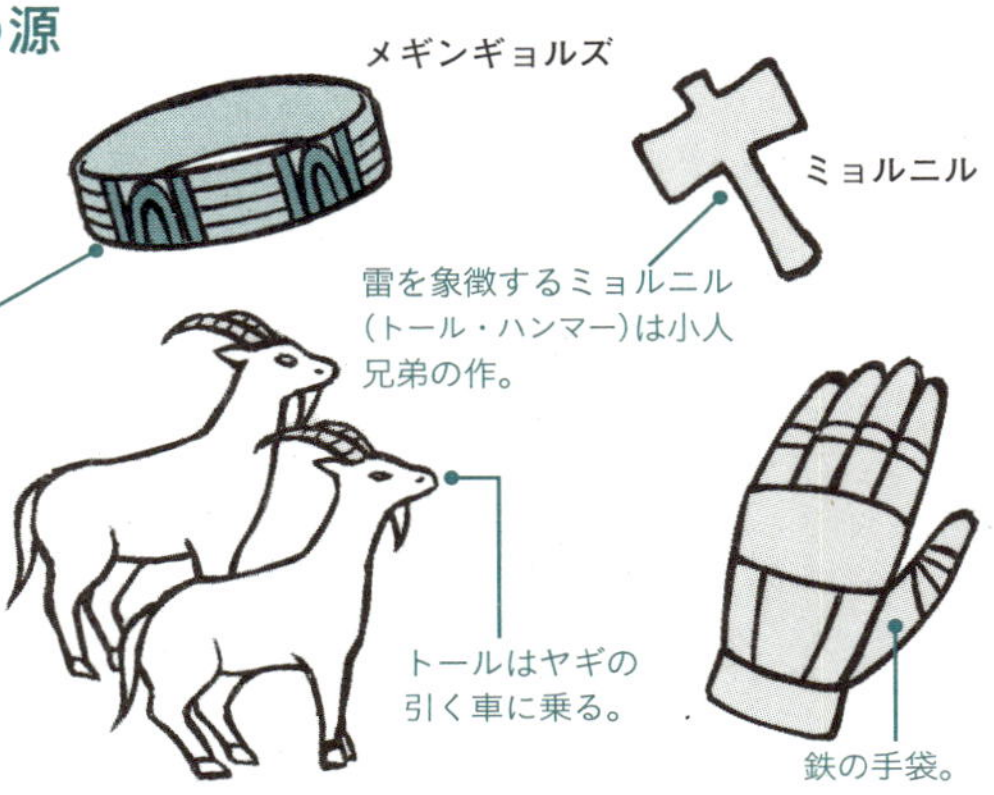
メギンギョルズ
ミョルニル
腹に力帯メギンギョルズを巻くと神の力がトールにみなぎるという。
雷を象徴するミョルニル（トール・ハンマー）は小人兄弟の作。
トールはヤギの引く車に乗る。
鉄の手袋。

エジプト神話では、神の力はその神の名前に由来するとされる。神々の王ラーにも秘密の名前があった。女神イシスはラーの力をわがものとすべく、その名を探り出しそうとしている。

ギリシャの帽子《ぼうし》型──柔よく剛を制す

「ブィリーナ」というロシア・ウクライナの口承の叙事詩に登場する英雄ドブルイニャは、「ギリシャの帽子」で竜と戦う。

ロシア・ウクライナなど

この帽子は、鉄のような固いものではなく、ギリシャへの巡礼者の帽子である。
ギリシャの帽子
ドブルイニャ

帽子に特別な力があったわけではないが、各地の神話では何げないものに呪力があったりする。いわゆる「開けゴマ！」のような言葉（呪文）もその一つ。

タラリア型──有翼のグッズ

ギリシャ神話の旅の神ヘルメスのサンダル、タラリア。翼があると伝えられ、それを履くと飛ぶことができ、敵や獲物に気づかれずに近づくことができる。英雄ペルセウスもメドゥーサ退治で使用した。

ギリシャ

海の怪物を殺してアンドロメダを救出する際にもタラリアが役立った。
ペルセウス

ヘルメスから与えられた剣でメドゥーサの首を切り取ると、タラリアの力で大空へと飛び立った。

タラリアの持ち主ヘルメスは、神々の伝令使として飛び回る。タラリアや羽根兜ペタソス※5を身に着け、2匹の蛇が巻きつく黄金の杖カドゥケスにまで翼がついた形で描かれることが多い。

※3：『先代旧事本紀』では、天孫降臨に先立ち、地上に降りたという。｜※4：新羅の王子で、日本に渡来。｜※5：広いつばのある平たい帽子で、両側に羽根がつく。速さや機敏さを表す。

北欧神話につきもの

服飾・宝②アクセサリー

作曲家リヒャルト・ワーグナーの作品は、オペラ（歌劇）ではなく「楽劇」と呼ぶのが通例だ。歌だけでなく管弦楽や劇も主役であるからだろう。彼は自分のダイナミックなドラマを上演するため、専用の劇場としてドイツにバイロイト祝祭歌劇場を建設する。ワーグナーの理想の詰まったその劇場の開場に当たって上演されたのが楽劇『ニーベルングの指環《ゆびわ》』である。序夜から第三夜までの4部構成。通して上演すると15時間を超えるため、歌い手の負担も考え、通常は休演日も入れ、1週間は必要とする壮大な物語だ。

　この「指環」は世界でも最もよく知られた指輪といっていいだろう。世界を支配するというこの指輪をめぐり、神や巨人、竜、人間たちが争い、最後は炎の中に世界が沈んでいく。この作品に影響を与えたのは、北欧神話だ。北欧神話には、指輪のほかにも神々の魅惑のアイテムがいくつも登場する。

アンドヴァラナウト型—呪われたお宝

北欧など

北欧神話のアンドヴァラナウトは、ドワーフ（小人）のアンドヴァリがもっていた「持ち主に富をもたらす」魔法の指輪。神のロキに奪われたとき、アンドヴァリが「指輪をもつ者は破滅する」と呪いをかけた。

アンドヴァリは、アンドヴァラフォルスという滝でカマス（魚）の姿で暮らす小人。ロキに黄金を取り上げられ、指輪も奪われた際※1、これらの財宝が得にもならないよう呪い※2をかけた。

賠償として黄金と指輪はフレイズマルに渡されるが、息子のファーヴニルが父を殺して手に入れ、竜となって守っていた。しかしファーヴニルも弟レギンの差し金で殺され、レギンも英雄シグルズに殺される。

シグルズも呪われた財宝のために死ぬ。呪いは現実となり、黄金は洞穴に残され、最後はアンドヴァリが取り戻した。指輪は永遠に失われた。

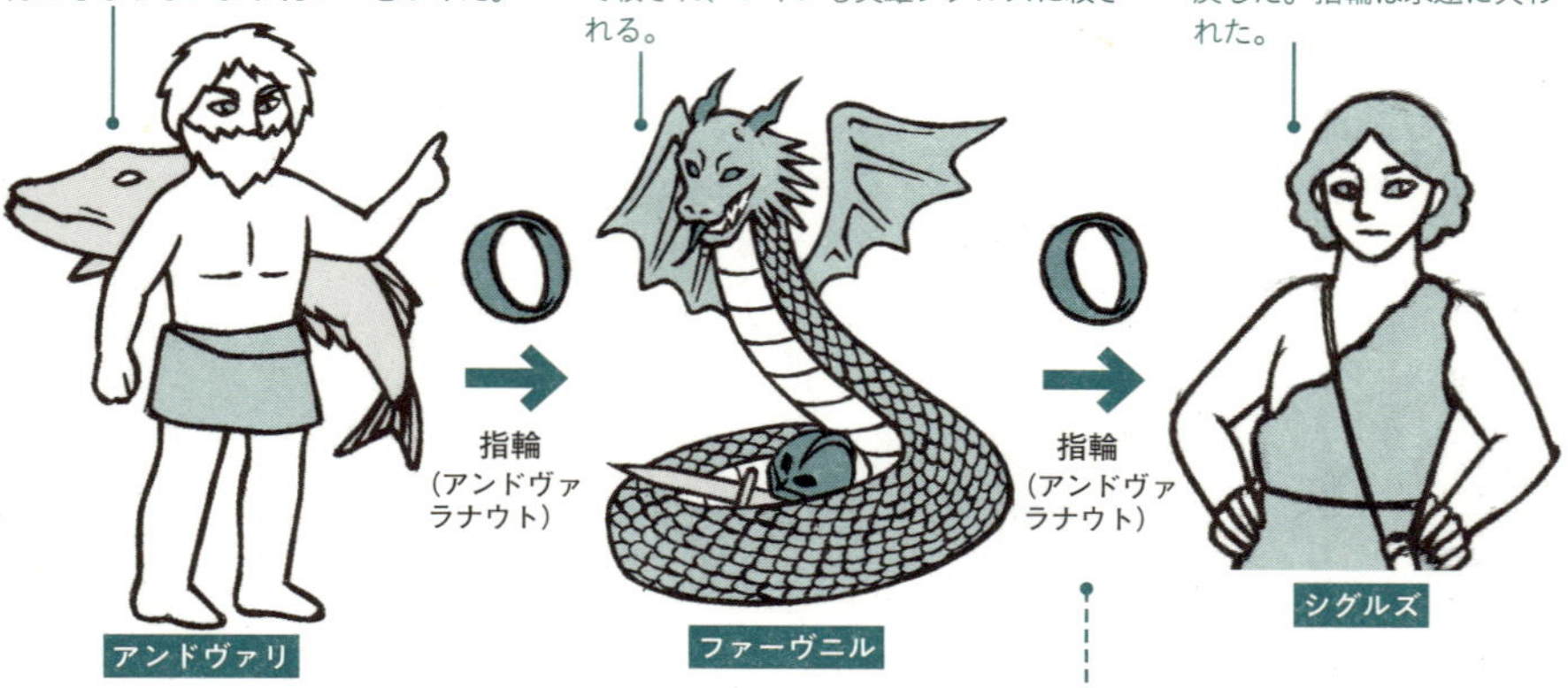

「ホープ・ダイヤモンド」など、美しい宝石が所有者に不幸をもたらす話は今も伝わるが、宝物が火種となる神話も少なくない。ギリシャ神話でトロイア戦争の火種となったのは、絶世の美女ヘレネだった。

※1：ロキは、アース神族が小人のオトルを殺したことに対する遺族（オトルの父フレイズマル）への賠償として、黄金の調達にきていた。
※2：「2人の兄弟の死となり、8人の王の不和の種になるように」という呪い。

ドラウプニル型―ひとりでに増えていく増殖型

北欧など

北欧神話の主神オーディンのもつ黄金の腕輪。小人の鍛冶師兄弟によってつくられたもので、不思議なことに九夜ごとに8つの腕輪を生むという。

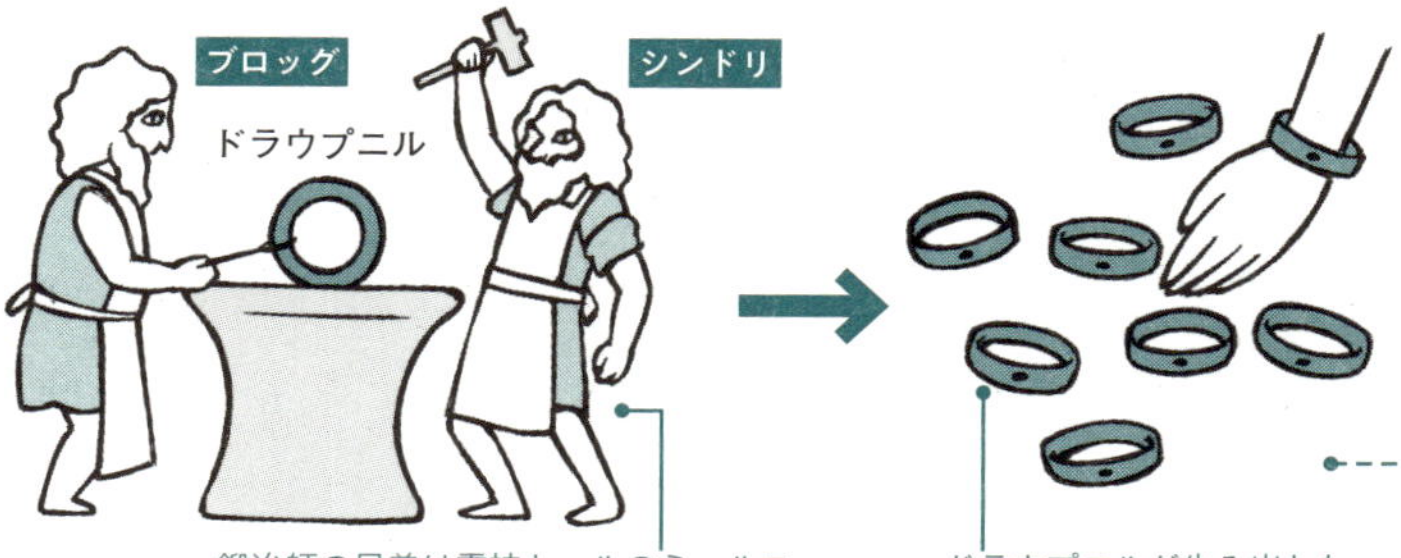

鍛冶師の兄弟は雷神トールのミョルニル（99頁）やフレイの乗り物グリンブルスティ（117頁）の作者でもある。

ドラウプニルが生み出した腕輪はどれも同じ重さだった。

増殖型のものといえば、ケルト神話のダグダの大釜（99頁）。食物が無尽蔵に出てくるという。ギリシャ神話の大蛇ヒュドラの9つある首は、1つ切ってもそこからまた2つ生えてきたという。

ブリーシンガメン型―女神のシンボル

北欧神話で最も美しい女神とされるフレイヤの首飾り。雷神トールがフレイヤに変装して巨人のもとに行くときには、この首飾りを借りた※3。つまり彼女のシンボルであるといえる。

北欧など

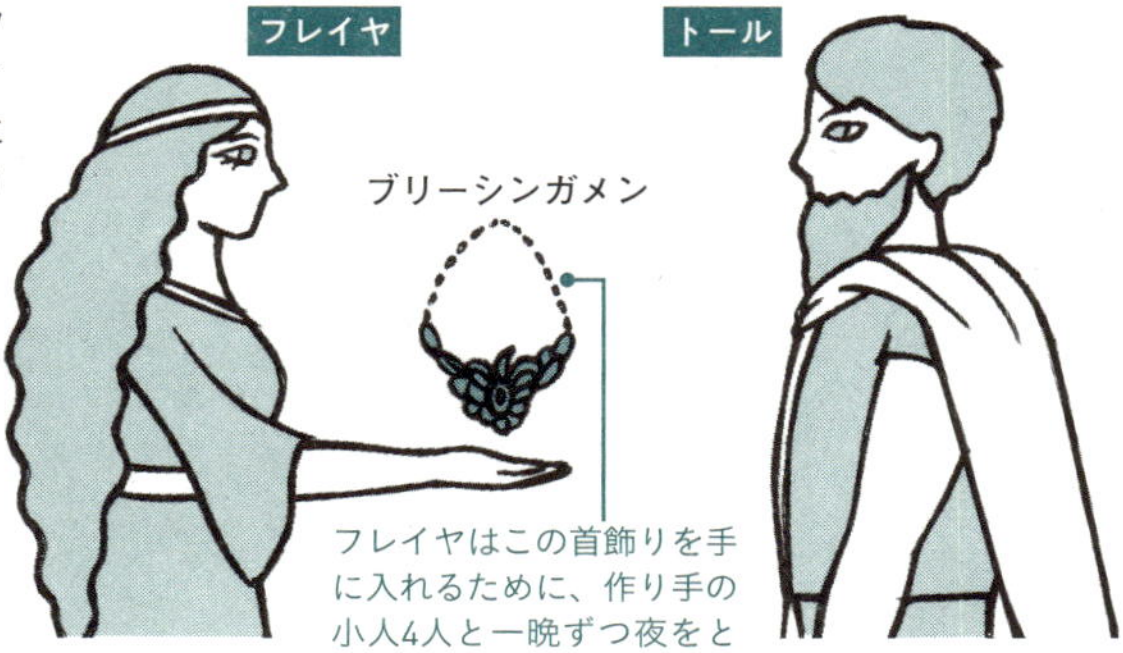

日本神話では、イザナキは女神アマテラスが生まれると高天原を治めるようにいい、首飾りを与えた。後継者を意味する首飾りと考えられる。

フレイヤはこの首飾りを手に入れるために、作り手の小人4人と一晩ずつ夜をともにした。

ソロモンの指輪《ゆびわ》型―特殊能力を与える指輪

「あればいいな」と多くの人に願われてきたのがソロモン王の指輪だろう。ヘブライ語聖書によれば大天使ミカエルによって王に与えられたとされ、後に指輪の持ち主は動物の言語が分かるという伝説が生まれた。

ヘブライ語聖書など

中世には、ソロモン王の指輪が悪魔を使役できるという伝承も伝えられた。

古代イスラエル王国の王。

プラトンの『国家』には、「ギュゲスの指輪」という、身に着けた者を透明にすることができる指輪の話が出てくる。

※3：巨人のスリュムはトールの武器ミョルニルを奪い、フレイヤとの結婚を返還の条件とした。トールはフレイヤに変装し、武器を取り戻し、スリュムを殴り殺した。

三機能体系で見る

服飾・宝③ お宝《たから》セット

20世紀を代表する神話学者の一人にフランスのジョルジュ・デュメジルがいる。デュメジルはインド・ヨーロッパ語族の神話の比較研究を行い、インド・ヨーロッパ語族の人々が「世界は3つの役割から構成される」という世界観をもっていたと論じた。その一つ目は聖性（王権や呪術、魔法なども含む）、二つ目は戦闘性（戦士や暴力も含む）、三つ目は豊饒《ほうじょう》性（作物の実りや医療、性も含む）である。それぞれ第一機能、第二機能、第三機能と呼び、この世界観を三機能体系と名付けた。例えば北欧神話の中心的な神は、王であるオーディン（第一機能）と戦いの神トール（第二機能）、そして豊饒や美、性にかかわる神フレイやフレイヤ（第三機能）であり、三機能体系が反映しているということになる。

　デュメジルは、この三機能体系は神々だけでなく、神話中の宝物（レガリア）としても表現されているとした。

トゥアタ・デー・ダナンの四宝《しほう》―王家の神器

ケルト

ケルトのダーナ神族に伝わる4つのお宝。正当な王が立つと叫ぶというファールの石は第一機能、武器であるルグの槍、ヌアドゥの剣は第二機能、無尽蔵に食べ物を出すダグダの大釜は第三機能を表すとされる。

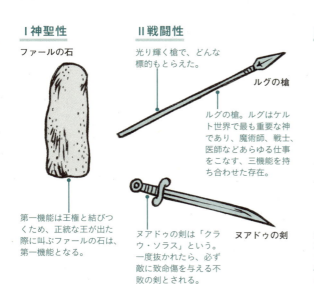

Ⅰ神聖性

ファールの石

第一機能は王権と結びつくため、正統な王が出た際に叫ぶファールの石は、第一機能となる。

Ⅱ戦闘性

光り輝く槍で、どんな標的もとらえた。

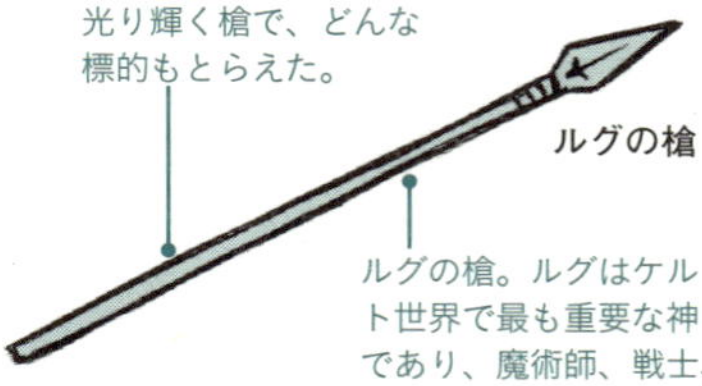

ルグの槍

ルグの槍。ルグはケルト世界で最も重要な神であり、魔術師、戦士、医師などあらゆる仕事をこなす、三機能を持ち合わせた存在。

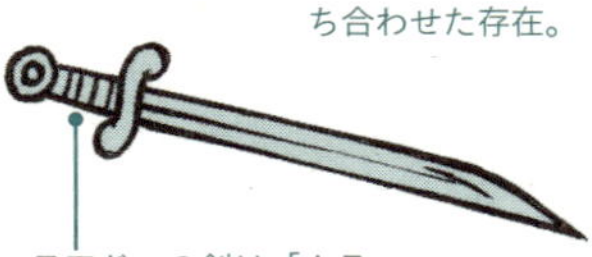

ヌアドゥの剣

ヌアドゥの剣は「クラウ・ソラス」という。一度抜かれたら、必ず敵に致命傷を与える不敗の剣とされる。

Ⅲ豊饒性

ダグダの大釜のように、ケルト神話には不思議な力をもつ釜（食器）が登場する。こうした伝承が、アーサー王伝説にもある聖杯の物語を生み出したともいわれる。

ダグダの大釜

ダグダやルグらトゥアタ・デー・ダナン（ダーナ神族）は、アイルランドに来寇した魔術に長けた神族。世界の北方の4つの島で学問や呪術などを学びながら、それぞれ一つずつ宝をもってきた。

三種《さんしゅ》の神器《じんぎ》──神から伝わる皇位の象徴

日本

インド・ヨーロッパ語族ではないが、日本で天皇家に伝わるレガリアである三種の神器も、３つの機能を表しているといわれる。天孫降臨の際、地上にもたらされた。

Ⅰ神聖性	八咫鏡（やたのかがみ）
Ⅱ戦闘性	草薙の剣（くさなぎのつるぎ）
Ⅲ豊饒性	八尺瓊勾玉（やさかにのまがたま）

天孫ホノニニギは女神アマテラスから三種の神器（八尺瓊勾玉、鏡、草薙の剣）を託され、五伴緒（いつとものお）[※1]と呼ばれる神々を供（随伴神）として地上に降った。

日本神話の主役ともいえる三神、アマテラス、スサノオ、オオクニヌシもそれぞれ第一、第二、第三機能を表す神と考えられる。

第一機能を表す鏡は、アマテラスを天（あめ）の石屋（いわや）から出すための祭儀の際につくられたものとされる。

第二機能の剣は、スサノオがヤマタノオロチを退治したときに尾から取り出した。

勾玉は、天の石屋の祭儀の際につくられたものとも考えられるが、『古事記』でイザナキがアマテラスに渡した玉飾りとも（108頁）。この玉の神名はミクラタナ（御倉板挙之神）。「タナ」は稲種を意味するので、稲の神霊を表す名と考えられ、第三機能との関係が浮かぶ。

スキタイの三宝《さんぼう》──天から降る黄金の宝

スキタイ

ギリシャの歴史家ヘロドトスの『歴史』によると、スキタイ[※2]では王は天から降りてきた杯、斧、犂《すき》と軛《くびき》の三種の宝を有するという。

Ⅰ神聖性

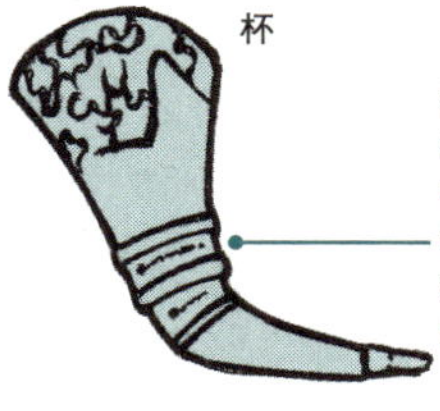

杯は、宗教の儀式を行うために必須の祭具だった。スキタイの出土品には、神聖な飲み物を角形の杯で女神から受け取る王の姿が描かれる。

Ⅱ戦闘性

斧は、戦士の使う武器。

スキタイ人の始祖タルギタオスには3人の息子がいた。天から三種の宝物が降りてきたとき、長男と次男が近づくと、宝は発火して寄せ付けなかった。末弟が近づくと火が消え、持ち帰ることができた。そのため兄たちは末弟を支配者と認めた。これも末子成功譚（74頁）といえるだろう。

Ⅲ豊饒性

犂と軛は、農耕に使用するもので、第三機能にかかわる。

※1：『古事記』ではアメノコヤネ、フトダマ、アメノウズメ、イシコリドメ、タマノヤ。
※2：紀元前7～前3世紀に黒海北岸で活動した遊牧騎馬民族。

神も英雄も海を渡る
乗り物① 船《ふね》

天《あま》の川《がわ》には、「天《あま》の磐船《いわふね》」という船があると伝えられる。七夕の日、彦星は船に乗って織り姫に会いに行くと考えられていたようだ。天の磐船は神話にも登場し※1、ニギハヤヒ※2という神が高天《たかまの》原《はら》（天）から地上に降りてくるときに乗ったともいわれている。

大阪府交野《かたの》市には磐船神社があり、その天の磐船と伝わる巨石がご神体となっている。重そうな天の磐船が空を飛んだとは思えないが、今、空を見上げれば飛行機が見える。地上で止まっている飛行機も、飛ぶのが信じられない重量感だ。そう考えると、昔の人々が空を眺め、天の磐船の存在を感じていたことも不思議ではないように思える。

天の磐船のように、世界各地の神話には神や英雄が乗る船が数多く登場する。古代において主要な移動手段であったこともその理由だろう。中には人類を救った船もあれば太陽を運ぶ船もある。

メスケテト型—太陽を運ぶ

エジプトなど

エジプト神話によれば、夕方に西に沈む太陽は、夜は船に乗って移動し、朝になると東から現れる。太陽の夜の旅はとても危険で、恐ろしい蛇が襲ってきて太陽を飲み込んだりするという。

太陽神ラー。ハヤブサの頭の上に太陽円盤を載せる。

太陽は夜の間、メスケテトという船に乗って移動する。日中の移動で使う船はマアンジェトという。

翼をもった太陽円盤として描かれることもある。

襲ってくる大蛇はアポピスという。ラーは、アポピスに対しては無力で、セト※3が対抗することができるとされた。そのため、夜の旅には、セトが同行する。

太陽の運行

太陽は、エジプト神話では船で、ギリシャ神話などでは馬車（116頁）で移動するとされた。そのほか、太陽を鳥と結びつけた神話（119頁）も各地に残る。

※1：日本神話には天の磐樟船（いわくすぶね）という船も出てくる。イザナキとイザナミがわが子ヒルコを流した船だ。
※2：ニギハヤヒは、天孫降臨とは別に天から降り、大和にやってきた神。

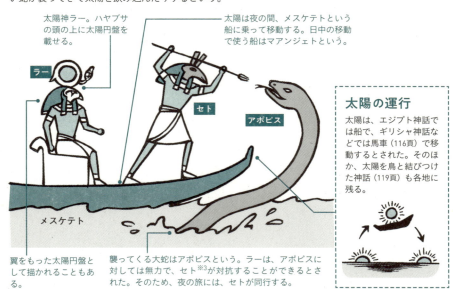

スキーズブラズニル型──変幻自在で折りたためる

北欧など

北欧神話のスキーズブラズニルは小人たちが神フレイのためにつくった帆船。すべての神々が乗ることもできるが、使わないときには折りたたむこともできるという便利な船だ。

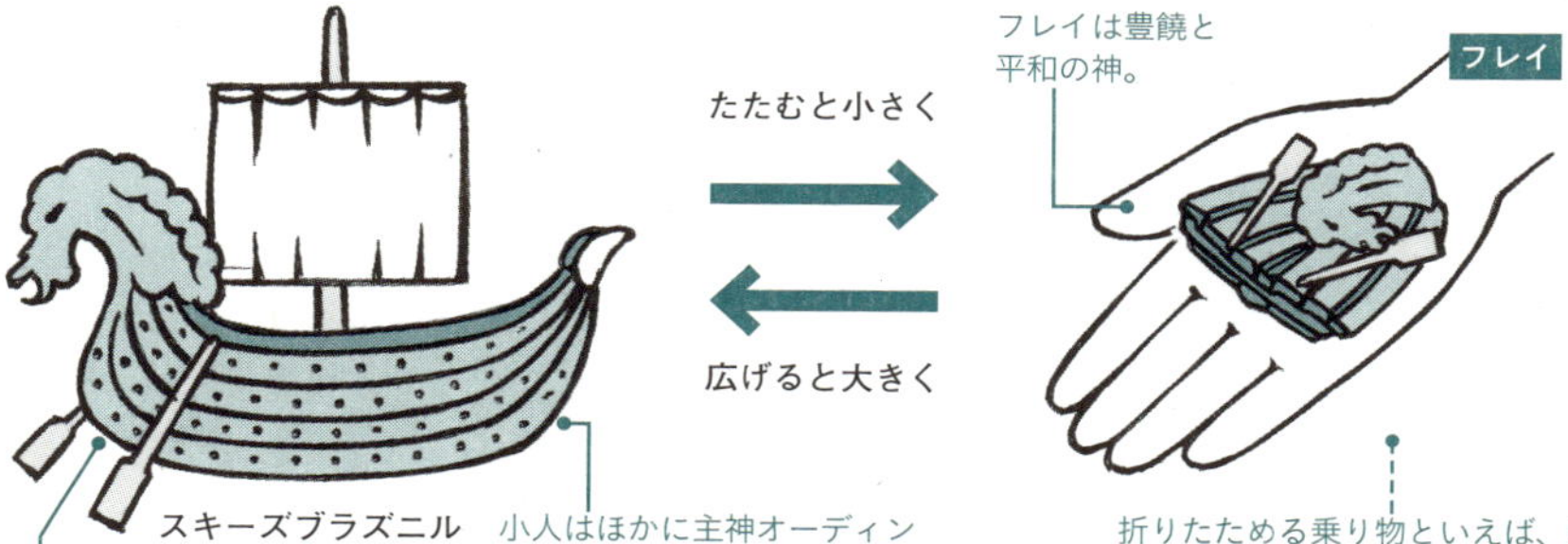
たたむと小さく
広げると大きく
スキーズブラズニル
フレイ

フレイは豊饒と平和の神。

船の中で最高のものとされる。

小人はほかに主神オーディンの槍グングニル（96頁）、雷神トールの妻シヴの髪（黄金製のかつら）をつくった。

折りたためる乗り物といえば、中国唐代の仙人張果（ちょうか）の乗る白いロバ。たたんで箱に収めることができ、水を吹きかけると大きくなった。

ノアの箱舟《はこぶね》型──大洪水を乗り切る

ヘブライ語聖書の神は人類を滅ぼそうとするが、正しい人であったノアとその一家は助けることにする。ノアは神に教えられた通りに船をつくり、あらゆる種の動物を1つがいずつ乗せた。

ヘブライ語聖書など

神はノアに「ゴフェルの木の箱舟」をつくるように命じる。箱舟には小部屋がたくさんあるようにし、内側にも外側にもタール[※4]を塗るようにと指示があった。

メソポタミアやギリシャなど各地に残る洪水神話（40頁）。船は洪水から逃れる術の一つだ[※5]。

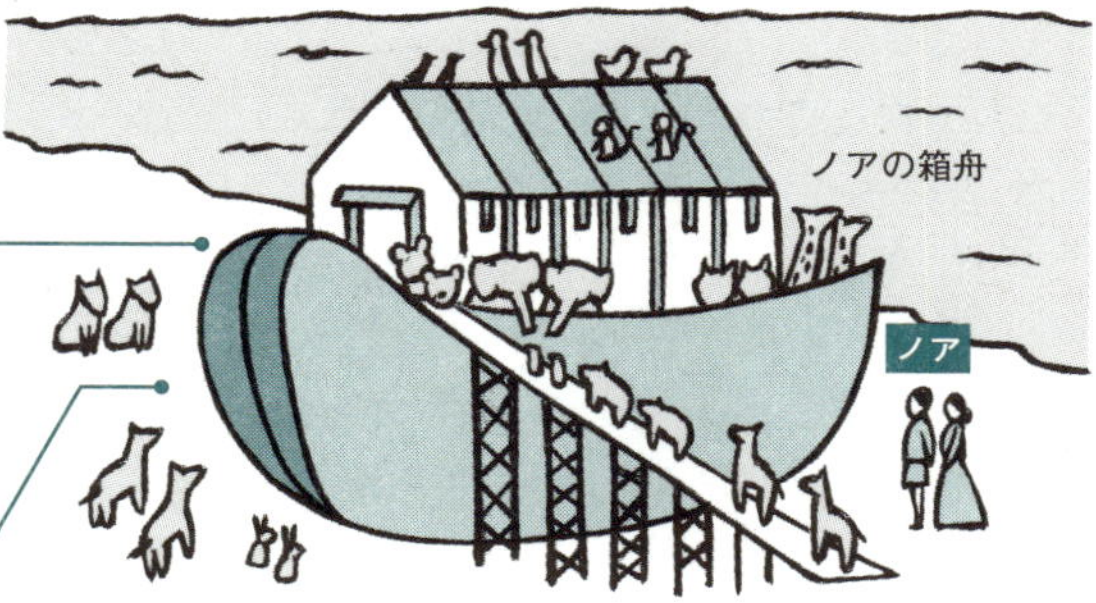
ノアの箱舟
ノア

アルゴー船《せん》型──英雄たちを乗せる巨船

英雄イアソンがコルキス島の黄金の羊毛を獲得しに行く際に使った大きな船。アルゴナウタイと呼ばれる各地から集まった英雄たちが乗り込んだ（67頁）。

ギリシャ

アルゴー船は、女神アテナの守護によりつくられた。アテナは、自ら人の言葉を話す木片をつくって船首に取り付けた。木片は、危機に陥ると対処法を話したという。

南天に昇ってアルゴ座となるが、巨大過ぎたので4つの星座（とも・らしんばん・ほ・りゅうこつ）に分割された。

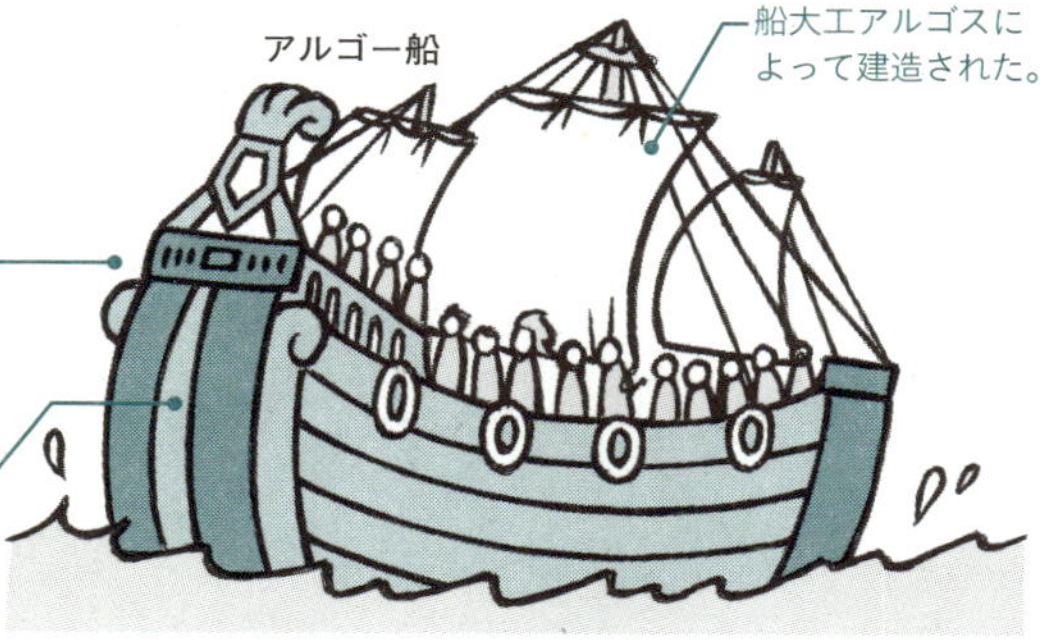
アルゴー船

船大工アルゴスによって建造された。

※3：オシリスの兄弟。セトはオシリスを殺し（兄弟殺し、73頁）、後に追放された。｜※4：防水剤。
※5：洞窟に逃げ隠れるなどして島に兄妹が生き残る神話が東アジアに伝わる（兄妹始祖型洪水神話、41頁）

乗り物② 車《くるま》・動物《どうぶつ》

遠くに行きたい、なるべく早く、荷物も運べるといい。でも体力には限りがある。そこで人々はさまざまな移動手段を生み出してきた。今であれば車や電車、飛行機が代表的だろう。船は現在も使われる「最古の乗り物」の一つだ。ほかにも古くからの乗り物といえば馬、馬車が挙げられる。人がいつから乗り物として馬や馬車を使ったか、はっきりしたことは分からないが、紀元前２５００年ごろには、古代メソポタミアのシュメールに馬車があったといわれている。

日本では、弥生時代の終わりから古墳時代にかけて、大陸から馬が伝わる。当時は乗用や引き馬というより貴重品だったと思われる。古墳時代につくられた馬の埴輪《はにわ》を見ると、きれいにたてがみが整えられていたり、立派な馬具を備えていたりする。王の乗り物の象徴でもあったのだろう。今でも車が社会的地位を示すことがあるのと重なる。

ヘリオスの馬車《ばしゃ》型—太陽の運行を象徴

ギリシャなど

太陽が馬車に乗って運ばれるという神話もある。ギリシャ神話の太陽神ヘリオスは4頭立ての馬車で太陽を運ぶ※1。息子のパエトンはその馬車を操ろうとして失敗し、災害を巻き起こした。

ヘリオス
馬車の操縦を失敗した息子パエトンの話は天の川の起源神話として語られる（35頁）。
ヘリオスと同一視されたローマの太陽神ソルも、4頭立ての戦車で走る姿で描かれた。
夜間は黄金の杯に乗って西から東に戻る。

寺院ごと運ぶ

インド神話の太陽神スーリヤは、7頭の馬が引く戦車に乗った姿で描かれる。同オリッサ州コナーラクの太陽神寺院※2の基壇側面には、大きな車輪が24も彫刻されている。スーリヤを祀る寺院そのものを馬車に見立てたと考えられる。

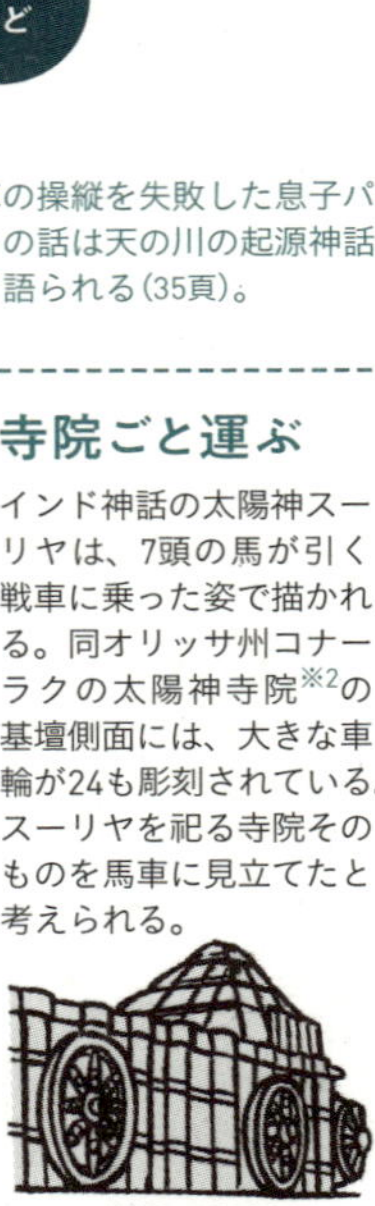
車輪の彫刻

※1：アポロン神が同様の姿で描かれることがあるのは、アポロンが光の神でもあったことから、後に太陽神ヘリオスと同一視されたため。｜※2：コナーラクの太陽神寺院（13世紀）は、1984年にユネスコの世界遺産に登録された。

異形《いぎょう》の馬《うま》型—天駆ける神馬《しんめ》

インド・北欧

神の愛馬は異形とされることもある。インド神話のインドラが乗るウッチャイヒシュラヴァスは頭が7つあるとされる。北欧神話のオーディンのスレイプニルは8本足だ。

7つ頭の空飛ぶ馬

神々とアスラが乳海攪拌（15頁）した際に誕生。馬の王とされる。

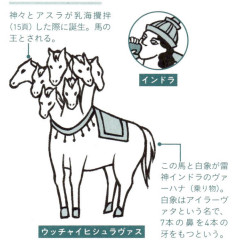

この馬と白象が雷神インドラのヴァーハナ（乗り物）。白象はアイラーヴァタという名で、7本の鼻を4本の牙をもつという。

8本足の駿馬

最高の馬とされる。足が速く、空中を駆け、冥界にも行ける。

スレイプニルは、巨人の鍛冶屋の愛馬と神ロキの間に生まれたとされる。全身が灰色なのは、冥界にかかわるからと解釈される。

非乗用動物《ひじょうようどうぶつ》型—神だけが乗りこなす

北欧・日本

通常乗り物にはしない動物を乗りこなす神もいる。北欧神話のフレイはグリンブルスティという光り輝く猪、妹フレイヤは猫の引く車に乗る。日本神話のタケミカヅチは鹿に乗って移動したと伝わる。

兄妹とも動物に乗る

小人族のブロッグとシンドリの作。黄金の猪で、毛皮から光を出す。どんな馬よりも、早く走れるという。

フレイヤは戦いの女神でもあり、出かける際は2匹の猫の引く戦車に乗る。

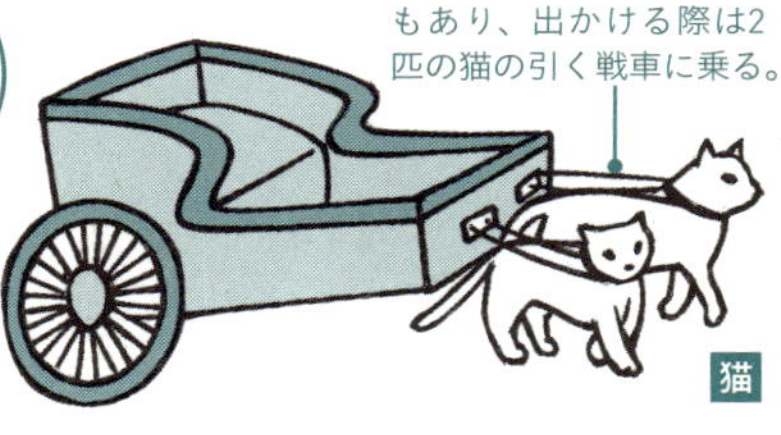

鹿に乗る軍神

タケミカヅチは鹿島神宮（茨城県）に祀られているが、春日社（現在の春日大社、奈良県）創建の際に招かれた。その際、白い鹿に乗ってきたとされる。

野生の鹿が奈良公園にいるのも、神使として大切にされてきたから。

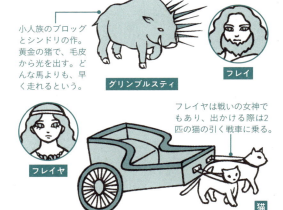

空を自由に駆ける
乗り物③ 飛《ひ》行《こう》体《たい》

スウェーデンの児童文学作品に『ニルスのふしぎな旅』がある。日本でもテレビアニメ化され、劇場公開もされたので、ご存じの方もいるかもしれない。いたずらっ子のニルスが妖精によって小人にされてしまう。そのことがきっかけで動物と話ができるようになり、ガチョウのモルテンに乗って旅に出て、その冒険を通して成長していくという内容だ。モルテンの背中はとても乗り心地がよさそうで、そこから見える景色とともに、ニルスをとてもうらやましく思ったものだ。

もちろん普通の人間は鳥に乗ることはできない。ニルスが妖精の力で小人となっているように、そこには特別な力が必要だ。鳥は特別な場合に乗り物になるということだろう。まさに神話的な乗り物といえる。神話に登場する空飛ぶ乗り物は、通常空を飛んだり浮いたりするが、人間は乗れないもの。そのほか、浮くのが想像できないほど重いものなどもある。

觔斗雲《きんとうん》型—まさかのアレで高速移動

中国

地上と天の間にあるものといえば、雲があるが、やはり人は乗ることができない。『西遊記』の觔斗雲は、孫悟空の乗り物である。

觔斗雲は、ひとっ飛びで10万8千里、はるか彼方に飛ぶことができる。
印を結び、呪文を唱え、げんこつをつくり、体を揺すってとんぼ返り（宙返り）をして雲に乗る術（觔斗雲の術）を使う。觔斗とは「とんぼ返り」のこと。
孫悟空
觔斗雲
觔斗雲の術と変身の術（七十二般変化の術）※は師匠の須菩提（しゅぼだい）から伝授された。

風《ふう》火《か》二《に》輪《りん》で飛ぶ

中国の武神である哪吒（なた）太子が乗るのは「風火二輪」と呼ばれる乗り物。車輪の形をしたもので、風と火を放ちながら高速飛行できる。

哪吒太子

※：72の動物と物体に変身できる能力。

ガルーダ型――太陽神が乗る霊鳥

インドなど

インド神話のヴィシュヌ神と主従関係を結び、彼の乗り物となった巨鳥ガルーダ。金色の身体をもつとされ、鳳凰のイメージとも重ねられる。

ヴィシュヌ
ガルーダは太陽神ヴィシュヌを乗せて運ぶ。
ガルーダ
鳥頭人身でも描かれる。
ガルーダは巨鳥で、蛇を常食する。

太陽を運ぶ鳥

空を飛ぶ鳥は太陽に近いため、太陽の運行と結びつけられることが多い。ガルーダはその一例。エジプトの霊鳥ベヌウは太陽がふ化するのを助ける。太陽神が鳥でイメージされることもあり、メソポタミアのシャマシュは有翼の日輪で描かれ、アステカのウィツィロポチトリはその名がハチドリを意味する。

シャマシュのシンボル

バーバ・ヤガーの臼《うす》型――飛ぶはずのないモノが飛ぶ

スラヴなど

到底「飛ぶ」とは思えないようなものが空飛ぶ乗り物になるのも神話ならでは。スラヴのバーバ・ヤガーは臼に乗って飛ぶという。

バーバ・ヤガーは、杵（きね）をオールにして漕ぎ、ほうきでその跡を消しながら飛んで空中を移動する。
昔話や民間信仰に出てくる盲目の妖婆。森に住む。
バーバ・ヤガー
バーバ・ヤガーの小屋は、ムソグルスキーの組曲『展覧会の絵』中の曲名にもなっている。
臼
日本神話では、アメノイワフネ（天の磐船）という岩の船が天と地の間を移動する。
バーバ・ヤガーの住む小屋は、鶏の足の上でくるくると回っており、呼びかけに応じて向きを変える。人骨の柵で囲まれ、どくろでできたランプがある。恐ろしい家だ。

すぐそばにある

飲食物① すごい食《た》べ物《もの》

神は土から人間の男・アダムをつくり、エデンの園（133頁）に住まわせた。エデンの園にはさまざまな木があり、中央には、生命の木と善悪を知る木（知恵の木）があった。神は「園の中央の木からは決して実をとってはならない」とアダムに伝える。後にアダムのあばら骨からエヴァがつくられるが、このエヴァが蛇にそそのかされ、善悪を知る木の実をアダムとともに食べてしまった。罰として神は2人に出産の苦しみや労働を課す。よく知られたヘブライ語聖書の「創世記」の話である。この木の実は、絵画などではリンゴで表現されることが多いが、聖書では単に「木の実」である。

人間が知恵を得る（善悪を知る）ということは、神に近づくということ。そのため神は禁じたのだろう。「生命の木」も不死になるということを意味するのかもしれない。するとこの2つの木の実は神のための、神に近づくための食べ物ということになる。

魔女《まじょ》の薬草《やくそう》型—特殊能力は偶然に

ケルトなど

ウェールズの予言者タリエシンは、魔女ケリドヴェンが自分の息子のために薬草を煮詰めていたところ、肝心の「最後に飛び出してくる3滴」※1を口にし、知恵に満たされた。

知恵の鮭

アイルランドのフィン・マク・クィルは、「知恵の鮭」を料理する際に、やけどをして親指を口に入れ、賢者となる。タリエシンとよく似た話となっている。鮭は知恵の実（ハシバミの実）を食べ、世界中の知恵を手にしていた。

知恵の実と鮭

タリエシンは偉大な予言者であり、賢者、そして優れた詩人。湖畔に美術館やさまざまな建築が集まる施設「軽井沢タリアセン」（長野県）の名も、芸術にかかわるタリエシンに由来する。

偶然に力を得たといえば、北欧神話の英雄シグルズもそう。殺した竜の心臓の血を偶然口に含み、鳥の言葉を理解するように。一方、叙事詩『ニーベルンゲンの歌』では、竜殺しの際に血を浴び、不死身になったとする。

アメリカの建築家フランク・ロイド・ライト※2は、自らをケルトのドルイド（祭司）の末裔とし、設計した住居兼工房をタリアセン（タリエシン）と名付けた。

※1：予言能力を得るには、煮詰め続けて「最後に飛び出してくる3滴」を口にする必要があった。
※2：帝国ホテル（旧館）などの建築で知られる。

黄金《おうごん》のリンゴ型―不老不死を叶える

北欧など

北欧神話の青春の女神イズンが管理するのは、神々が永遠の若さを保つために必要な黄金のリンゴ。北欧では古くからリンゴは豊穣と生のシンボルとして考えられていたようだ。

イズンは、リンゴをトネリコの箱にしまって管理している。

ギリシャ神話では、英雄ヘラクレスが十二の難行の一つとして、女神ヘスペリデスの守る園から「黄金のリンゴ」をとってくるが、このリンゴは不老不死と関係はないようだ。

リンゴを食べることで、ラグナロク（神々の終末）まで、年をとらずにいることができる。ラグナロクは、ナグルファルという死者の手足の爪でつくる船が完成するまで起こらないとされていた。

果実以外にも、不老不死を叶える飲み物（125頁）や薬（127頁）が各地の神話で語られる。

不老不死の果実	効果
時じくかくの木の実（日本神話）	不老不死の象徴。橘と解される
仙桃（中国神話）	食べると仙人に
「命の木」の実（ヘブライ語聖書）	食べると永遠に生きる

ザクロの実《み》型―食べてはいけない？

ギリシャ・中国など

その土地の食べ物を食べることが、その場所の住人となることを意味する。食べ物は、存在する場所の象徴でもあるのだ。冥界の食べ物を食べると帰れなくなるという話も、この発想だろう。

食べると冥界の住人

ギリシャ神話の女神ペルセポネは、冥界のザクロの実を4粒食べたことで、1年のうち4カ月を冥界で暮らすことに。日本神話の女神イザナミも、黄泉の国の竈で炊いた食物を口にしたため（ヨモツヘグイ）、葦原中国に戻れなかった※3。

冥界を訪れた際、出された酒を断ったのは、フィンランドの叙事詩『カレワラ』に登場する老賢者ワイナミョイネン。その後、無事に故郷に戻った。

人肉の味がする？

中国の鬼子母神（きしもじん）は子どもを食らっていたが、釈迦に、代わりにザクロを食べるように戒められた。そのため、ザクロは人の肉の味がするとして、食用としては好まれなかった。

種が多いため、豊かさの象徴とされることも。古くは、エデンの園の生命の木もザクロで描かれることが多かった。

TOPICS 人魚と不死伝説

日本の八百比丘尼《やおびくに》は、800歳まで生きたにもかかわらず、姿形は美しく、15〜16歳の女性だったという。彼女が若さを保ったのは、人魚の肉を食べたからだとされている。新潟県の佐渡《さど》には、年をとらなくなったことを嘆き悲しみ、諸国を流浪し、若狭（現在の福井県）で亡くなったという話が残る。諸国をめぐる際に椿をもっていたという伝説※4もある。

※3：アニメ映画『千と千尋の神隠し』では、異界を訪れた主人公家族のうち、食事をした者は豚になり、しなかった者は体が透けるようになるが、現地でもらった薬を飲んで事なきを得た。これもヨモツヘグイの発想といえる。
※4：日本海側の半島や港に椿の木を植えながら歩いたとも。

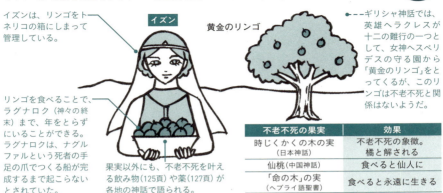

武器より力がある？

飲食物② 魔《ま》除《よ》けの食《た》べ物《もの》

「行《ぎょう》事食《じしょく》」という言葉がある。人日《じんじつ》の節句《せっく》、すなわち1月7日に食べる七草粥や端午《たんご》の節句の柏餅のような、季節ごとの行事やお祝い、祭事のときに頂く、特別な食べ物のことである。お正月のおせちや大みそかの年越しそばも行事食といえる。

この行事食には、旬の食べ物だけでなく、「まめまめしく（豆）」といった語呂合わせや、細く長いことが長寿に通じる（そば）など形状から説明されるものもある。もちろん、災いや邪気を払うと伝えられている食べ物もある。古くから赤色が邪気を払うとされる。小豆や赤米などは代表だろう。今でも赤飯といえばおめでたいときに食べるものの代名詞だが、その背後には赤色で邪気を払いたいという思いが込められていたのだ。

神話には、邪気を払う武器のような働きをする食べ物が出てくる。普段何げない食べ物が実はそう、ということもある。

イザナキの桃《もも》型——強い呪力で邪気払い

日本など

桃は中国の道教で邪気を払うとされていた。おそらく弥生時代に日本に入り、根付いていき、神話でも黄泉軍《よもついくさ》（黄泉《よみ》の国の軍勢）を撃退する食べ物となった。

くしなどを使って呪的逃走（57頁）したイザナキが、黄泉比良坂（よもつひらさか）で桃の実を3つ投げつけると、追っ手はみな逃げ帰った。黄泉比良坂の伝承地である島根県松江市の伊賦夜坂（いふやざか）の入り口にも、桃の木が植えられている。

中国の小説『西遊記』では天界に長命の得られる桃があるという。

追儺（ついな、悪鬼を払い、疫病を除く宮中儀式）※1では、「桃の弓」（桃の木でつくった弓）で、鬼を射た。

イザナキの難を救った功で、桃は「オオカムヅミ」という神名が与えられた。桃太郎伝説の残る愛知県犬山市には、オオカムヅミを祀る神社（桃太郎神社）がある。

桃で鬼退治

昔話の主人公「桃太郎」も、邪気を払う「桃」から生まれたからこそ、鬼を退治する力をもつのだろう。

桃太郎

※1：平安時代から朝廷で大みそかに行われ、「鬼やらい」ともいう。方相氏（ほうそうし）という役人が、金色の目が4つついた面をつけ、矛と盾をもち、その後ろに桃の弓や矢をもった人々が続き、鬼を追い払いながら内裏を回った。

ヤマトタケルの野蒜《のびる》型――何げない食べ物もOK

日本神話の英雄ヤマトタケルが坂の神に投げつけたのは食べかけの野蒜だ。頼りなげな山菜が神を倒すというのは意外だが、古くから薬草として用いられていたことから、不思議な力があると思われていたのだろう。

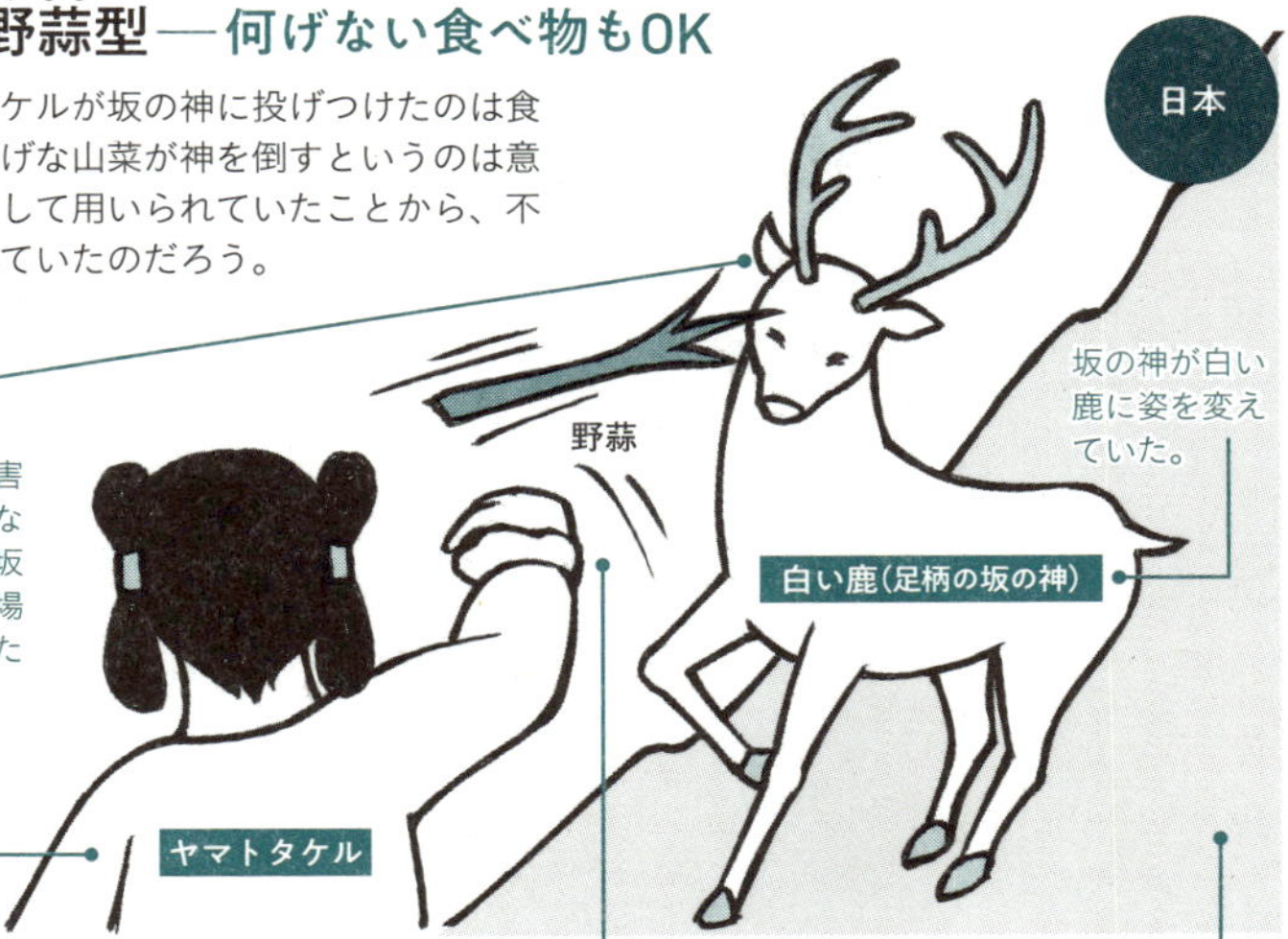

坂の神が白い鹿に姿を変えていた。

鹿は特にヤマトタケルに危害を加えようとしたわけではないが、殺されてしまった。坂は「悪いものが入ってくる場所」であるため、警戒されたのだろう。

東征(63頁)から大和への帰り道、足柄峠(神奈川・静岡県境)で食事をとっていたところだった。

日本では、坂(境)から邪悪なものが入ってくると考え、しめ縄や塞(さえ)の神を祀るなどして侵入を防いだ。神話でも、イザナキが黄泉比良坂に大岩を置き、黄泉の国からの追っ手を遮ったという(135頁)。

鬼打豆《おにうちまめ》

現在、2月3日の節分には、豆(鬼打豆)をまいて、鬼を追い払う。なぜ豆かというと、豆が「魔を滅する」に通じるということから、邪気を払う力のある食べ物とされていたことによる。

ヤシオリノサケ型――飲ませてイチコロ

日本など

お正月のお屠蘇《とそ》は、一年の無病息災を願って飲むお酒だ。つまり、酒も災いを払う効能があるということだろう。神話では繰り返し醸《かも》したお酒がヤマタノオロチを酔わせている。

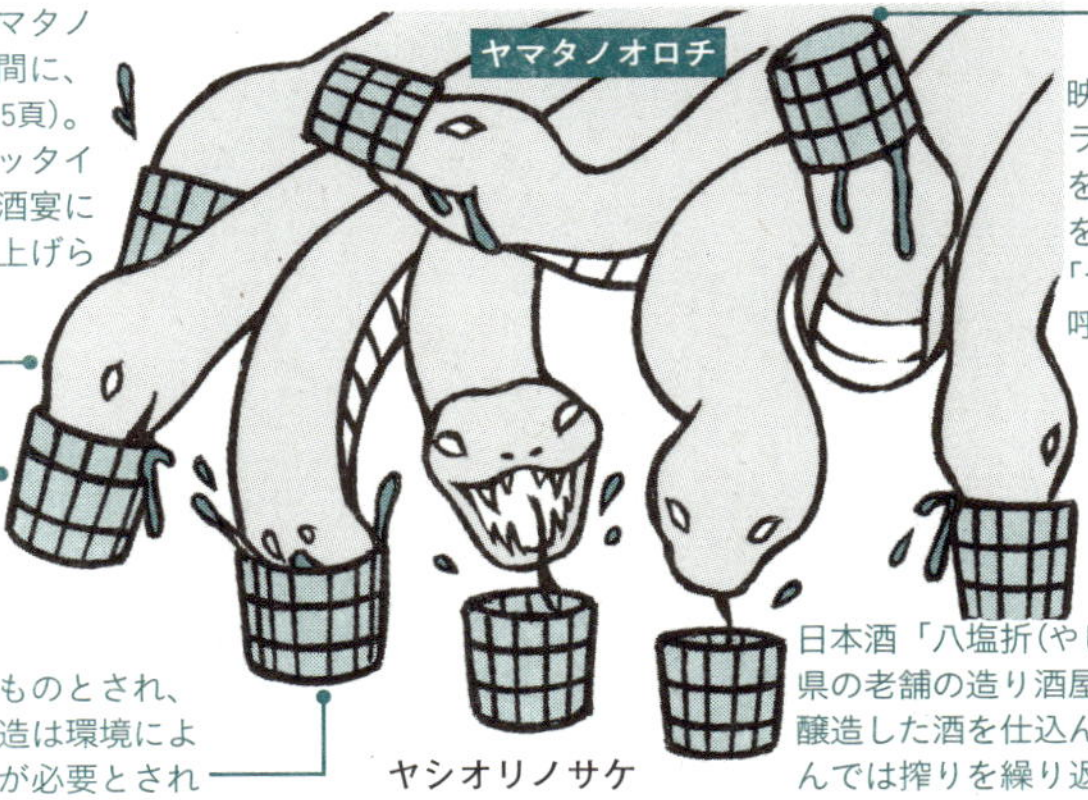

ヤシオリノサケを飲んだヤマタノオロチは、酔って寝ている間に、スサノオに切り殺された(65頁)。同様に、殺されたのが、ヒッタイト神話の大蛇イルヤンカ。酒宴に招かれて酔いつぶれ、縛り上げられた末に討たれた(94頁)。

ヤマタノオロチは8頭8尾の怪物。酒の入った容器も8つ用意された。

古来、酒は神がもたらしたものとされ、祭祀に用いられた。酒の醸造は環境によって大きく変わり、神の力が必要とされた。また、酒は成否など占う際も用いられた(盟酒、うけいざけ)※2。

映画『シン・ゴジラ』では、ゴジラを倒すために薬剤を用いる作戦を「ヤシオリ作戦」と呼んだ。

日本酒「八塩折(やしおり)」は、島根県の老舗の造り酒屋(國暉酒造)が、醸造した酒を仕込んでは搾り、仕込んでは搾りを繰り返し、数年かけてつくるそう。アルコール度数は15度と、通常の日本酒より高め。

※2:神婚で生まれた子の父を知るために、盟酒が用いられた(『播磨国風土記』)。

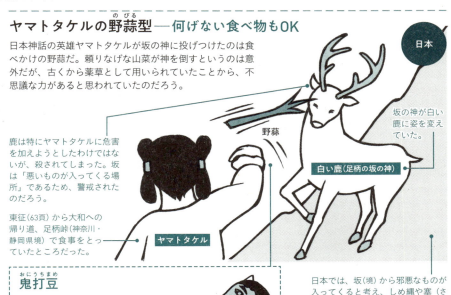

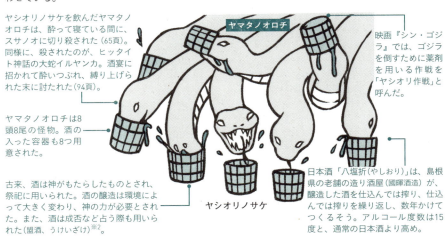

人間にはまだ早い？

飲食物③ 神々《かみがみ》の飲《の》み物《もの》

人間には、味を感じる味覚がある。基本となる、甘味・旨味・塩味・酸味・苦味を「基本味」「五味《ごみ》」ともいう。もともと酸味は腐ったものを、苦味は毒を知るためなので、嫌がる人も多いが、甘味・旨味・塩味は生きていくために必要な成分にかかわり、小さな子どもでも好むとされる。中でも甘味は重要である。頭や身体が疲れているとき、ちょっとした甘いお菓子で和らぐことがある。もちろん取り過ぎは虫歯や生活習慣病の原因にもなるので、いいことばかりではないが、甘味はその食べ物に人間に必要なエネルギーが含まれていることを知らせてくれる重要な味であることに違いはない。

この甘味を含むものは、自然界では貴重だった。果物や蜂蜜がその代表だが、常に得られるわけではない。祖先たちは果物を干したりお酒にしたりするなど工夫を重ねてきた。神々の飲み物に甘いものが多いのは、そうした歴史があるからかもしれない。

天甜酒《あまのたむさけ》型——神がつくるうまい酒

コノハナノサクヤヒメは出産後、神聖な田のお米で天甜酒をつくって儀礼をしたとされる。この天甜酒は、甘酒のことではないかとされる。

日本など

コノハナノサクヤヒメは天孫ホノニニギの妻。後世、富士山の神とされた。

コノハナノサクヤヒメの父オオヤマツミは、別名を酒解神（さけとけのかみ）といい、酒造の神。京都・松尾（まつのお）大社のオオヤマクイや奈良・三輪山の神オオモノヌシも酒造の神で、いずれも山に縁が深い。

ギリシャ神話では、豊穣神ディオニュソスが自ら学んだブドウ栽培とブドウ酒の製法を教えたという。

京都の梅宮（うめのみや）大社では、酒解神としてオオヤマツミを、酒解子神（さかとけこのかみ）としてコノハナノサクヤヒメを祀り、酒造のはじまる季節には、醸造安全繁栄祈願祭などを行っている。

夫と一夜だけの交わりで子を授かったため、不貞を疑われ、夫(天孫)の子であることを証明するため、火の中で3人の子を産んだ(異常出生、44頁)。

山の神は酒の神

山の神が酒の神とされる理由には、広く産業にかかわる神なので、酒造という特別な技術を必要とする産業も司ると考えられたこと、山から流れ出る水が酒の原料である稲の栽培や酒の仕込みに利用されることなどが挙げられる。

オオヤマツミ

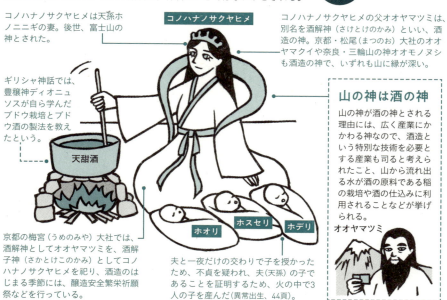

ネクタル型—不老不死を叶える霊酒

ネクタルは蜜のように甘い酒で、特殊な果物でつくられるともいう。神々のための酒で、飲むと不老不死になるという。神々の宴会で供される。

ギリシャなど

ネクタルとともにアンブロシアという不老不死になる食べ物が供される。傷を治す力もあるという。

インド神話には、アムリタという神々を不死にした不思議な飲み物がある。乳海攪拌（15頁）が行われたときに生み出された飲み物だ。

ゼウスは美少年ガニュメデスにネクタルを注ぐ役割を与えた（129頁）。

ソーマ型—エナジー系神酒

インド神話の戦いの神インドラが好んだとされる。エナジードリンクのようなものらしく、悪魔退治の際にはソーマを飲んでいる。

インドなど

ソーマは不死にする力があるとして信仰の対象にもなった。

ソーマを人間が飲むと、神とのつながりが生まれるという。

ペルシャ神話でソーマに対応するのが神酒ハオマ。飲むと勇気や成功などが与えられるという。

アステカ神話では、ケツァルコアトル※が愛する女神マヤウエルを失った悲しみからリュウゼツラン（マゲイ）が生え、その液体は「楽しくなる飲み物」の材料となり、聖なる酒プルケが誕生した。

甘露《かんろ》型—天から降るドリンク

中国では、天から甘露が降ってくると伝えられる。天人たちの飲み物で甘く、飲むと不老不死になるという。

中国など

天子の治世によって太平がもたらされると、甘露が降るとされる。

甘茶をかける

日本では、4月8日の釈迦の誕生日に、参詣者が誕生仏（86頁）に甘茶をかける。もともとはよい香りのする湯をかけていたが、甘露にちなんで甘茶に変わった。甘茶には飲むと邪を払う力があるとされる。

※：アステカ神話の農耕神、文化神。

誰もがほしがる飲食物④ 霊《れい》薬《やく》

テレビのコマーシャルや新聞の広告を見ると、「脂肪の吸収を抑える」「発毛を促す」など夢のような文言が冠せられた「薬」の宣伝であふれかえっている。病院で処方される薬とは別に、こうした薬は数多い。サプリメント、栄養補助食品なども加えると膨大な「薬的なもの」の誘惑がある。

こうした薬のはじまりは、中国では神農《しんのう》であると伝えられる。人身牛首の異形《いぎょう》で、農業を創始した人物とされる。彼の功績の一つが、あらゆる植物を毎日食べて、薬効を調べたことにある。食べてよいもの・悪いもの、毒になるもの、薬になるもの。この地道な作業が医学のはじまりとされるが、このために神農は毎日何度も食あたりをしたともいう。今では漢方の神として知られているありがたい神だ。

薬の起源は神、あるいは神的な存在からもたらされることが多いが、日本神話のオオクニヌシなどは、神でありながら薬の恩恵を受ける点で珍しい。

貝《かい》の汁《しる》型—死者もよみがえる

日本など

貝の身は栄養豊富だが、貝殻も使い道は多く、薬として用いられることがある。大やけどを負って死んだオオクニヌシを救ったのは貝の女神たちで、貝殻を乳汁で溶いて使った。

貝の女神たちは、高天原のカミムスヒが派遣した。治療後、オオクニヌシは蘇生した。

貝の女神は2人。ウムガイヒメはハマグリ、キサカイヒメは赤貝を神格化した女神とされる。

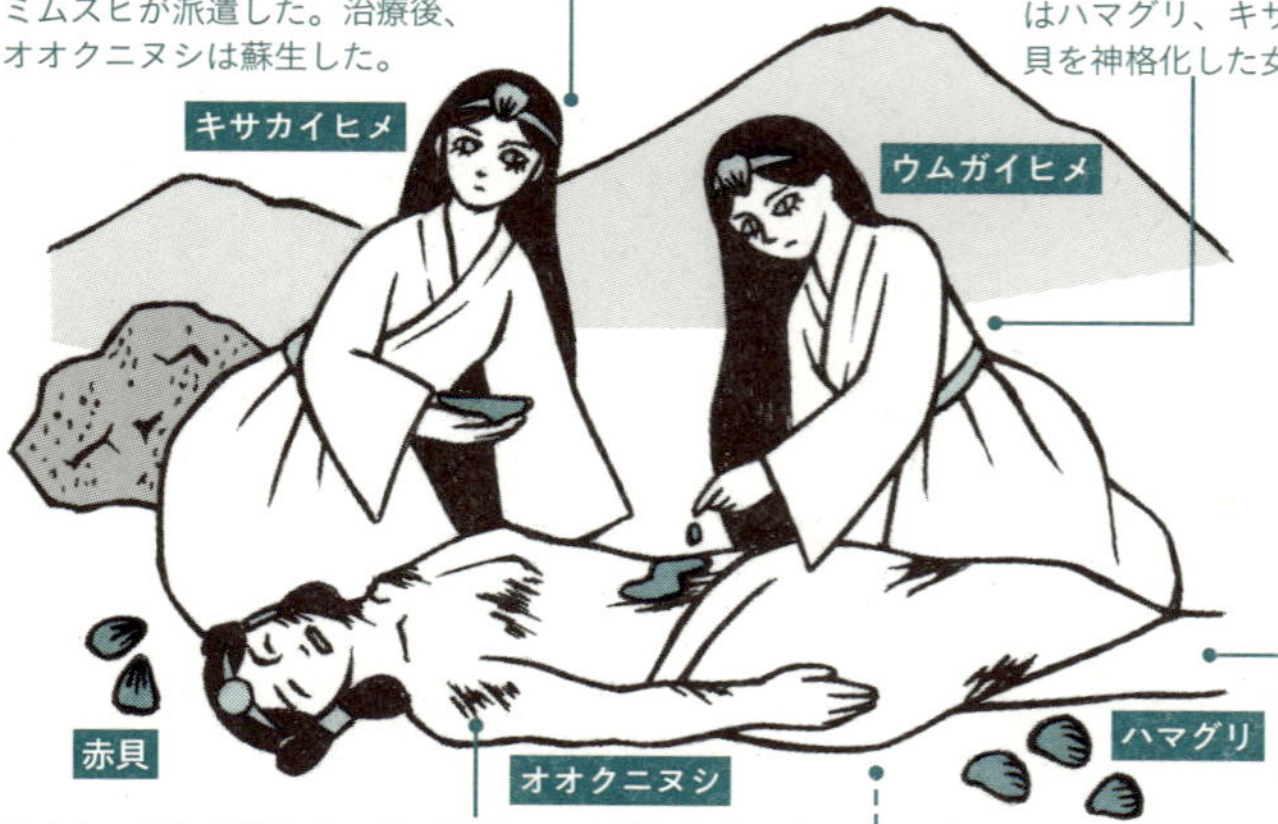

オオクニヌシを殺したのは、兄弟の八十神たち（73頁）。求婚していたヤガミヒメがオオクニヌシと結婚すると宣言したことに腹を立て、オオクニヌシに「追い落とされた猪を受け止めよ」と命じた上で、大きな岩を焼いて落として、大やけどを負わせた。

ギリシャ神話では、医療神アスクレピオスが怪物ゴルゴンの血を使って死者をよみがえらせている。

神の使う薬

オオクニヌシは、治療し、治療される神。因幡（いなば）のシロウサギがワニに皮を剥がされて泣いていたときには、体を真水で洗ってガマの花粉をつけるようにと教えた。ガマの花粉は蒲黄といい、止血の効用があり、傷を治すことが知られる。

ガマの花

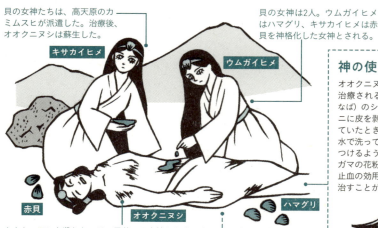

魚《さかな》の胆《たん》のう型——視力が回復し、心の目を開く

ヘブライ語聖書など

トビトは視力を失っていた。大天使ラファエルが彼の息子のトビアスに魚の胆汁を薬にするよう教え、その通りにしてみたところ、見事元通りに回復した。ヘブライ語聖書に伝わる。

新約聖書にも、盲人の目が見えるようになる話がある。泥を目に塗って池で洗うなど、回復のきっかけはさまざまだ。

ラファエルは「魚の胆のう、心臓、肝臓は薬になるのでとっておくように」といった。

トビアスの父トビトは、スズメの糞が両目に落ち、目に白い膜ができ、失明していた。

ラファエル
トビアス
魚

目からうろこ

新約聖書の視力回復の話でも有名なのが使徒パウロ。彼はサウロという名でキリスト教徒を迫害していたが、ある時イエスの声を聞いて目が見えなくなる。後に、イエスのお告げを聞いた信者アナニアの祈りにより、目からうろこのようなものが落ち、視力が回復。サウロはキリスト教徒となり、パウロとして布教に努めるようになる。

不思議《ふしぎ》な薬《くすり》型——幸も不幸ももたらす

中国など

中国では仙丹《せんたん》といって、飲むと仙人になれる薬があるとされる。一方、各地の神話に忘れ薬が登場する。忘却は再生の象徴でもある。

不老不死の霊薬

錬金術ではエリクサー、ペルシャでは生命の木ともいえるガオケレナ※の実も不老不死をもたらすという。

ガオケレナ

仙丹を飲むと不老不死になれるという。仙人が練ってつくる。

仙人
仙丹

ホメロス『オデュッセイア』に登場するのは悲しみを忘れさせる薬。一方、北欧神話のシグルズ（ジークフリート）が飲まされた忘れ薬は悲劇をもたらした。ブリュンヒルド（ブリュンヒルデ）と結ばれる約束をしていたのに、グズルーン（クリームヒルト）と結婚してしまう。

※：ペルシャ神話などに登場する巨木。

空間① 世界《せかい》をつなぐもの

造形作家の高橋士郎は、『古事記』の神々をバボット（空気膜造形）というバルーン・アートで表現した作品をつくった。展示では、カラフルでとてもユニークな神々の姿が目を楽しませる。

そんな彼の作品に、「黄泉比良坂《よもつひらさか》」と名付けられたトンネルがあった。日本神話における死者の世界「黄《よ》泉《み》の国」と生者の世界「葦原中国《あしはらのなかつくに》」の境目にある坂のことだ※。亡くなった妻イザナミを連れ戻しに黄泉の国を訪れたイザナキが、妻が恐ろしい死体に変化した姿を見て一目散に逃げ帰るとき、最後に通る坂である。つまり黄泉の国と葦原中国をつなぐ坂。恐ろしい場所のように思っていたが、この作品は虹色であった。死者の世界に行く坂だが、逆から見れば生者の世界につながっている。そうすると明るい坂のイメージが湧いてくる。2つの異なる世界をつなぐものも、どちら側から見るかで違って見えるのかもしれない。

ビフレスト型―地上と神の国を結ぶ

北欧など

北欧神話は、世界樹で支えられた3つの層をもつ。イラストは神々の暮らすアースガルズのある第一層といわゆる地上のミズガルズがある第二層。2つを結ぶのがビフレストという虹の橋だ。

燃えるような虹の橋、ビフレスト。神々がかけたもので、渡れるのも彼らだけ。
第一層
ビフレストは、ラグナロクの際、アースガルズに攻め入ってきた巨人ムスペルたちによって破壊される。
ミズガルズには人間が住む。
第二層
ビフレスト
アースガルズはオーディンをはじめ神々が住む。
第二層には巨人などが住む国もある。
楽劇『ニーベルングの指環(ゆびわ)』では、オーディンがビフレストを使って人間界に来る場面があり、舞台ではさまざまな形でビフレストが表現される。

日本神話のビフレスト

日本神話で葦原中国と神々の住む高天原を結ぶのは「天（あめ）の浮橋」。この浮橋は、低いところと高いところを結ぶので、橋というよりハシゴだという説もある。明治期に来日したドイツ人の日本研究者カール・フローレンツは、ビフレストを参考に、天の浮橋を虹と解釈した。

天の浮橋

※：日本では、坂は境であり、人々の暮らす世界と異界の間にあるものだった。そのため悪いものが坂からやってくるという発想があり、しめ縄をはったり道祖神が置かれたりした。

海中《かいちゅう》の道《みち》型──異世界へ続くルートは乗り物で

日本など

山幸彦《やまさちひこ》が海の神の宮に行くとき、隙間のないカプセルのような舟に乗り、海中の道を通っていった。海流のようなものなのかもしれない。帰りには一尋《ひとひろ》ワニが彼を短時間で送ったという。

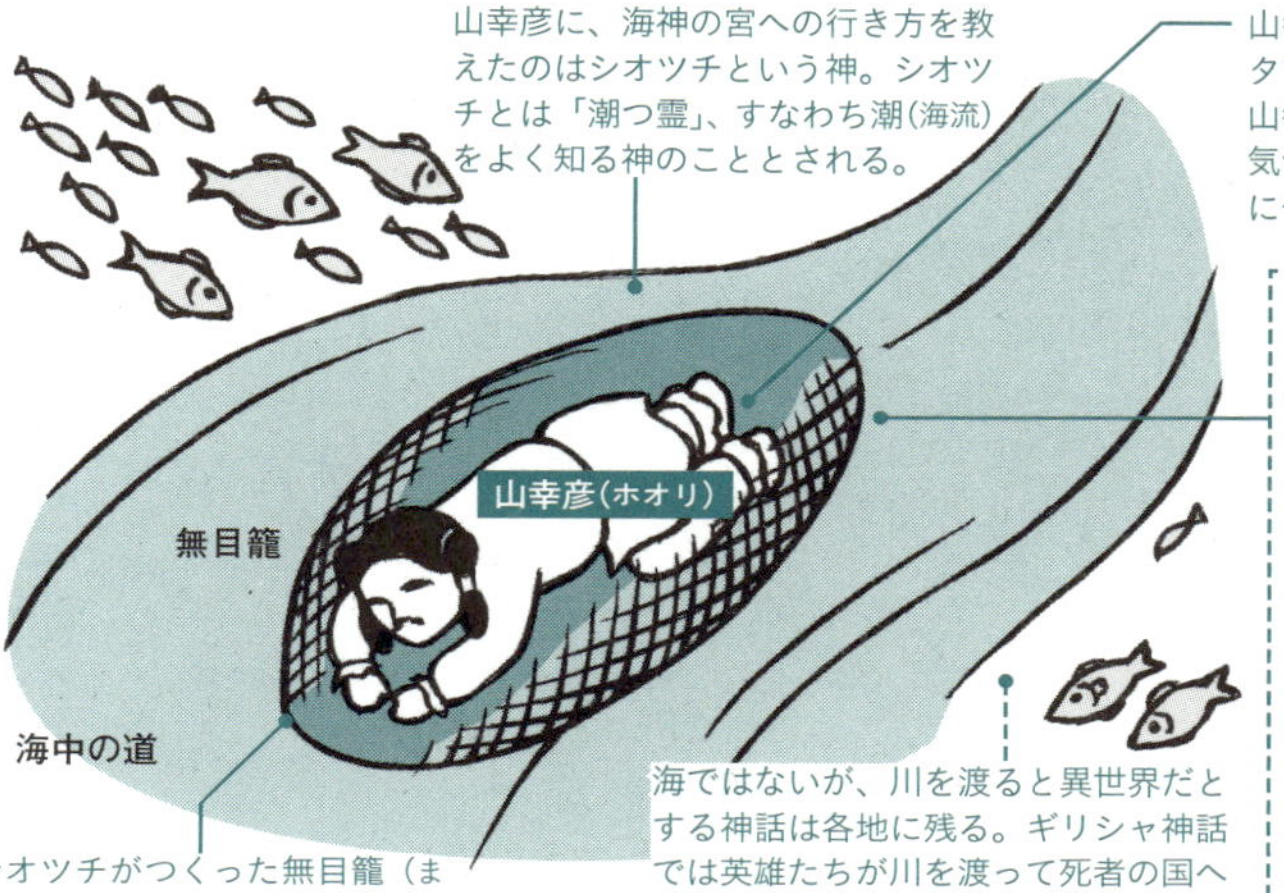
山幸彦(ホオリ)
無目籠
海中の道

山幸彦に、海神の宮への行き方を教えたのはシオツチという神。シオツチとは「潮つ霊」、すなわち潮(海流)をよく知る神のこととされる。

山幸彦は海神の宮でその娘トヨタマビメと出会い、結ばれた。山幸彦が地上に帰還後、妊娠に気づいたトヨタマビメは、地上にやってきて出産する。

シオツチがつくった無目籠（まなしかたま、隙間なく編んだ竹かご)に乗って、海神の宮に至った。

海ではないが、川を渡ると異世界だとする神話は各地に残る。ギリシャ神話では英雄たちが川を渡って死者の国へ下り、再び地上に戻っている。2つの世界をつなぐのは渡し守カロンの舟だ。

乗り物は亀も

『日本書紀』によると、トヨタマビメは、大亀に乗って海を照らして地上にやってきた。彼女の出産の場と伝わる宮崎県の鵜戸神宮には、その亀が石になったという亀石がある。

トヨタマビメ
亀

変身能力《へんしんのうりょく》型──姿を変えて行き来する

ギリシャなど

神の世界と人の世界をつなぐとき、特別な空間や乗り物を利用することが多いが、神自身が変身をしてつなぐ存在になることがある。ゼウスは、ワシに変身をした。

最後は夜空に

ゼウスは、甕を抱えて注ぐガニュメデスの姿を星座（みずがめ座）とし、地上の家族からも見えるようにした。ゼウスは、地上の女性に近づくために白い雄牛や白鳥に変身するが、その姿もおうし座、はくちょう座になったそう。

みずがめ座

美少年ガニュメデスを気に入ったゼウスは、ワシに変身をして（または命じて）神々の世界に連れてきてしまう。ゼウスはガニュメデスに神々に甕（かめ）からネクタル(125頁)を注ぐ役を与えた。

ガニュメデス
ワシ(ゼウス)

ギリシャ神話の最高神ゼウスは、ワシなどの動物のほか黄金の雨などにも変身をした。

インド神話でも、ヴィシュヌ神が世界を救うために、人間や動物の姿に変えて地上に降り立っている。釈迦もヴィシュヌの化身の一人。

未体験のゾーン

空間② 不思議《ふしぎ》な建物《たてもの》

ギリシャのクレタ島を舞台とする神話といえば、英雄テセウスによるミノタウロス退治の話だろう。ミノス王がポセイドンに捧げるべき雄牛を惜しんだため、神の怒りに触れ、后パシパエがその雄牛に恋情を抱き、交わった末に生まれたミノタウロス。人を食らう牛頭人身の怪物で、ミノス王がつくった迷宮（ラビュリントス）に閉じ込められ、いけにえとして少年少女たちが捧げられていた。テセウスは、王の娘アリアドネの糸を使って迷宮を攻略し、見事ミノタウロスを殺すことに成功する。

1900年、イギリスの考古学者アーサー・エヴアンズによってクレタ島で紀元前20～前15世紀ごろとされる宮殿が発掘された。クノッソス宮殿と名付けられたその建物は、おびただしい数の部屋をもち、迷宮のモデルと考えるにふさわしいものだった。神話の中の不思議な建物には、実在した建造物から生まれたものもあるかもしれない。

ラビュリントス型―脱出不能な迷宮

ギリシャ

有名な工匠ダイダロスがつくった迷宮。アテナイの王子テセウスは、いけにえとして紛れ込み、恋に落ちたアリアドネの助けを借りて中に入り、ミノタウロスを退治した後も、無事脱出にも成功した。

アリアドネは、テセウスに糸玉と剣を渡す。テセウスは糸を繰り出しながら迷宮に入り、剣でミノタウロスを倒し、糸を頼りに戻ってきた。

アリアドネはダイダロスに頼んで、迷宮攻略の策を授けてもらった。その結果、ダイダロスはミノス王によって迷宮に閉じ込められることに。

名工による傑作

迷宮をつくった名工ダイダロスは、パシパエに頼まれて精巧な木製の雌牛をつくり、交われるようにした。迷宮に幽閉された際には、人工の翼をつくり、息子イカロスとともに飛んで逃げた※。

イカロスの翼

ラビュリントスは文様化され、クノッソスの貨幣にも刻まれた。

ミノタウロスを迷宮に閉じ込めたのはクレタ王ミノス。死後は冥界の裁判官になった。ミノス王の誕生にも雄牛がかかわる。父はゼウスで、母は人間のエウロペ。ゼウスはエウロペに近づくため、白い雄牛に変身したという。

※：イカロスは、父の忠告にもかかわらず高く飛び過ぎてしまい、翼が太陽の熱で溶けて海に落ちて死んでしまった。

天日隅宮《あめのひすみのみや》型──ハイパー超高層建築

日本など

国の神オオクニヌシが国譲り（39頁）に同意したことを受け、天の神タカミムスヒが建築を申し出た天日隅宮。『日本書紀』で言及される名称で、高い柱でつくられることが約束される。

オオクニヌシを祀る天日隅宮が、出雲大社（島根県）のはじまりとされる。現在、出雲大社の本殿の高さは24m。神社としてはとても高大な社殿だ。

『古事記』によれば、浜辺に建築された。現在の出雲大社の本殿は南を向いているが、本殿内で神の座る向きは西向き。国譲りの舞台、稲佐の浜の方角だ。

伝承では、48mもあったとされる出雲大社。それほどの高層建築が可能か疑問視されていたが、今世紀に入り境内から巨大な柱が発見された。3本1組で、合わせた直径は約3m。これだけの太い柱なら48mの高さも実現できる。伝説が歴史であった可能性が高まっている。

高層建築といえば、ヘブライ語聖書に登場するバベルの塔。人類がつくろうとした天にも届く高い塔で、神の怒りにあい、未完成に終わった。

ヴァルハラ型──戦死者の館

北欧

北欧神話では、戦場で戦って亡くなった英雄はエインヘリヤルと呼ぶ。主神オーディンが、彼らを受け入れるために設けたのがヴァルハラだ。

ヴァルハラで、エインヘリヤルたちは、ヴァルキューレからビールなどの飲み物や食べ物が供される。

ヴァルハラは、槍の壁と盾の屋根がある戦死者の館。

食べても尽きない猪肉「セーフリームニル」を食べる。

ヴァルキューレは、オーディンによってすべての戦いに派遣され、戦死する者を選ぶ。

ヴァルハラには540ほどの扉があり、エインヘリヤルたちはそこから毎日出かけて戦い、戻って食事をとる。世界の終末（ラグナロク）には、エインヘリヤルがアース神族に加わって戦うため、腕を磨いているのだ。

TOPICS 見るなの座敷

各地の民話に、滞在先で見るなと禁じられた部屋を見てしまい、幸運が逃げるという話がある。日本では「見るなの座敷」「ウグイス長者」などという昔話が有名だ。旅の途中に泊めてもらった家で、女性から4つの蔵のうち1つは見てはいけないといわれる。3つを開けると夏、秋、冬の景色が広がっていた。とうとう4つ目を開けると、梅の木にウグイスが止まっていた。女性がやってきて、見たことを責め、ウグイスになって飛び去ってしまい、蔵も家も消えてしまう。

グリム童話には「マリアの子供」という話がある。13番目の扉を開けることを禁じられるが、それを破ってしまう物語だ。

人類共通の願いが叶う

空間③ 楽園《らくえん》

ギリシャ神話を伝えるヘシオドスの『仕事と日』によると、人類は黄金時代、銀の時代、青銅時代、英雄時代を経て、鉄の時代になったと伝える。最初の黄金時代は、神と人との交流があり、働かずとも大地が恵みを与えてくれていた。人間はずっと若々しいままで、最後は眠るように死んでいったという。他方で私たちが生きる鉄の時代は、神に見捨てられ、労働や災難、争いに日々が費やされる。まさに黄金時代は楽園。みなの理想がそこにあるといえるだろう。

「とかく浮世はままならぬ」などといったりするが、「浮世」は「憂き世」がもとであり、仏教的厭世観《えんせいかん》に由来するという。「人間の住む世界は苦しいこと、つらいことが多い」という意味で、いつの時代もどの地域も現世を苦しいとする点は共通するのがおもしろい。その世界のとらえ方が、「楽園」というものを生み出したのではないだろうか。

ティル・ナ・ノーグ型 — 時間がゆっくり進む異界

ケルトなど

アイルランドの神話でティル・ナ・ノーグ(常若《とこわか》の島)と呼ばれる場所。時の流れとは通常と異なっており、戦士オシーンが妖精ニァヴに恋をして訪れる物語は、昔話の「浦島太郎」に似た結末をもつ。

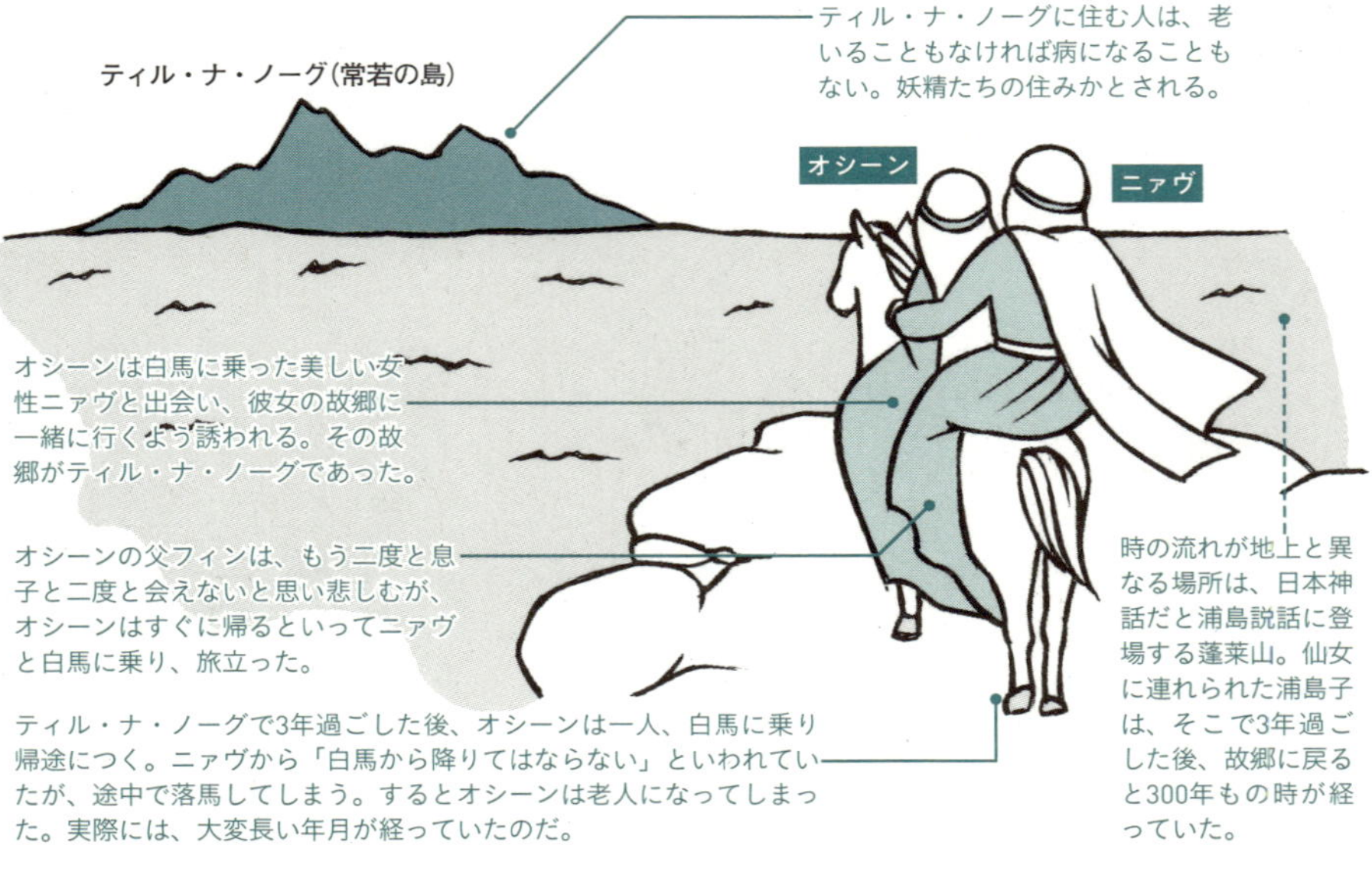
ティル・ナ・ノーグ(常若の島)
ティル・ナ・ノーグに住む人は、老いることもなければ病になることもない。妖精たちの住みかとされる。
オシーン
ニァヴ
オシーンは白馬に乗った美しい女性ニァヴと出会い、彼女の故郷に一緒に行くよう誘われる。その故郷がティル・ナ・ノーグであった。
オシーンの父フィンは、もう二度と息子と二度と会えないと思い悲しむが、オシーンはすぐに帰るといってニァヴと白馬に乗り、旅立った。
ティル・ナ・ノーグで3年過ごした後、オシーンは一人、白馬に乗り帰途につく。ニァヴから「白馬から降りてはならない」といわれていたが、途中で落馬してしまう。するとオシーンは老人になってしまった。実際には、大変長い年月が経っていたのだ。
時の流れが地上と異なる場所は、日本神話だと浦島説話に登場する蓬莱山。仙女に連れられた浦島子は、そこで3年過ごした後、故郷に戻ると300年もの時が経っていた。

ミラクルガーデン型—特別な木のある理想郷

中国・ヘブライ語聖書

楽園の物語には、桃源郷《とうげんきょう》の桃やエデンの園の生命の木、知恵の木のように、人間に長命など不思議な力をもたらす実をもつ樹木が登場する場合が多い。

桃源郷と桃

桃の林の先にあった異郷。秦の戦乱を避けた人々の末裔が住んでいたとされる。

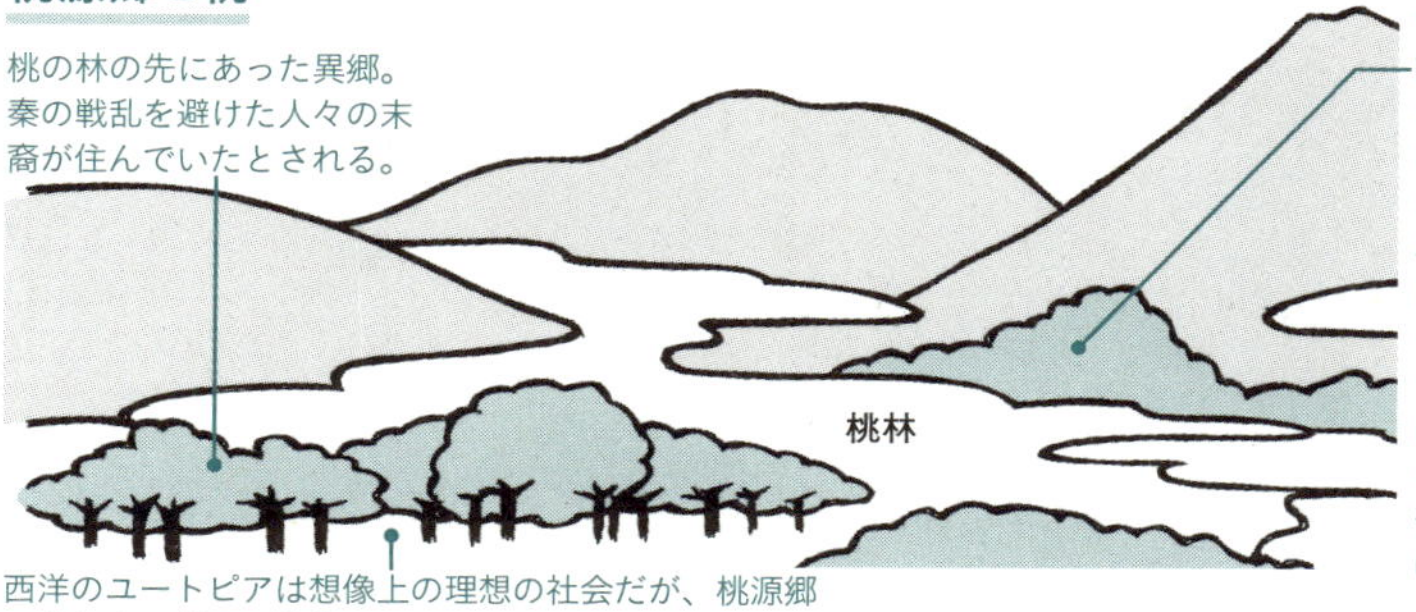

中国の小説『桃花源記』※1によると、漁師が桃の花の林に迷い込むと、不思議な村に出る。村人たちは争いのない平和な世界に暮らしており、異郷から戻った漁師が再び訪ねようとしても、二度と行けなかった。この話から、理想郷(ユートピア)を桃源郷ともいうようになった。

西洋のユートピアは想像上の理想の社会だが、桃源郷は私たちの世界と地続きで、到達可能な理想郷である。

エデンの園と木の実

エデンの園は、ヘブライ語聖書に登場する理想郷。食べるのによさそうな実がなるあらゆる木が大地から生えていた。

生命の木の実を食べると、永遠の生が得られるという。神はこの木を守るため、翼のあるケルビムと自動で輪を描いて回る炎の剣を置いた。

知恵の木は、善悪を知る木ともいう。人間が実を食べると神と同じような知が得られる。

アダムとエヴァは知恵の木の実を食べたために神の怒りを買い、人間は労働をしなければ食べるものが得られなくなってしまった※2。

アルカディア型—古代人の理想郷

ギリシャ

ギリシャのペロポネソス半島にあるアルカディアは、牧人の神パンの地として牧人の楽園とされてきた。ニコラ・プッサンの絵『我アルカディアにもあり』でも知られる。

田園地帯で、人々は素朴で平和な暮らしをしていたため、理想郷とされた。

プッサンの絵画には、牧人たちが石碑の前に集まる様子が描かれる。石碑には「我アルカディアにもあり」と刻まれていた。理想郷にも死が存在することを意味する。

牧人の守護神

牧人の神パンは、上半身が毛深い人間、下半身がヤギの姿で、足には蹄がある。昼寝を妨げられると怒って人や家畜に恐慌を引き起こす。それがパニックの由来である。

※1：作者は東晋の詩人、陶淵明(とうえんめい)。
※2：神は、アダムとエヴァが知恵の木の実を食べたため、エデンの園から追放する。

呪力① 封《ふう》じ込《こ》めるもの

玉《たま》藻前《ものまえ》伝説と呼ばれる話がある。平安時代の末、玉藻前と呼ばれる女性が鳥羽《とば》上皇の寵愛を受けるようになると、悪いことが続いた。それは玉藻前の力によるもので、彼女の正体は「九尾《きゅうび》の狐《きつね》」※1であった。陰陽師《おんみょうじ》に見破られた九尾の狐は、宮中から逃げ、現在の栃木県の那須のあたりまで追い詰めると、石に変身したという。この石が毒を吐き、「殺《せっ》生石《しょうせき》」と呼ばれるようになるが、南北朝期に源翁《げんのう》和《お》尚《しょう》が破壊し、落着した。

この殺生石は、今も那須湯本温泉にある。妖狐《ようこ》が変じた石とされるが、次第に人々は残された大きな石が妖狐を封じていると考えるようになった。2022年にこの石が割れたときには、封じられている妖狐が逃げたのではないかと話題になったりもした。地震を起こすナマズを「要石《かなめいし》」が押さえているという伝承もあるように石には悪いものを押さえつける、封じ込める力があると考えられるのだろう。

パンドラの壺《つぼ》型——災いを封じ込める容器

ギリシャ など

ギリシャ神話によれば、人間はかつて災いも病も労働もない幸せな状態であった。それは壺にすべてが封印されていたからだった。その蓋を開いたのが、パンドラである。

プロメテウスが神々から火を盗み（26頁）、人間に与えたことの罰として、最高神ゼウスが人間たちに与えた女性がパンドラだ。鍛冶の神ヘパイストスが土をこねて美しい女神に似せてつくった。

パンドラが急いで蓋をしたために、もたついていた「希望」だけがとどまったという。後世には、壺に入っていたのはあらゆるよいもので、それらが飛び去ったために、人間に不幸が残されたと伝えられるようになる。

神々から「開けるな」といわれていた壺を持参したパンドラは、地上に着くとすぐ好奇心からその蓋を開けてしまった。壺からはさまざまな災いが飛び出し、地上に広がる。パンドラはゼウスの思惑通りに人間の災いとなった。

パンドラとは、すべての贈り物を与えられた女性という意味。技術の女神アテナが手芸の能力を、性愛の女神アフロディテが美しさや恋心を、盗みの守護神でもあるヘルメスがずるがしこさや恥知らずな性質を与えた。

鬼門《きもん》除け

日本では、災厄を封じるというより、避ける工夫をした。陰陽道に基づき、災厄が侵入するとされる丑寅の方角（東北）には神仏を祀るなどして、災いを避けようとした。

猿神（魔去《まさる》）

※1：中国にルーツをもつ狐の妖怪。殷の妲己（だっき、前11世紀ごろ）や日本の玉藻前など、美女になって国を傾けるとされた。

エトナ山《さん》型—山で怪物を封印する

ギリシャなど

大きな岩はその奥に何かが潜んでいる、動かしたら大変なことが起こると感じさせる。火山も内部に大きなエネルギーを封じている。動いたら噴火が起こる、そんな緊張感を与える存在だ。

怪物テュポンを封じるのは活火山エトナ山（イタリア）。

かつて神ゼウスはテュポンと雷霆（らいてい）を武器に戦い、エトナ山を投げ落として押しつぶしたが、この時投げつけた雷霆から今も火が噴出していると伝えられる。

ギリシャ神話に登場するテュポンは、大地母神ガイアが子のタルタロスと交わって生んだ巨大な怪物。すべての山より高く、頭は星に届き、手は西の端から東の端まで届いたという。下半身は毒蛇。

エトナ山
テュポン

女神を封じる岩

黄泉（よみ）の国から逃げ帰るイザナキは、黄泉比良坂（よもつひらさか）を出た際、千引（ちびき）の岩でふさいだ。千人で引くほど重いこの大岩で、イザナミが黄泉の国に封じられたと解釈することもできる。

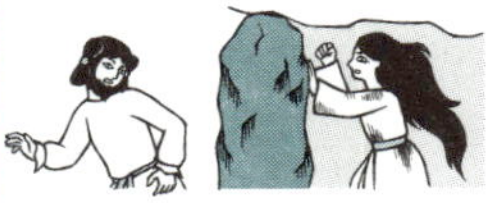
イザナキ
イザナミ

エクスカリバーの石《いし》型—聖剣を封じ、英雄を待つ

ケルト

封じるというと、恐ろしいものを思い浮かべるが、よいものを封じている場合もある。正統な持ち手であるアーサーが来るまで、石に封じられていたのが名剣エクスカリバーだ。

「アーサー王伝説」によると、魔法使いマーリン※2は、争いあう諸侯たちを集め、石の台座に刺さった名剣エクスカリバーを出現させてみせた。

石の台座には、「この剣を抜いた者が王となるだろう」と記されており、多くの者が試すが、抜けなかった。

アーサーが石の台座から抜いた剣を、養父エクターの息子ケイは自分が抜いたと偽った。しかし、台座に剣を戻して再び引き抜かせようとすると、できずに真実を告白した。

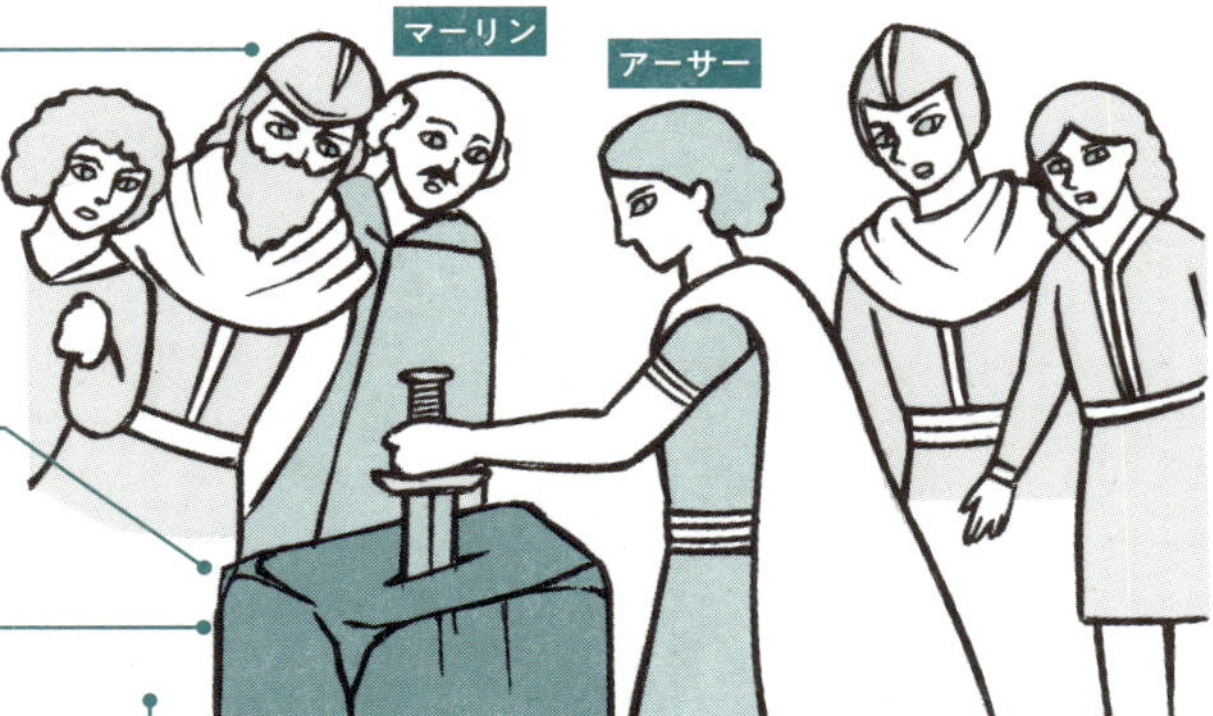
マーリン
アーサー

円卓の騎士の一人ガラハッドも、アーサー王の前で、誰も抜けないという岩に刺さった剣を抜いた。ガラハッドは後に聖杯探索に成功する（103頁）。

※2：後にアーサー王と王権を支えた。

強い力が秘められた
呪力② 文字《もじ》と印《いん》

神の姿を描くこと、つくることを禁じる宗教がある。ユダヤ教、イスラームがその代表だ。ユダヤ教のシナゴーグやイスラームのモスクを訪問しても、キリスト教の教会のイエス像やお寺の仏像のようないわゆる「偶像」は一切見当たらない。しかし、何か美しいもので神への敬愛の気持ちを表現したいという思いは普遍的なものなのだろう。イスラームでは、その思いは美しく文字を記すという形で発展した。神の言葉を伝える聖典「クルアーン」を美しく記して伝える。アラビア書道はそこからはじまったが、それだけにとどまらず、文字を装飾的に記し、モスクを美しく飾るようにもなった。モスクの入り口や内部には、一見すると文字とは思えない「文様」のように見える文字装飾が見られる。エミレーツ航空やアルジャジーラなどイスラーム圏の企業のロゴも文字をデザイン的に表現したものになっている。神への敬愛から生まれた文字芸術だ。

ルーン文字《もじ》型—神々が使う文字

北欧

古代ゲルマン人が使用したルーン文字は、北欧神話の最高神オーディンにかかわると伝えられる。彼は九夜、木につり下がり、傷つきながらルーン文字の秘密を知ったという。

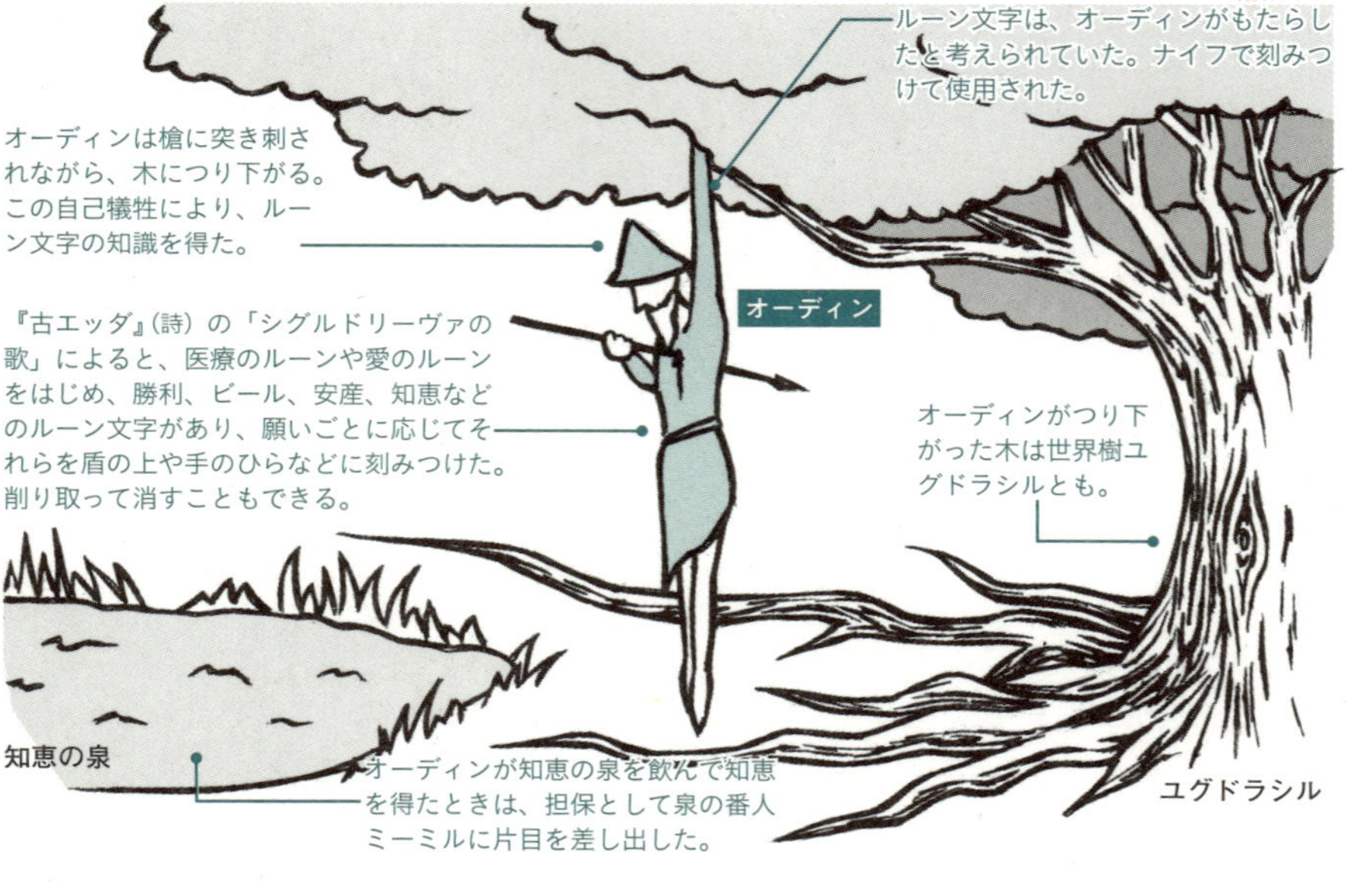

ルーン文字は、オーディンがもたらしたと考えられていた。ナイフで刻みつけて使用された。

オーディンは槍に突き刺されながら、木につり下がる。この自己犠牲により、ルーン文字の知識を得た。

オーディン
『古エッダ』(詩)の「シグルドリーヴァの歌」によると、医療のルーンや愛のルーンをはじめ、勝利、ビール、安産、知恵などのルーン文字があり、願いごとに応じてそれらを盾の上や手のひらなどに刻みつけた。削り取って消すこともできる。

オーディンがつり下がった木は世界樹ユグドラシルとも。

知恵の泉
オーディンが知恵の泉を飲んで知恵を得たときは、担保として泉の番人ミーミルに片目を差し出した。

ユグドラシル

※1：古代ギリシャ人が築いた植民都市。現在のイタリア、ナポリの北西に位置した。

シビュラの書《しょ》型—未来を予言する書

クマエ※1のシビュラは、アポロンの神託を伝える予言者だった。シビュラによる予言の書は、キリストの到来を予言しているとされた。

ギリシャ

クマエのシビュラは、アポロンの愛を受け入れる条件として、手でつかめるほどの砂粒分の寿命を願った。その願いは叶えられたが、永遠の若さを願い忘れたため、しわしわになり、死を願うようになる。

予言を記した「シビュラの書」をローマにもたらしたのはクマエのシビュラと伝えられる。

ローマの運命が記され、災害などの際に参照されてきた。

シビュラはもともと人名であったが、しだいに神託を伝える女性を指す語となった。

牛王法印型《ごおうほういんがた》—災いをはらうお札《ふだ》

日本

熊野で与えられるお札で、朱印と烏《からす》文字が記される。災いを避けると人気になり、次第に裏に誓約を書くようにもなり、人と人の約束を神に誓うためにも使われた。

図は熊野速玉大社（和歌山県）の牛王宝印をもとにしたもの。カラスと宝珠で文字を形づくる。

熊野とカラスの関係は、神武東征のヤタガラスの故事※2などに由来する。

牛王法印

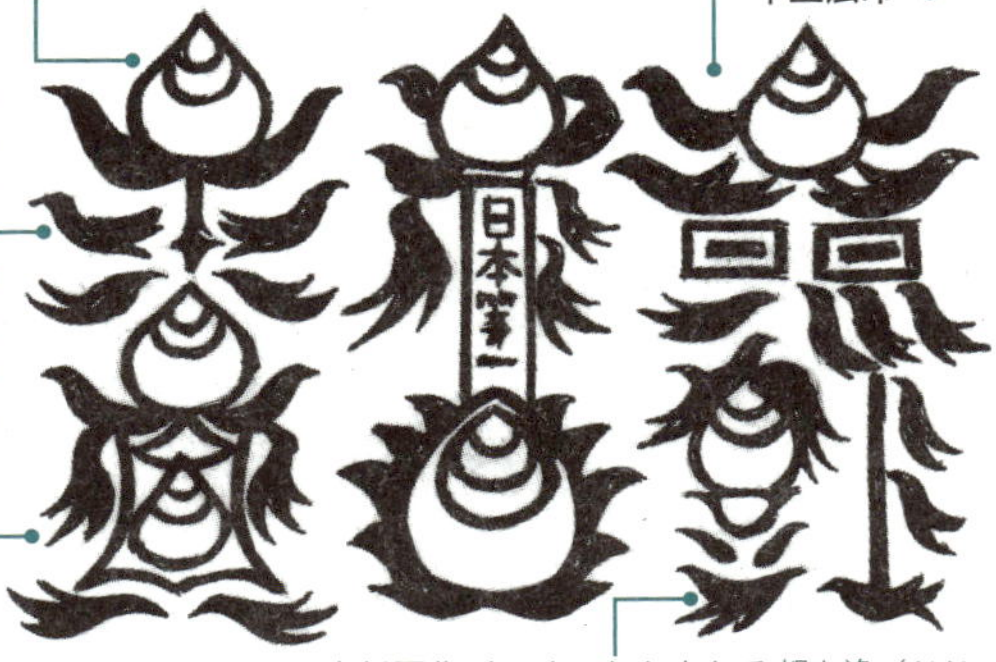

牛王宝印は、神社や寺で与えられるお札、守り札の一つ。牛王宝印ではないが、お札が呪的逃走に使われたのが昔話「３枚のお札」（57頁）である。

熊野の牛王法印は、後に遊女たちが客に愛を誓う起請文（きしょうもん、神仏に誓う文書）として使われた。誓いを破るとカラスが死ぬという。

高杉晋作がつくったとされる都々逸（どどいつ）「三千世界のカラスを殺し　主と朝寝がしてみたい」は、多くの客と起請文を交わした遊女に、カラスが死んでも構わないといって関係を迫る歌ともいわれる。

夢違《ゆめちが》えの札《ふだ》

かつては、悪夢を見たときに呪文を唱えて災いを逃れ、吉夢に変えた。バクの絵を描いた守り札を枕の下に敷くこともあった。正月、回文歌※3を添えた宝船の絵を枕の下に引いて寝るのも、それが転じたのだろう。

宝船

TOPICS　怪談に欠かせないお札・経文

怪談の中では、幽霊から身を守るためにお札や経文が使われる。「牡丹灯籠《ぼたんどうろう》」では、幽霊に恋い焦がれられた武士が、和尚《おしょう》からお札をもらい家に貼るが、幽霊から金をもらった者が剥がしてしまい、死ぬことになる。「耳なし芳一《ほういち》」では、琵琶法師が平家の幽霊に見つからないよう全身に経を書いてもらうが、耳に書き忘れたために切り取られてしまう。

※2：熊野で難にあった神武天皇の前にヤタガラスが現れ、大和への先導役となった（147頁）。
※3：「長き夜の遠（とお）の眠（ねふ）りのみな目覚め　波乗り舟の音のよきかな」という回文歌（上から読んでも下から読んでも同音の和歌）。

キャラ① 妖精《ようせい》・天女《てんにょ》

イギリスの作家シェークスピアの喜劇に『真夏の夜の夢』がある。明治期以来日本でも繰り返し翻訳されてきた。舞台はギリシャのアテネ。結婚を反対されている恋人たちが郊外の森に出かける。その森は妖精の住む森。この作品は、妖精の森で繰り広げられる人間たちと妖精たちとの騒動を描いたものだ。中でも有名な妖精がパック。いたずら好きで小柄、子どものような姿で描かれることが多い。このパックは、イギリスの民間伝承では毛深い姿をしているなど、さまざまな容姿でイメージされている。

この妖精という存在は、なかなかにとらえがたい。神とは違うが、人間にはない力をもつという点で半神的ともいえる。人間の世界と微妙に重なりあう世界に住み、木や川や海といった自然と深くかかわり、その精霊的側面をもつ。ギリシャ神話のニンフも妖精の仲間といえる。日本の河童《かっぱ》やキジムナー※1なども妖精に入れていいだろう。

ニンフ型—美しい乙女たち

ギリシャ

山や海といった自然界だけでなく、町や国などのニンフ（精）もいる。神の母になることもあるが、ニンフは不死身ではなく、英雄オルフェウスの妻※2のように不慮の事故で亡くなるニンフもいる。

ニンフは住みかで名が異なり、海のニンフはネレイデスという。

ネレイデスは、海の神ネレウスとオケアノスの娘ドーリスの間の娘たち。50人とも100人ともいう。海底の宮殿で、黄金のイスに座り、歌ったり踊ったりして暮らす。

アニメ映画『崖の上のポニョ』のポニョは魚の子。本名は北欧神話を想起させるブリュンヒルデだが、海の神の子でたくさんの妹たちがいる様子はネレイデスのようだ。

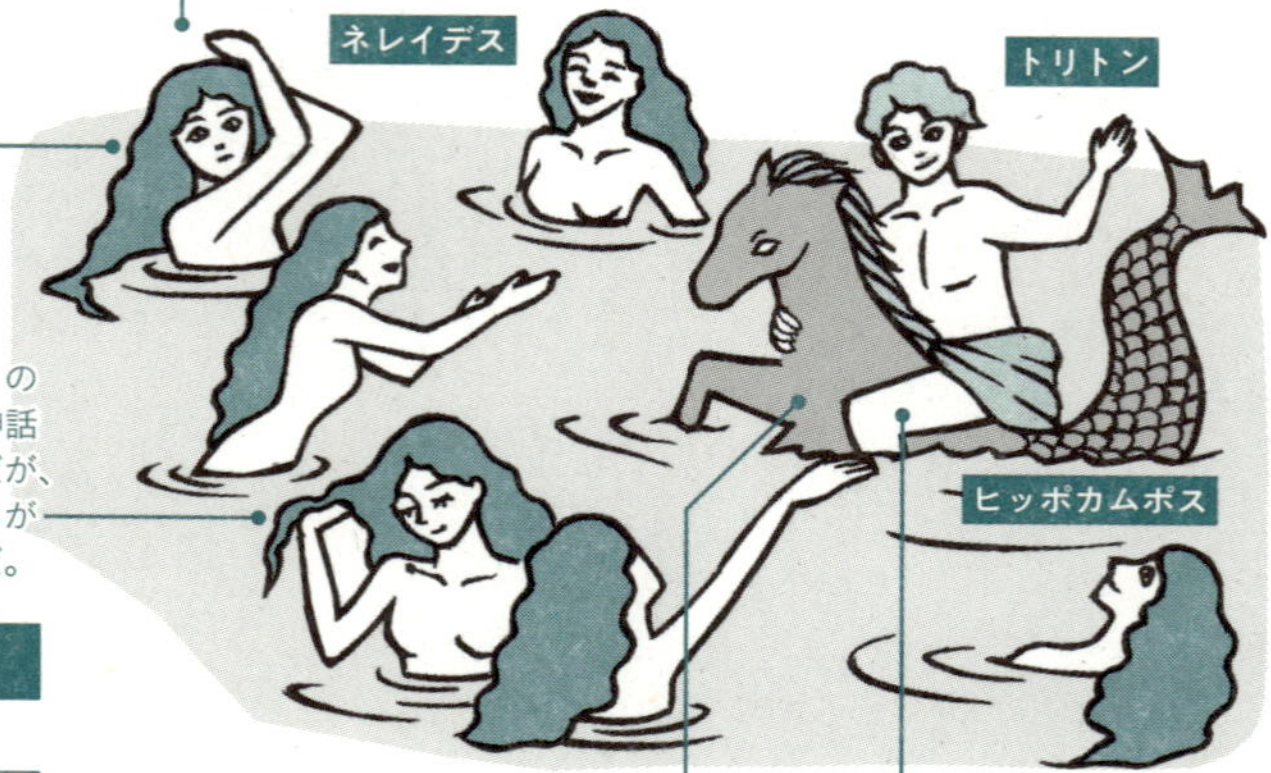

海の神は、胴体が馬で魚の尾がついているヒッポカムポスに乗る。ヒッポカムポスの前足には水かきがついている。

ネレイデスの一人、アムピトリテは海神ポセイドンの妻となり、息子トリトンをもうけた。息子も海の神である。

住みか	ニンフの呼び名
山	オレイアデス
木	ドリュアデス
森	アルセイデス
海	ネレイデス

※1：海からやってきた沖縄の精霊。子どもの姿で、古い大木などに住む。
※2：ニンフのエウリュディケ。毒蛇にかまれて死んだ。冥界下りの物語に登場(54頁)。

小妖精型《しょうようせい》—小さいけれど、特別な存在

北欧・ケルトなど

ゲルマン、ケルトの民間伝承には数多くの妖精が登場する。小さな人間の姿をしたエルフ。ドワーフも小さいが、年老いて萎《しな》びていている。

いたずら好きエルフ

エルフは、森や山など自然界に住む。姿は暮らす場所によってさまざまだが、中にはとても小さい者も。いたずらをすると考えられている。

アイルランドではシーという妖精がいて、神の末裔とされる。死を予告するバンシー、妖精猫ケット・シー、犬の妖精クー・シーなど種類は豊富。

小さい老人ドワーフ

ドワーフは、高度な鍛冶能力をもつ者が多く、工作をする。

天女《てんにょ》型—羽衣《はごろも》伝説の主人公

日本など

日本をはじめ世界各地に羽衣伝説がある。羽衣を奪われたために天に帰れなくなっていた天女の話だが、この天女も、神とはいえず、妖精の仲間といった方が適切だろう。

羽衣伝説の天女は、水浴びをしているときに男に羽衣を奪われて天に帰れなくなり、男の妻となって暮らすが、羽衣を見つけ出し、天に戻っていく。

世界各地に、異界の女性が衣をとられ、人間の男性と結ばれる話がある。女性は白鳥の姿で天から降りてくることが多いので、「白鳥処女説話」と呼ぶ。日本では羽衣が使われるため「羽衣説話（伝説）」ともいう。

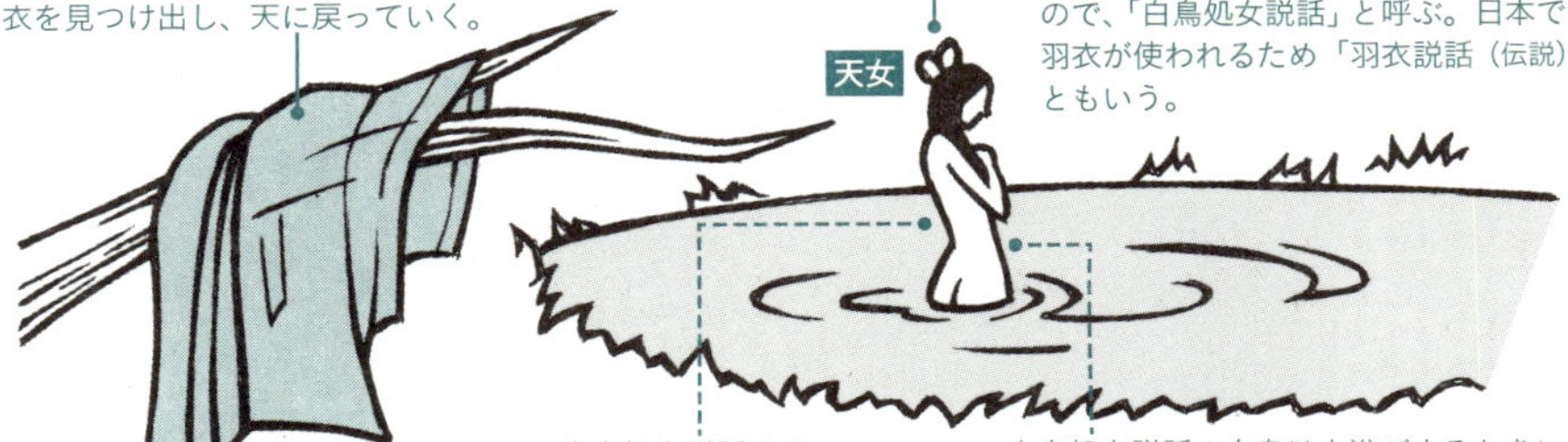

白鳥処女説話はインドの神話や北欧の『エッダ』など各地に登場する。

白鳥処女説話の白鳥は水浴びするときに女性となり、衣を脱ぐ。その衣をとられると白鳥の姿になれず、元の世界に戻ることができないので、男と結婚する。

TOPICS 「妖精」と「妖怪」

いずれも「妖」という漢字を使う。一般的には、妖精は西洋の民間伝承、特にケルトなどヨーロッパの伝承に登場し、いたずらをしたり幸運をもたらしたりする存在とされる。

妖怪というと、日本のものを指すことが多く、神霊が落ちぶれ、恐ろしいと思う気持ちだけが残ったものと解釈されるが、やはり人間を助けるものやいたずらをするものもいる。妖精と妖怪、その違いはあまりないのかもしれない。

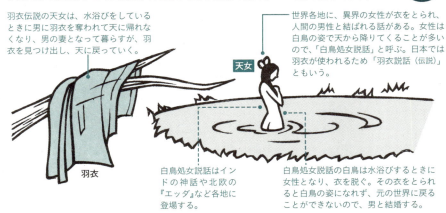

キャラ② 伝説《でんせつ》の集団《しゅうだん》

古代ギリシャにスパルタというポリス（都市国家）があった。男子は7歳になると、集団生活を行いながら軍事訓練を受けたという。「スパルタ教育」という言葉にも伝わっているように、大変厳しい肉体の鍛錬が行われ、その訓練の一つには盗みもあったという。こうしてスパルタは、紀元前5世紀ころにはペロポネソス半島の大部分を支配するようになった。スパルタの躍進の背景には、このように厳しく鍛錬された軍事集団の存在があったのだろう。

スパルタがつくったような同質の集団は、神話や伝説上にも存在する。北欧神話のベルセルクやギリシャ神話のアマゾネスは、戦うための戦士集団という点で、スパルタの軍事集団と共通している。頼りになりそうだが、恐ろしい存在でもある。他方で、森の女神アルテミスに従い遊び暮らすニンフたちの集団のように、楽しげな女子グループもある。

ベルセルク型——最強の戦士軍団

北欧など

最高神オーディンに仕える戦士で、熊の皮をまとい、狂ったような様子で戦う。どんな敵もベルセルクに深手を負わせることはできないという。

オーディン
主神オーディンは「戦いの父」とも呼ばれ、戦の神でもある。
英語ではバーサーカー（berserker）。「go berserk」という表現は、キレるという意味で使われる。
ベルセルク
ベルセルクは、狂乱状態になると手がつけられなくなり、無敵で、傷つくこともなくなるが、その状態から脱してしまうと、虚脱し、動けなくなるという弱点があった。
ベルセルクの狂乱状態は、ベニテングダケなどの幻覚作用のある植物によって引き起こされたものだという研究もある。
インド神話では、戦闘神インドラが若者姿のマルト神群を従える。彼らは暴風雨神の集団で、みな若くて好戦的、恐ろしい戦士だ。

アーディティヤ神群《しんぐん》型——太陽とかかわる男神たち

アディティという女神を母とする神々で、ヴァルナ、ミトラ、アリヤマン、バガ、アムシャ、ダクシャの名が挙げられる[※1]。後に太陽と結びつくようになった。

インド
ヴァルナは道徳神、司法の神で、日月の運行など秩序全体を司る。
ダクシャは意力を神格化した神。羊の首をもつ。
ミトラは光や正義の神。弥勒菩薩（マイトレーヤ）はミトラに由来する。ヴァルナとともにインド・ヨーロッパ語族の第一機能（聖性、112頁）を司る神とされる※2。
ダクシャ
ヴァルナ
ミトラ

ニンフ型——女神に従う女性集団

森の女神アルテミスに付き従うニンフたちは、女神とともに狩りをする。純潔を誓っているが、その一人カリストは、アルテミスに変身したゼウスと交わり、怒った女神に熊に変身させられる。

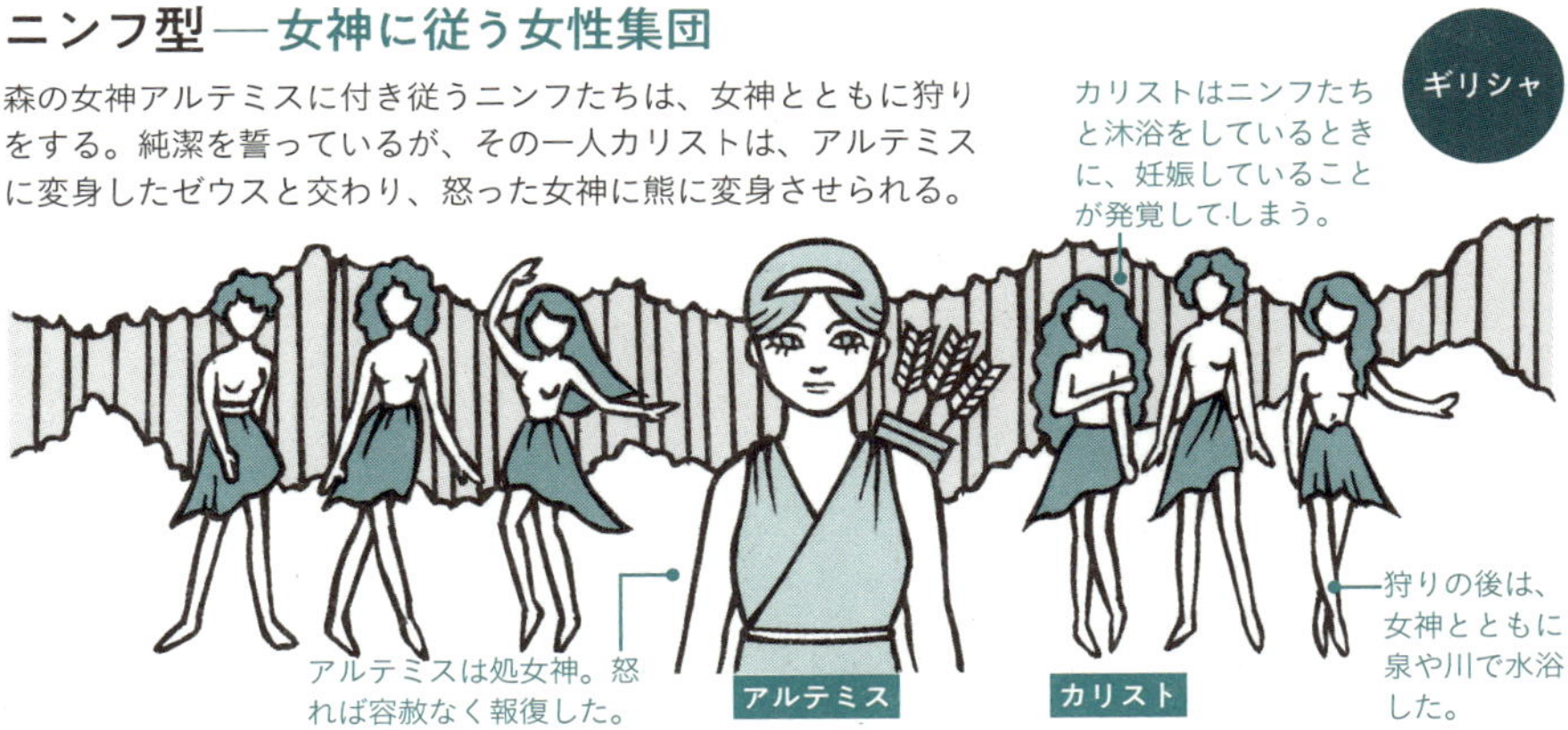
ギリシャ
カリストはニンフたちと沐浴をしているときに、妊娠していることが発覚してしまう。
アルテミスは処女神。怒れば容赦なく報復した。
狩りの後は、女神とともに泉や川で水浴した。
アルテミス
カリスト

アマゾネス型——好戦的な女性部族

女性の戦士集団アマゾネス。彼女たちの国では、他国の男性と交わって子を産み、男子だった場合は殺してしまい、女子だけ育てたという。

ヒッポリュテ
ヘラクレス
ギリシャ
アマゾネスたちの住む地は、北方の未知の国にあると考えられていた。
アマゾネスたちは、武器を使う際に邪魔になるため、右の乳を切り取っていた。「乳なし」の意味でアマゾン（アマゾン族、アマゾネス、アマゾニスとも）と呼ばれた。
英雄ヘラクレスの難行の一つが、アマゾネスの女王ヒッポリュテの帯をとってくるというもの。女王の証としてアレス神からが贈られた帯だった。

※1：アーディティヤ神群は7人だが、そのうち名を挙げた6人が固定で、1人は不定である。
※2：第二機能（戦闘性）がインドラ、第三機能（豊饒性）がアシュヴィン双神とされる。

主人に忠誠を尽くす キャラ③ 異形《いぎょう》の従者《じゅうしゃ》

昔話の主人公桃太郎には、猿、キジ、犬というお供がいる。彼らは鬼ヶ島の鬼退治で、それぞれの動物の特徴を生かした戦い方をし、桃太郎を助けた。桃は道教思想で邪気を払う植物。だからこそ桃太郎は鬼退治をする力をもつ。この桃太郎とお供の動物の関係について、五行《ごぎょう》説※1から理解する説がある。この考え方で見ていくと、桃は「金《ごん》」に属し、金は方角でいうと西を象徴する。猿、キジ、犬を十二支の申《さる》、酉《とり》、戌《いぬ》とすると、いずれも「金」で西。西の反対側、東には、丑寅《うしとら》すなわち鬼門《きもん》がある。鬼を封じるにはその反対の力がいるので、桃太郎が桃から生まれ、猿、キジ、犬をお供にしたことには、必然性があるといえる。

もしこの3種類の動物が、一つにまとまっていたらどうだろうか。最強の従者だろう。神話に登場するお供、すなわち従者には、現実には存在しない複数の動物の特徴をもつ異形の生き物たちがいる。

四《よ》つ目《め》の犬《いぬ》型—冥界王のもとで働く犬

インドなど

インド神話の最初の人間で最初の死者であったヤマは、冥界の王となる。ヤマに従う2匹の犬は、四つ目で死すべき人間を見いだす仕事をする。合成獣ではないが、異形である。

2頭の犬はサーラメーヤという。母は、戦闘神インドラの使者となった雌犬のサラマー。

犬はまだらで、広い鼻をもつ。死者の世界への道を守っているが、人間界も歩き回る。

ヤマは、冥界の王となり天上の楽園にいる。仏教に取り入れられると閻魔（えんま）となり、人間たちの審判をする存在になった。

犬の役割

ギリシャ神話にも冥界の犬がいる。恐ろしい外見という点では共通するが、サーラメーヤはヤマの犬であり、ヤマの使者として行動する。一方、ギリシャのケルベロスは冥界への入り口を守る番犬。その役割は異なる。

ケルベロス

※1：木（もく）・火（か）・土（ど）・金（ごん）・水（すい）の5つの元素で自然も社会も運行するという考え。

ベヌウ型—太陽神に付き従う巨大な霊鳥

エジプトなど

太陽は、空を東から西へ移動する。この太陽を生み出したり、太陽神を運んだりするのは、鳥とされることが多い。有翼の太陽で表現されたりもする。巨鳥のイメージでもある。

ベヌウは、太陽神ラーが卵からふ化するのを助けた。巨大なアオサギ、あるいはセキレイの姿で描かれる。

最初に朝日が当たる場所に置かれるベンベン石※2の上に降り立ったと伝えられる。

ベヌウは、死者の王オシリスの心臓から生まれたという神話もあり、オシリスの白い冠を載せた姿で描かれることがある。死者の魂（バー）が鳥の姿をしていることとかかわるのだろう。

太陽のカラス

中国神話では、太陽の黒点を表すとされる三足烏（さんそくう）が住むという。この三足烏のイメージと結びつき、日本のヤタガラスも平安期ごろには3本足で描かれるようになった（147頁）。

三足烏

異形《いぎょう》の馬《うま》型—欠かせない相棒

中国・ギリシャ

乗り物として使われる馬。馬がほかの生き物の特徴も備えていたらとても便利だろう。元の姿が竜である『西遊記』の玉竜《ぎょくりゅう》、ギリシャ神話のペガサスは空を飛ぶ羽をもつ。

三蔵法師が乗る玉竜

もともと悪竜で、処刑されるところだったが、観音菩薩のはからいで白馬となり、三蔵法師の旅を助けることとなった。

玉竜の尿は薬として使うことができた。

空飛ぶ馬ペガサス

怪物メドゥーサと海神ポセイドンの間の子。メドゥーサの切り落とされた首（あるいは血）から生まれた。

英雄ベレロフォンが怪物キマイラを退治する際に活躍。

※2：太陽神ラーが降り立ったとされる丘（ベンベン）を模した、ピラミッド型の石。

今もあちこちで目にする キャラ④ 霊獣《れいじゅう》・神獣《しんじゅう》

神社などに置かれる狛犬《こまいぬ》。角《つの》のあるものとないものがセットになっている場合、角がある方が獅子《しし》で、ない方が狛犬だとされるが、まとめて狛犬と呼ぶのが一般的だ。この狛犬、神前や貴人を守護するために置かれるもので、天皇のいる清涼殿《せいりょうでん》の御簾《みす》の下のところにも置かれた。まさに霊獣・神獣といえよう。

狛犬と呼ぶのは、朝鮮半島から渡来したためで、朝鮮半島を意味する「高麗《こま》」の犬から来ている。しかし、その起源ははるか遠く、古代オリエントまでたどることができるともいわれる。その代表が、エジプトのスフィンクスだ※1。頭は人間で、胴体はライオン。ライオンが王と結びつく動物であったために、このような姿になったとされ、古いスフィンクスでは、頭の部分は王自身を表しているという。後に王の眠るピラミッドを守る、まさに神前を守護する役割を果たす神獣となった。

フェニックス型──火と切り離せない霊鳥

エジプトなど

エジプト神話がルーツのフェニックスは、不死鳥とも呼ばれ、500年に一度自らを火に投じて焼き、その灰の中からよみがえるという。太陽とかかわる鳥ベヌウのイメージも重ね合わされているとされる。

ギリシャ語ではポイニクスと呼ぶ。フェニックスはラテン語の呼び方。

特にローマでは繁栄のシンボルとされ、コインなどさまざまなものにフェニックスのイメージが描かれた。キリスト教では、死んで復活することからキリストの再生のシンボルとされた。

映画「ハリーポッター」シリーズに登場するダンブルドア校長が飼う鳥フォークスは不死鳥。体が弱まると自ら燃え上がり、灰の中からよみがえる。

フェニックスと似たイメージで語られるのが、中国の鳳凰(ほうおう)※2。前半身が麒麟で、くちばしは鶏、顎はツバメ、背中が亀、尾は魚、首は蛇。五行を表す5色の羽をもつ。聖帝の御代に現れる吉祥で、神聖な霊獣とされた。

火で自らを焼く

ペルシャの叙事詩『シャー・ナーメ』に登場するシームルグも、1700年の寿命をもち、死ぬときに火に飛び込むという。一度に象を何頭も持ち上げることができるほど巨大で※3、英雄ロスタムの誕生にもかかわる霊鳥だ。

シームルグ

※1：スフィンクスはギリシャにもあり、ギリシャのスフィンクスは女性の頭部、ライオンの胴体に翼をもち、蛇の尾がある。人々に謎をかけ、解けないと食い殺す怪物。｜※2：雄を鳳、雌を凰という。

馬《うま》・鹿系聖獣《しかけいせいじゅう》型—愛され一角獣

中国・欧州

中国で竜や鳳凰《ほうおう》、亀とともに霊獣とされるのが麒麟《きりん》だ。一角獣で翼をもち、徳のある王のときに現れる。一角獣ではヨーロッパの伝説上の動物のユニコーンもいる。

中国の仁獣

角は肉で覆われており、他を傷つけることがないため、「仁獣」と呼ばれる。

麒麟はもともと鹿のような一角獣だったが、次第に牛の尾、馬の蹄、5色の体、翼をもつとされた。

雄を麒、雌を麟という。

毒をも制す

一角獣の英語名がユニコーン。馬の体にねじれた角が1本ある。

美しい白馬で描かれることが多い。

ユニコーンが飲んだ水は無毒になるという。その角は解毒剤になると信じられた。

イギリスの国章に見られるユニコーンは、もともとスコットランドの王室の象徴。

竜蛇系霊獣《りゅうじゃけいれいじゅう》型—東西でイメージが変わるが……

中国・ケルト

大まかにいうと東の竜は縁起のよい生き物、西のドラゴンというと英雄に退治される恐ろしい怪物のイメージがあるが、人々の象徴となったドラゴンもいる。

皇帝のシンボル

中国神話では神聖な霊獣で、水と関連づけられる。

仏教では頭が7つに分かれた竜（ナーガ）が、修行中の釈迦を風雨から守ったと伝えられ、竜は仏法の守り神にもなった。

ウェールズの象徴

ウェールズの国旗には赤いドラゴンが描かれている。

炎や毒を吐くというドラゴン。印欧語族では一般的に有害な獣とされるが、ウェールズのドラゴンはアーサー王伝説と結びつき、よいイメージをもつ※4。

※3：説話集『アラビアンナイト』に登場するロック鳥も象やサイを運ぶ巨大な鳥だ。｜※4：アーサー王がブリテン島を統一する予兆とされたのが、赤く燃える2匹のドラゴンのような彗星だった。ウェールズにはブリトン人（ケルト系民族）の文化が色濃く残る。

その存在、善か悪か？

キャラ⑤ 動物《どうぶつ》の神《かみ》・怪物《かいぶつ》

人間のように言葉を話したり、本を読んだり書いたりはできないが、犬の嗅覚は人間の3千倍以上あるという。聴力も4倍だ。猫のジャンプ力や柔軟性も、人間は全くかなわない。とても高いところからどんな体勢でジャンプしても、しっかり四つ足で着地する。蛇は、手足はないが、その体をくねらせて素早く動く。中には猛毒をもつものもあり、人間にとっては恐ろしい存在だ。

ヘブライ語聖書「創世記」によると、神は海の魚、空の鳥、家畜や獣たちといった動物を創造し、人間にはそれを治める役割を課した。人間の方がほかの動物よりも上位に立っているかのように思われるが、このように動物にはそれぞれ人間にはない能力が備わっている。自然の中で生きていくために必要な能力。それは人間から見れば神秘的にも感じられる。そうして「動物の神」は生まれていったのかもしれない。

蛇《へび》の神《かみ》と怪物《かいぶつ》型—水にかかわる存在

日本など

毒をもち、危険な存在である一方で、水辺に住むことから水神とされることもある。蛇をベースにした竜も敵とする地域もあれば、縁起がいいとする地域もある。

蛇は脱皮するため、再生をイメージさせる。医療のほか、繁栄や金運の願いとも結びつくことになる。

出雲では、竜蛇神信仰がある。竜蛇神はウミヘビのことで、もともとは水難除けや火難除けの神とされた。水の神であるため農耕の神となる。神々が全国から集う神在祭（かみありさい）では、竜蛇神が先導するという。

医療の神とされるオオモノヌシは蛇の姿をとる。ギリシャ神話の医療神アスクレピオスも蛇が化身とも象徴ともされる。現在でも「アスクレピオスの杖」と呼ばれる蛇が巻きついた杖は、医学のシンボルマークだ。

蛇形の怪物としては、川の氾濫を表すともされるヤマタノオロチのほか、インドの「日照りの悪魔」ヴリトラ、台風の語源となったギリシャ神話の怪物テュポンなど。水に関係するものが多い。

宮城県岩沼市の金蛇水（かなへびすい）神社は、商売繁盛、金運上昇を願って多くの人が訪れる。境内には、蛇の模様が浮き出た大きな石が数多く奉納されている。

ギリシャ語に由来する「ウロボロス」は、自分の尾を飲み込んで円を形づくる蛇のこと。永遠の象徴とみなされた。

犬《いぬ》の神《かみ》と怪物《かいぶつ》型──境界にいる

エジプト・日本

雑食の犬は、動物の死骸を食べることもある。墓場に現れる犬やオオカミもよく見られただろう。そのためか冥界や死と結びつく犬は少なくない。

埋葬地の守護神

アヌビスは、ジャッカルの姿をしたミイラづくりの神。冥界の神オシリスの子という伝承もある。

オシリスによる死者の裁きを手伝うとも（52頁）。

二面性をもつ

『大和国風土記』逸文には大口真神（おおぐちまかみ）という人を食らう恐ろしいオオカミが登場する。一方、武州御岳山（みたけさん）では、大口真神が道に迷うヤマトタケルを助けたと伝えられ、「おいぬさま」として信仰を集める※。

恐ろしい面と頼りになる面を併せもつ犬は、「境界」に存在することが多い。冥界の入り口や埋葬地、さらには山もあの世との境界だ。2つの世界に存在することが、犬の二面性とつながるのかもしれない。

鳥《とり》の神《かみ》と怪物《かいぶつ》型──導くか、惑わすか

日本・ギリシャなど

鳥の鳴き声は、想像力を掻き立てる。どこかへ連れて行こうとしているように感じられることもあれば、美しい声で惑わしているのだろうかと思わせる鳥もいる。

道案内のカラス

ヤタガラスは初代の神武天皇となるカムヤマトイワレビコを大和へと導いた。神話が描くヤタガラスの姿は、「とても大きいカラス」というもので、3本足とはされていない（143頁）。

支配者と結びつくカラスというと、北欧神話の神オーディンが使役するフギンとムニンがいる（96頁）。

歌声で惑わす怪物

ギリシャ神話のセイレーンは半人半鳥で美しい歌声で人を惑わす。後に人魚のイメージと重なる。アンデルセンの童話「人魚姫」も美しい歌声をもつ。

セイレーンの歌声を聞くと、引きつけられて彼女たちの島に行ってしまう。英雄オデュッセウスは、その歌声をどうしても聞きたくなり、帆柱に縛り付けさせ動けないようにして聞いた（62頁）。

※：ヤマトタケルが、大口真神に「山にとどまり、人々を助けるよう」命じたとされる。

神名・人名索引

（色数字の頁はイラストがあるもの）

アヌビス(エジプト)

エレクトニオス(ギリシャ)

ギルガメシュ（メソポタミア）

シオツチ **50**／129
四海竜王(しかいりゅうおう) **107**
シグムンド 94・95
シグルズ(ジークフリート)
64・68・71・94・110／105・120・127
獅子(しし) 144
シビュラ **137**
霜の巨人族(しものきょじんぞく) 31
釈迦(しゃか、誕生仏[たんじょうぶつ])
45・86・125／83・145
ジャガー **26**
シャマシュ **119**
シャルルマーニュ 95
酒呑童子(しゅてんどうじ) 93・105
須菩提(しゅぼだい) 83・118
朱蒙(しゅもう) **87**／28・44・45
嫦娥(じょうが) 21
聖徳太子(しょうとくたいし) **86**
女媧(じょか) **61**／14・19
織女(しょくじょ) **34**
徐福(じょふく) 21
白い悪魔(しろいあくま) **104**
白い猪(しろいいのしし) 63
白い雄牛(しろいおうし) 129・130
白い鹿(しろいしか) **117**
白い鹿(足柄の坂の神) **123**
白いロバ 115
神功皇后(じんぐうこうごう) **25**
シンドリ **111**／99・117
神農(しんのう) 126
神武天皇(じんむてんのう)
→ カムヤマトイワレビコ

す

垂仁天皇(すいにんてんのう) 51
スーリヤ 107・116
スカータハ **97**
スクナヒコナ **76・85**／51・67・87
スサノオ **65・69・71・83**／
32・73・82・93・100・108・113
スセリビメ **69**／25・108
スフィンクス 144
塞の神(さえのかみ) 123
坂田金時(さかたきんとき) 86
サクボトケ 51
酒解神(さけとけのかみ) → オオヤマツミ
酒解子神(さけとけこのかみ)
→ コノハナノサクヤヒメ
沙悟浄(さごじょう) **67**
サタン 17
サテュロス 88
サドヴ **47**
サトゥルヌス → クロノス
里見義実(さとみよしざね) 46
サムソン **70**
サメ → ワニ(日本神話)
サラマー 142
猿(さる、動物) 142
猿神(さるがみ) **134**
サルマキス 60
三足烏(さんそくう) **143**
三条宗近(さんじょうむねちか) 93
三蔵法師(さんぞうほうし) **67・143**／83
三貴子(さんきし) 32・78

し

ジークフリート → シグルズ
シーター 49
シームルグ **144**
シヴ 96・114
シヴァ **89**／101

スサノオ(日本)

タリエシン(ケルト)

ハヌマーン(インド)

へ

ファーヴニル（北欧）

ひ

ふ

ヤタガラス（日本）

参考文献

※ここでは、日本語のもので、手に入りやすい文献を中心に挙げる。

- 『古事記』新編日本古典文学全集、小学館他
- 『日本書紀』新編日本古典文学全集、小学館他
- 『風土記』新編日本古典文学全集、小学館他
- 『今昔物語集』新編日本古典文学全集、小学館他
- 『古語拾遺』岩波文庫
- 『古代オリエント集』杉勇他、筑摩世界文学大系1、筑摩書房、1978
- 『ギルガメシュ叙事詩』月本昭男訳、岩波書店、1996
- 『創世記』月本昭男訳、岩波書店、1997
- プルタルコス『エジプト神イシスとオシリスの伝説について』岩波文庫　1996
- ホメロス『イリアス』上、下、松平千秋訳、岩波文庫、1992
- ホメロス『オデュッセイア』上、下、松平千秋訳、岩波文庫、1994
- ヘシオドス『神統記』廣川洋一訳、岩波文庫、1984
- ヘーシオドス『仕事と日』松平千秋訳、1986
- アープレーイユス『黄金の驢馬』呉 茂一・国原吉之助訳、2013
- アポロドーロス『ギリシア神話』高津春繁訳、岩波文庫、1978
- オウィディウス『変身物語』上、下、岩波文庫、1981、1984
- 『リグ・ヴェーダ讃歌』辻直四郎訳、岩波文庫、1970
- ヴァールミーキ『新訳　ラーマーヤナ』1〜7、東洋文庫、平凡社、2012〜2013
- 『原典訳マハーバーラタ』1-8、上村勝彦訳、ちくま学芸文庫、2002-2005
- 『エッダ―古代北欧歌謡集』谷口幸男訳、新潮社、1973
- 『アイスランドサガ』谷口幸男訳、新潮社、1979
- 『ポポル・ヴフ』林屋永吉訳、中公文庫、1977

その他、網羅的な事典としては下記が参考になる。

- 松村一男、平藤喜久子、山田仁史『神の文化史事典』白水社、2013
- 大林太良・吉田敦彦他『世界神話事典　世界の神々の誕生』角川書店、2012
- 大林太良・吉田敦彦他『世界神話事典　創世神話と英雄伝説』角川書店、2012
- キャロル ローズ『世界の妖精・妖怪事典』松村一男訳、原書房、2003
- キャロル ローズ『世界の怪物・神獣事典』松村一男訳、原書房、2004

出典

映画（タイトル／監督名／主な出演者名／公開年）
- 『十戒』／セシル・B・デミル／チャールトン・ヘストン／1956年
- 『天地創造』／ジョン・ヒューストン／マイケル・パークス／1966年
- 『里見八犬伝』／深作欣二、矢島信男（特撮）／薬師丸ひろ子／1983年
- 『インディ・ジョーンズ／最後の聖戦』／スティーヴン・スピルバーグ／ハリソン・フォード／1989年
- 「ハリー・ポッター」シリーズ／クリス・コロンバス（1・2）、アルフォンソ・キュアロン（3）、マイク・ニューウェル（4）、デヴィッド・イェーツ（5〜8）／ダニエル・ラドクリフ／ 2001〜11年
- 『パッション』／メル・ギブソン／ジム・カビーゼル／2004年

- 『ダ・ヴィンチ・コード』／ロン・ハワード／トム・ハンクス／2006年
- 『マイティ・ソー』／ケネス・ブラナー／クリス・ヘムズワース／2011年
- 「アベンジャーズ」シリーズ／ジョス・ウエドン（1・2）、アンソニー・ルッソ（3・4）／ジョー・ルッソ（3・4）／ロバート・ダウニー・Jr／2012～19年
- 『プロメテウス』／リドリー・スコット／ノオミ・ラパス／2012年
- 『ヘラクレス』／ブレット・ラトナー／ドウェイン・ジョンソン／2014年
- 『シン・ゴジラ』／庵野秀明、樋口真嗣／長谷川博己／2016年
- 『RRR』／S・S・ラージャマウリ／N・T・ラーマ・ラオ・Jr.／2022年

アニメ映画（タイトル／監督名／公開年）
- 『風の谷のナウシカ』／宮崎駿／1984年
- 『もののけ姫』／宮崎駿／1997年
- 『となりのトトロ』／宮崎駿／1988年
- 『千と千尋の神隠し』／宮崎駿／2001年
- 『崖の上のポニョ』／宮崎駿／2004年
- 『モアナと伝説の海』／ジョン・マスカー、ロン・クレメンツ／2016年

テレビアニメ（タイトル／放送会社名／放送年）
- 『魔法使いサリー』（1966年版）／日本教育テレビ系／1966～68年
- 『ひみつのアッコちゃん』（第一作）／NET系／1969～70年
- 『魔法のプリンセス ミンキーモモ』／テレビ東京系／1982～83年
- 『美少女戦士セーラームーン』シリーズ／テレビ朝日系／1992～97年

ドラマ（タイトル／監督名／主な出演者名／放送年）
- 『朱蒙』／キム・グノン／ソン・イルグク／2006～07年

マンガ（タイトル／作者／出版社／発売日）
- 『ONE PIECE』（ジャンプコミックス）／尾田栄一郎／集英社／1997年～

ゲーム（タイトル／販売元／発売年）
- 『刀剣乱舞』／DMM GAMES／2015年
- 「ドラゴンクエスト」シリーズ／エニックス／1986年～
- 「ファイナルファンタジー」シリーズ／スクウェア／1987年～

著者紹介

平藤喜久子

山形県生まれ
國學院大學教授。学習院大学大学院人文科学研究科修了。博士（日本語日本文学）
専門は神話学、宗教学。主な著書、編著書に『〈聖なるもの〉を撮る』港千尋と共編、山川出版社、『神話の歩き方』集英社、『現代社会を宗教文化で読み解く：比較と歴史からの接近』櫻井義秀と共編、ミネルヴァ書房、『神話でたどる日本の神々』ちくまプリマー新書、『ファシズムと聖なるもの/古代的なるもの』編著、北海道大学出版会、『世界の神様解剖図鑑』エクスナレッジ、『いきもので読む、日本の神話』東洋館出版社、『日本の神様解剖図鑑』エクスナレッジ、『神のかたち図鑑』松村一男と共著、白水社、『神の文化史事典』松村一男、山田仁史と共編、白水社、などがある。

物語をつくる神話
解剖図鑑

2024年12月25日　初版第1刷発行

著者　平藤喜久子

発行者　三輪浩之

発行所　株式会社エクスナレッジ
〒106-0032
東京都港区六本木7-2-26
https://www.xknowledge.co.jp/

問合せ先　編集　Tel：03-3403-1381
Fax：03-3403-1345
info@xknowledge.co.jp
販売　Tel：03-3403-1321
Fax：03-3403-1829